Durbridge-Edition Band Nr. 11

Francis Durbridge

Paul Temple
und die Marquis-Morde

(Paul Temple Intervenes)

Kriminalroman

aus dem Englischen übersetzt von
Dr. Georg Pagitz

mit einem Vor- und Nachwort des Übersetzers

– Williams & Whiting –

Coverdesign: Timo Schröder

ISBN 9781915887078

Williams & Whiting (Publishers)
15 Chestnut Grove, Hurstpierpoint,
West Sussex, BN6 9SS, England

Inhalt

Der letzte
nicht übersetzte Paul-Temple-Roman

Vorwort
von Dr. Georg Pagitz

Vorliegender Krimi ist der letzte Paul-Temple-Roman, der bisher nicht übersetzt wurde. Fast 80 Jahre nach seiner Entstehung erscheint er nun erstmals auf Deutsch und schließt damit endlich eine Lücke.

Wie fast alle Romane von Francis Durbridge (1992-1998) basiert auch dieses Abenteuer auf einer Vorlage, in diesem Fall auf dem achtteiligen Hörspiel *Paul Temple Intervenes*, das 1942 von der BBC ausgestrahlt wurde.

Francis Durbridge war kein beschreibender Erzähler, sondern seine Stärke waren die Konstruktion eines spannenden Plots und das verfassen glaubwürdiger und mitreißender Dialoge. Damit war er prädestiniert als Autor von Hörspielen, später als Verfasser von Drehbüchern für Fernsehmehrteiler und schließlich als Dramatiker bei einem guten Dutzend Theaterstücken.

Da sich der vielbeschäftigte Autor immer lieber neuen Aufgaben zuwandte, wurden fast alle seine Romane von einem Ghostwriter auf Basis seiner Manuskripte für Radio und Fernsehen verfasst. Durbridge hatte natürlich großen Einfluss auf den Text, aber letztlich lag die Ausarbeitung des fertigen Romans in der Hand des Ghostwriters.

Im Falle des vorliegenden, im Dezember 1944 im John-Long-Verlag erschienenen Kriminalromans war der Coautor Charles Hatton, der Durbridge auch bei den Romanen *Paul Temple und die Schlagzeilenmänner, Paul Temple und der*

Fall Z und *Paul Temple jagt »Rex«* unterstützte und auch dramaturgisch am dritten Tim-Frazer-TV-Abenteuer *Paul Temple and the Mellin Forrest Mystery* mitarbeitete, das später stark von Francis Durbridge überarbeitet und in der BRD im Jahr 1971 als *Das Messer* verfilmt wurde.

Der Kriminalroman *Paul Temple und die Marquis-Morde* folgt dem Originalhörspiel fast Szene für Szene, allerdings wurden im Roman einige Handlungsstränge erweitert und beschreibende (und von Charles Hatton verfasste) Teile eingefügt, die in der Radioproduktion fehlen. Im Nachwort zu diesem Buch gehe ich ausführlich darauf ein.

Das mitten im Zweiten Weltkrieg abgefasste Hörspiel *Paul Temple Intervenes* hatte aber nicht nur diesen Roman zur Folge, es entstand auch eine niederländische Radiofassung im Jahr 1947 und eine Kinoadaption im Jahr 1952 sowie ein deutsches Filmhörspiel im Jahr 2023. Auch diese werden im Nachwort detailliert beleuchtet.

Finanziell gesehen verdiente Durbridge mit dem Hörspiel 263 Pfund (heute etwa 12.250 Euro), wie er im September 1942 in seinem Einnahmenbuch vermerkt, fast noch einmal so viel erhielt er in den folgenden zwei Jahren für die englischen Remakes des Hörspiels, denn in Neuseeland, Australien und Südafrika entstanden eigene Adaptionen. Für die Romanfassung wurden ihm rund 90 Pfund (heute etwa 4.200 Euro) in zwei Raten bezahlt. Das erscheint wenig, wenn man bedenkt, dass er für die erste Temple-Verfilmung *Send for Paul Temple/Der grüne Finger* insgesamt 1.000 Pfund (heute rund 46.500 Euro) erhielt.

Wie schon bei meiner 2021 bei Pidax erschienenen Erstübersetzung des allerersten Temple-Abenteuers *Paul Temple und der Fall Max Lorraine* habe ich mich auch bei dem vorliegenden Buch darum bemüht, die Sprache der damaligen Zeit anzupassen, was sich beispielsweise in der Wiedergabe des englischen Ausdrucks ›Chief Commissioner‹ als Chefkommissar widerspiegelt.

Warum dieser durchaus gelungene und für Paul Temple typische Durbridge-Roman bisher nicht übersetzt wurde, ist nicht geklärt, jedenfalls gab es davon eine französische (*La tragique énigme du Marquis*), eine schwedische (*Paul Temple griper in*) und eine niederländische Fassung (*Paul Vlaanderen en het mysterie van der Markies*).

Nun aber spannende Unterhaltung bei einer Premiere: dem letzten nichtübersetzen Temple-Roman! Sie werden sehen: Die Lektüre lohnt sich!

Originaltitel der Kapitel

1. Auf Sendung (On the Air)
2. Flusspatrouille (River Patrol)
3. Scotland Yard in der Krise (Crisis at Scotland Yard)
4. Das Mädchen, das zu viel wusste (The Girl Who Knew Too Much)
5. Kein Bier für Sammy Wren (No Beer for Sammy Wren)
6. Roger Storey gibt Erklärungen ab (Roger Storey Explains)
7. Der Tod schleicht durch Forard Glen (Death Stalks Forard Glen)
8. Zu Gast bei Sir Felix (Sir Felix Entertains)
9. Kellaway Manor (Kellaway Manor)
10. Der Marquis schickt eine Warnung (The Marquis Sends a Warning)
11. Greensea House (Greensea House)
12. Unfalltod? (Accidental Death?)
13. Paul Temple hält eine Verabredung ein (Paul Temple Keeps an Appointment)
14. Das ›The Clockwise‹ (›The Clockwise‹)
15. Über jeden Verdacht erhaben (Above Suspicion)
16. Superintendent Bradley geht ins Kino (Superintendent Bradley goes to the Pictures)
17. Betreff: Inspektor Ross (Concerning Inspector Ross)
18. Das ›October‹-Hotel (The October Hotel)
19. Der Marquis wird vorgestellt! (Introducing the Marquis!)

Francis Durbridge
Paul Temple und die Marquis-Morde

Die handelnden Personen

Paul Temple	Kriminalschriftsteller
Steve Temple	seine Ehefrau
Sir Graham Forbes	Chefkommissar von Scotland Yard
Superintendent Bradley	Scotland-Yard-Beamter
Inspektor Ross	Scotland-Yard-Beamter
Pryce	Diener bei den Temples
Sir Felix Reybourn	Ägyptologe
Roger Storey	Verlobter von Lady Alice
Sammy Wren	Ganove
Rita Cartright	Privatdetektivin
Roddy Carson	Drogenschmuggler
Dolly Fraser	Bardame im ›Goldenen Käfig‹
Derek Slater	junger Schauspieler
Lannie Dukes	Drogendealer
Mrs. Clarence	Haushälterin bei Sir Felix
Maisie Delaway	Varietékünstlerin
Sonny Markell	Carsons Partner
Bertram Carter	Brandstifter
Chefinspektor Street	Scotland-Yard-Beamter
Charles Serflane	Kabinettsmitglied
Cranmer Guest	Radiomoderator
Lesley Wharton	seine Sekretärin
Gus	Chef des ›The Clockwise‹
Sergeant O'Brien	Uniformierter Polizist
Sergeant Briggs	Beamter der Flusspolizei
Sergeant Hanmer	Beamter der Flusspolizei

Der Roman spielt in London und Umgebung
sowie anfangs in Chicago im Jahr 1944.

Kapitel 1
Auf Sendung

Paul Temple konnte einer Amerikareise immer nur das Beste abgewinnen: Die unvorstellbare Weite des Kontinents mit seiner erstaunlichen Vielfalt an Zivilisationen stimulierte seine feinfühlige Vorstellungsgabe. Er plante schon lange einen langen Roman, der von den Abenteuern eines Engländers auf der Suche nach den Geheimnissen der amerikanischen Lebensart handelte. Bislang waren es nur ein halbes Dutzend beiläufig notierte Ideen in seinem Notizbuch gewesen, das er ständig bei sich trug. Im Moment sah es auch nicht so aus, als ob daraus irgendetwas entstehen könnte. Paul Temple war nämlich auf seiner aktuellen Reise durch die Vereinigten Staaten ziemlich beschäftigt.

Sie hatte mit einer unerwarteten Einladung von Colonel Randall aus dem Informationsministerium begonnen. Dieser hatte Temple darüber in Kenntnis gesetzt, dass man einige ausgewählte Vortragende in die Vereinigten Staaten schicken wollte, um dort das Bewusstsein für Großbritannien zu schärfen. Es war wichtig, dass dies Personen waren, die in der amerikanischen Öffentlichkeit bereits einen Namen hatten. Diesbezüglich hatte sich das Informationsministerium tatsächlich die Mühe gemacht, Nachforschungen anzustellen. Diese hatten ergeben, dass die Verkaufszahlen von Paul Temples Romanen in den Vereinigten Staaten längst sechsstellig waren. Außerdem war man im Ministerium durch einige Zeitungsausschnitte davon überzeugt worden, dass der Schriftsteller und Detektiv ein Mann der Tat war, auf den man sich auch in unorthodoxen Situationen verlassen konnte.

So kam es, dass Paul Temple mit seiner Frau nach Amerika reiste. Als die Agentur, die die Vorträge organisierte, feststellte, dass Steve auch Autorin war – nämlich von *Die Schlagzeilenmänner*, einem Buch, das sich in den Staaten sensationeller Beliebtheit erfreute und über die Aktivitäten dieser englischen Verbrecherbande berichtete –, war Steve ebenfalls sehr gefragt und sie wurde für eine lange Vortragsreihe vor Frauenorganisationen aller Art engagiert.

Schließlich kamen Paul Temple und Steve in Chicago an. Sie staunten über die Luxushotels, besuchten die Stock Yards, spazierten die berühmte Uferpromenade entlang und erreichten anschließend das luxuriöse Eingangsportal des Senders GSKZ, wo Paul Temple an diesem Abend von Cranmer Guest interviewt werden sollte. Dessen Ruf als bester Interviewer im Radio veranlasste die Werbesponsoren jedes Mal ein paar Tausend Dollar aus den Taschen zu zaubern, wenn eine seiner Sendungen lief.

Es war das erste Mal, dass Temple einen amerikanischen Sender besuchte, obwohl er natürlich schon mehrmals von dem stattlichen Gebäude am Langham Place aus, wo sich die BBC befand, auf Sendung gewesen war. Die GSKZ unterschied sich jedoch beträchtlich von der etwas strengen Atmosphäre im Londoner Sendezentrum.

Es war fünf Minuten vor sieben Uhr abends, als sich Paul Temple und Steve in der Menschenmenge wiederfanden, die sich durch das Foyer der Studios drängte. Es erinnerte den Schriftsteller an den Kampf um den Einlass zu einer Hollywood-Premiere. Im Erdgeschoss befand sich offenbar ein Studiotheater und ein großes Schild an der Tür informierte die Besucher darüber, dass die Sendung *Der lachende Kavalier* um sieben Uhr aus diesem Saal übertragen werden sollte. Temple und Steve hatten einige Schwierigkeiten damit, nicht in die Masse der Besucher hineingedrückt und von der Menschenansammlung mitgerissen zu werden, die dem Kontrolleur an der Tür gelbe Eintrittskarten vorlegte. Es gelang ihnen letztlich, sich zu befreien und sie steuerten auf den Schalter in der gegenüberliegenden Ecke des Foyers zu, auf dem ›Information‹ stand.

Die Blondine, die dort saß, konnte man am besten als schnippisch im positiven Sinne des Wortes bezeichnen.

»*Der lachende Kavalier* spielt im Studiotheater«, verkündete sie mechanisch, noch ehe Temple eine Frage stellen konnte.

Der Schriftsteller lächelte.

»Der lachende Kavalier ist sicherlich eine nette Person«, antwortete er höflich, »ich bezweifle jedoch, dass wir im Augenblick viel Zeit füreinander hätten.«

Die Blondine hob fast unmerklich die Augenbrauen und warf ihm einen unverbindlichen Blick zu.

»Wollten Sie denn mit jemandem sprechen?«, fragte sie.

»Ja, mit Mr. Cranmer Guest«, antwortete Temple beiläufig. »Cranmer Guest? Mit dem können sie nicht sprechen. Er bereitet sich gerade auf seine Sendung vor. Sie geht um neun Uhr los«, informierte sie ihn rasch.

»Ich fürchte, Mr. Guest wird um neun Uhr nicht auf Sendung gehen – es sei denn, ich bin sein Gesprächspartner«, sagte Temple lässig. Die Empfangsdame warf einen kurzen Blick in ihre Notizmappe.

»Sagen Sie, Sie sind doch nicht etwa Paul Temple?«

»Ja. Normalerweise halte ich meine Termine ein«, lächelte er.

»Oh, ich bitte um Verzeihung, Mr. Temple«, entschuldigte sie sich und hantierte an der Telefonzentrale. »Ich werde es Mr. Guest sofort sagen.«

Sie sprach in den Hörer und kündigte anschließend an: »Mr. Guest kommt gleich herunter.«

Als Temple sich umdrehte, griff sie nach einem blassblauen Umschlag, der in einem Fach neben ihr gelegen hatte.

»Mr. Temple, diese Nachricht ist über Kurzwelle aus London für Sie gekommen. Sie wurde von New York aus weitergeleitet.«

Temple untersuchte den Umschlag und steckte ihn dann

in seine Tasche. Er wollte weiter, doch dann drehte er sich um, um das Mädchen zu etwas fragen. »Angenommen, ich wollte darauf eine Antwort geben, kann ich das von hier aus tun?«

»Selbstverständlich«, lächelte sie. »Wir haben hier einen speziellen Kurzwellenservice für dringende Sachen, der Tag und Nacht in Betrieb ist.«

»Um was kann es sich denn handeln, Darling?«, fragte Steve, als sie sich auf ein Sofa in der Nähe des Informationsschalters setzten.

»Ich nehme an, das Telegramm ist verschlüsselt. Es wird wohl bis nach der Sendung warten müssen«, antwortete er, als ein dicklicher Mann mit einem sehr großen Kopf, einer leicht schiefen Nase und einem seltsamen Mund auf sie zukam. Er tauschte einen Blick mit der Empfangsdame und wandte sich dann an Temple.

»Willkommen bei GSKZ, Mr. Temple.«

Temple nickte und schüttelte ihm die Hand, dann stellte er Steve vor.

»Es ist mir ein Vergnügen«, sagte Cranmer Guest mit einem entwaffnenden Lächeln. »Sollen wir in mein Büro gehen?«

»Möchten Sie, dass ich hier warte?«, warf Steve ein. Guest winkte ab.

»Aber wo denn, Mrs. Temple. Wir haben einen gemütlichen Aufenthaltsraum und ein Restaurant im Obergeschoss. Kommen Sie mit uns mit! Nach der Sendung führe ich gerne Sie herum.«

Er ging den Weg zum Aufzug vor, vorbei an den Türen des Studiotheaters, die jetzt geschlossen waren und durch die die schwachen Klänge einer beliebten Tanzmelodie ertönten.

Der Aufzug hielt im vierten Stock und Guest führte sie durch einen breiten Korridor mit zahlreichen Schildern: STUDIO 4A, REGIE, STUDIO 4B, SCHAUSPIELER, ANSAGER, NACHRICHTENRAUM, LOUNGE und RESTAURANT. Sie ließen

Steve mit einer Zeitschrift und einer Tasse Kaffee zurück und gingen dann in das Büro von Guest, dessen Name in kleinen schwarzen Buchstaben auf die Tür geschrieben war.

»Das ist Miss Wharton, meine Sekretärin, Mr. Temple«, verkündete Guest, als sie den Raum betraten, und eine dunkle, intelligent aussehende junge Frau von ihrer Schreibmaschine aufblickte. »Also, Lesley, ich habe einen Eilauftrag für dich. Notiere Mr. Temples Antworten auf meine Fragen mit und gib uns dann gleich deine Mitschrift.« Er blickte auf die Wanduhr. »Wir gehen in weniger als zwei Stunden auf Sendung.«

Rasch begann Guest, seinen Besucher mit Fragen zu löchern. Sie betrafen vor allem Temples Erfahrungen mit Verbrechen. Die Fragen waren scharfsinnig und zeugten auf indirekte Weise von einem beträchtlichen Wissen über das Thema. Guest war jedoch nicht daran interessiert, mit seinem eigenen Wissen zu prahlen. Er ließ Temple so lange reden, wie er wollte. Nach etwa einer halben Stunde, in der die Sekretärin eifrig mehrere Seiten ihres Notizbuchs gefüllt hatte, seufzte Guest erleichtert auf.

»So, ich denke, das war's, Mr. Temple. Ich glaube, das wird so ziemlich das beste Interview, das ich in diesem Jahr gemacht habe. Ich bin so froh, dass der Sender es ermöglicht hat.« Er hielt kurz inne und fügte dann als Nachsatz hinzu: »Oh, nur noch eine Frage. Wissen Sie etwas über die Person, die sich ›Der Marquis‹ nennt?«

Temple schüttelte den Kopf.

»Nur das, was ich in den Zeitungen gelesen habe. Offenbar hat er seine Aktivitäten gerade gestartet, als ich in See gestochen bin.«

»Hm«, murmelte Guest, »die Polizei bei Ihnen zu Hause scheint nicht wirklich weiterzukommen. Der Kerl begeht einfach einen Mord nach dem anderen und kommt – soweit ich das beurteilen kann – ungeschoren davon. Sie sollten die Schlagzeilen in den englischen Zeitungen sehen, die ich gestern erhalten habe.« Er machte eine kurze Pause und fügte dann neugierig hinzu: »Scotland Yard hat nicht zufällig um Ihre Hilfe gebeten?«

Temple lächelte. »Nicht, dass ich wüsste«, antwortete er etwas amüsiert.

»Nun gut«, sagte Guest achselzuckend und wandte sich an seine Sekretärin. »Die letzte Frage ist nicht für die Öffentlichkeit bestimmt, Lesley.«

So schnell wie Miss Wharton den Inhalt ihres Notizbuchs abtippte, gingen Guest und Temple ihn durch, strichen hier und da einen Satz, fügten gelegentlich eine erklärende Bemerkung hinzu und schrieben manchmal einen ganzen Absatz neu. Als sie fertig waren, las Guest die endgültige Fassung mit einer Stoppuhr in der Hand durch und stellte fest, dass sie zwei Minuten überziehen würden. Deshalb wurden eine weitere Frage und eine Antwort gestrichen. Das Endergebnis wurde an Miss Wharton zurückgegeben, um eine endgültige Fassung zu erstellen.

Guest stand auf und streckte sich.

»Fünfundzwanzig Minuten bis zur Ausstrahlung. Zeit für eine Tasse Kaffee mit Mrs. Temple«, verkündete er und bot Temple eine Zigarette an.

In der Lounge kam aus einem leise eingestellten Lautsprecher Tanzmusik, die gerade von einem New Yorker Sender ausgestrahlt wurde.

Als sich die beiden Männer zu Steve gesellt hatten, kam ein atemloser junger Mann in einem offenen Hemd auf Guest zu.

»Alles wie immer, Cran?«, fragte er.

Guest nickte. »Zwölf Minuten«, antwortete er. »Eine Minute Werbung am Anfang und am Ende, außerdem die Einleitung zu Mr. Temple, die ich dir heute Morgen gegeben habe.«

Der junge Mann lächelte Temple an.

»Das ist Harvey Lane, einer unserer Ansager – Mr. und

Mrs. Temple«, stellte Guest die beiden kurz vor. Lane plauderte eine Minute lang freundlich, dann machte er sich eilig auf den Weg.

»Keine Zeit zum Luftholen, die armen Teufel«, kommentierte Guest und rührte in seinem Kaffee. »Na ja, das mussten wir alle durchmachen – Sendepausen, Vormittagswerbung, Mittagswerbung –: Das gehört alles dazu.«

Temple und Steve tauschten ein Lächeln aus.

»Wie geht's dir, Darling?«, fragte sie.

»Ich wäre nicht beleidigt, wenn die Uhr schon neun Uhr fünfzehn zeigte«, gab er trocken zu.

»Vielleicht möchte Mrs. Temple ja ins Studio mitkommen«, schlug Guest vor.

Steve schüttelte den Kopf. »Ich höre lieber von draußen zu«, erklärte sie.

Um zehn Minuten vor neun führte Guest sie in ein kleines Studio, dessen wichtigstes Möbelstück ein flacher Schreibtisch mit zwei Mikrofonen war. Vor jedem Mikrofon stand ein Stuhl. An der gegenüberliegenden Wand befand sich eine große Uhr mit einem roten Zeiger, der sich langsam auf dem Zifferblatt bewegte. Unter der Uhr befand sich ein großes Fenster, das den Blick auf den Kontrollraum mit seinen Grammophon-Plattenspielern und Messgeräten freigab.

Es war eine Minute vor neun, als Temple und Guest es sich auf ihren Stühlen bequem gemacht hatten. Miss Wharton kam mit den fertigen Texten hereingestürmt.

Guest begann, sein Exemplar durchzublättern. »Wir haben genug Zeit, um alles durchzusehen«, sagte er zu Temple, als der Ansager hereinkam und vor einem Mikrofon Platz nahm.

Der Techniker hinter der Glasscheibe hob seine Hand. Zehn Sekunden noch! Temple hatte diese letzten Sekunden vor einer Sendung immer als schrecklich empfunden. Man wagte kaum zu atmen. Es war, als ob bei Schlag neun ein weltbewegendes Ereignis – wie der Untergang eines Imperiums – im Bruchteil einer Sekunde eintreten würde.

Man hörte leise eine Trompetenfanfare, die von einer Schallplatte im Kontrollraum abgespielt wurde. Der Techniker ließ die Hand sinken. Harvey Lane sprach direkt in das Mikrofon.

»Der *Pan-American* Obstkonzern präsentiert Ihnen die Sendung *Cranmers Gäste*«, verkündete er eindrucksvoll.

Pünktlich um neun Uhr vierzehn war alles vorbei. Nach einem bedeutungsvollen Kopfnicken von Guest erhob sich Temple und begleitete ihn vor das Studio. Als sie durch die Türe kamen, stand Steve auf und ging ihnen entgegen.

»Ich hatte ja keine Ahnung, dass ich einen so versierten Mann geheiratet habe«, lächelte sie. »Ihr habt beide sehr professionell geklungen.«

»Schwamm drüber!«, sagte Temple lakonisch und Cranmer Guest lachte.

Er bot ihnen an, sich – wo sie schon einmal da waren – im Sender ein wenig umzusehen und führte sie durch das gesamte Gebäude. Steve war besonders von den Nachrichtenstudios beeindruckt, in denen die Tonbandgeräte eifrig ratterten und die Redakteure unter bunten Augenschirmen die Stirn runzelten.

Als sie wieder im Foyer standen, inmitten einer Menschenmenge, die auf die Sendung *Southern Skies* wartete, die für 10 Uhr 15 dieses Abends angesetzt war, schüttelten die Temples Guest die Hand und verabschiedeten sich von ihm.

»Und wohin jetzt?«, fragte Steve, während Temple ein Taxi rief. »In eine kleine Kneipe, die ich noch aus der Zeit der Prohibition kenne«, sagte er. »Ein ziemlich gemütlicher Ort, klein aber fein. Er heißt ›Maisie's Craze‹.«

Er nannte diesen Namen dem Taxifahrer, der nur den Kopf schüttelte. »Maisie gibt's dort aber schon lange nicht mehr, Bruder. Jetzt nennt man es den ›Appenine Club‹.«

»In Ordnung«, stimmte Temple zu. »Bringen Sie uns

dorthin.«

Der ›Appenine Club‹ stellte sich jedoch als eine Enttäuschung heraus, jedenfalls für Temple.

»Ohne Maisie ist es nicht mehr dasselbe«, seufzte er mit Bedauern, während sie ein lieblos zubereitetes Abendessen zu sich nahmen. Er wandte sich an den Kellner, der gerade eine Flasche Wein entkorkte.

»Was ist mit Maisie passiert?«, fragte er.

Der Kellner zuckte mit den Schultern. »Das letzte Mal, als ich von ihr hörte, war sie in New York und sang im ›Three-Fifty‹.«

»Wer ist diese Maisie eigentlich?«, fragte Steve.

»Ach, nur eine Freundin von mir«, antwortete ihr Mann mit einer Gleichgültigkeit, die jede Frau neugierig gemacht hätte.

»Kanntest du sie sehr gut?«, hakte Steve beharrlich nach.

»Ziemlich gut! Sie war ein sehr lieber Mensch. In den alten Tagen hatten wir sehr viel Spaß zusammen.« Steve bemerkte das ferne Leuchten in seinen Augen und war neugieriger denn je. Aber es gelang ihr, ihre Neugier zu zügeln. Nachdem sie eine sehr zweitklassige Kabarettvorstellung gesehen hatten, kehrten sie in ihr Hotel zurück. Erst als er seinen Mantel auszog, um sich seinen Schlafrock anzuziehen, erinnerte sich Temple an den blauen Umschlag, den er in seine Tasche gesteckt hatte. Er nahm ihn heraus und untersuchte ihn, dann schlitzte er das Kuvert vorsichtig auf. Ein Stück blaues Papier befand sich darin. In der obersten Zeile stand:

RADIOSENDER GSKZ. KURZWELLENSONDERMEL-
DUNG AUS LONDON, ENGLAND

Die Nachricht selbst war zwar kurz, aber kodiert.

Temple nahm seine Schlüssel und öffnete damit seinen Koffer. Er drückte auf einen der Knöpfe an der Außenseite und ein Teil der Kofferseite schnappte zurück. Aus dem halben Dutzend verschiedener Gegenstände wählte Temple ein kleines Notizbuch aus. Mit Hilfe des Buches entschlüsselte er die Nachricht in weniger als zwei Minuten. Sie lautete:

UM SOFORTIGE RÜCKKEHR ZUR UNTERSTÜTZUNG DER UNTERSUCHUNG DER MARQUIS-MORDE WIRD GEBETEN. CARTMELL. BÜRO DES INNENMINISTERS.

Temple war gerade dabei, das Codebuch wieder in den Koffer zu legen, als das Telefon am Bett summte.

»Hier ist Jefferson, der Programmdirektor von GSKZ«, sagte eine fremde Stimme, nachdem Temple sich gemeldet hatte. »Mr. Temple, wir alle haben Ihr Gespräch heute Abend genossen. Ich habe mit J. C. Marriman zu Abend gegessen – er war sehr beeindruckt und hat mich gebeten, Sie einzuladen, morgen um acht in der Sendung *Grand Parade* dabei zu sein.«

»Tut mir leid«, sagte Temple bestimmt.

»Hören Sie, Mr. Temple, wenn es eine Frage des Geldes ist, so müssen Sie wissen, dass J. C. durchaus bereit ist ...«

»Nein, nein«, warf Temple ein. »Ich hätte das gerne gemacht, Mr. Jefferson, aber es ist leider nicht möglich. Ich habe andere Pläne.«

Der Programmdirektor bemühte sich einige Minuten lang, aber Temple blieb hartnäckig, und schließlich legte er auf. Als er den Hörer eingehängt hatte, fragte Steve: »Darling, was für andere Pläne sind das?«

Temple warf sich in einen Sessel und zündete sich eine Zigarette an.

»Ich fürchte, das kommt jetzt alles sehr plötzlich und es bringt unsere ganze Reise durcheinander. Aber es lässt sich einfach nicht ändern.«

»Hat es etwas mit der Nachricht zu tun, die du gerade gelesen hast?«, erkundigte sie sich. Er nickte.

»Bei Timothy – das erinnert mich daran, dass ich darauf antworten muss.« Er holte sein Codebuch und zögerte dann. »Nein«, entschied er, »das mache ich morgen früh, bevor wir abreisen.«

»Abreisen? Wohin?«

Er pustete eine Rauchwolke in die Luft. »Zurück nach England, Steve«, verkündete er ruhig.

Zum Glück war Steve durch ihre Erfahrungen als Reporterin daran gewöhnt, schnell zu handeln. So war sie am nächsten Morgen schon vor halb sieben auf den Beinen, um zu packen und Telegramme an Sekretärinnen und Organisatoren zu schicken, die sie zu Vorträgen bei ihren verschiedenen Veranstaltungen erwarteten.

Um zehn Uhr war sie damit immer noch beschäftigt, als Temple, der seine Antwort zuvor chiffriert hatte, das Hotel verließ und zur Sendestation schlenderte. Dort stelle er fest, dass die Blondine am Informationsschalter durch eine Rothaarige ersetzt worden war, die noch schlauer im Begreifen der Dinge war.

»Ach, Mr. Temple, es ist wirklich aufregend, Sie persönlich zu treffen«, sagte sie fröhlich. »Ich habe Sie gestern Abend in der Sendung gehört. Wissen Sie, ich mag Ihre Stimme – sie ist so englisch.«

Temple lächelte dankend, dann erklärte er sein Anliegen. »Ich habe gehört, dass ich von hier aus eine kodierte Nachricht auf Kurzwelle nach England senden kann.«

»Das ist richtig«, stimmte sie zu. »Aber apropos kodierte Nachrichten, hier wartet auch eine auf Sie.«

»Die habe ich schon gestern Abend bekommen, danke«, antwortete er höflich.

»Oh nein, das haben Sie nicht«, beharrte sie. »Sie kam erst heute Morgen, kurz nachdem ich meinen Dienst angetreten hatte.«

Sie reichte ihm kurzerhand einen weiteren blauen Umschlag.

Temple blickte etwas verdutzt darauf.

»Ich glaube, es ist besser, wenn ich meine Nachricht erst absende, wenn ich weiß, was da drin steht«, beschloss er schließlich, wünschte der Empfangsdame einen schönen Vormittag und kehrte in sein Hotel zurück.

Steve war gerade dabei, die Sachen fertig zu packen, als sie bemerkte, wie er grübelnd vor dem dünnen Papier saß, auf der die Nachricht stand.

»Was ist los, Paul?«

Er schüttelte den Kopf. »Ich verstehe das einfach nicht«, gab er zu. »Diese Nachricht ist im Geheimcode des Innenministeriums verfasst, aber sie kommt von einem völlig Außenstehenden.«

»Was steht darin?«

Er reichte den Zettel weiter und Steve las: »Ich erwarte Sie, Mr. Temple – Der Marquis.«

Kapitel 2

Flusspatrouille

Sergeant Rupert Josiah Carrington Briggs lenkte die schmale Polizeibarkasse geschickt durch das von einem überladenen Trampdampfer aufgewühlte Kielwasser, vorbei an den alten Kränen und Lagerhäusern, die sich nur schemenhaft gegen den schweren Nachthimmel abzeichneten. Irgendwo jenseits von Greenwich war das ferne Grollen eines Sturms zu hören. Eine Windböe fegte über das Wasser und Regentropfen prasselten herab.

Briggs hatte die dicken Backen eines typischen Yorkshire-Mannes, die ihm ein fast ständiges Stirnrunzeln verliehen – besonders dann, wenn er die Barkasse mit Hilfe eines einzigen, stark abgeschirmten Frontscheinwerfers steuerte.

Er zitterte und hielt seinen Südwester, einen wasserdichten Hut für Seefahrer, fest.

»Wenn das die Themse sein soll«, erklärte er in einem verbitterten Ton, »dann kannst du sie aber behalten!«

Ein breites Grinsen zeichnete sich auf dem Cockney-Gesicht seines Begleiters, Sergeant Hanmer, ab. Er war mit dem Lärm des Flussverkehrs aufgewachsen und kannte die berühmte Wasserstraße in all ihren Facetten genau. Keine noch so seltsame Schiffsfracht konnte ihn aus der Ruhe bringen. Als er seine Öljacke zuzuknöpfen begann, bemerkte er fröhlich: »Ich habe dir doch gesagt, du sollst dich nach ein bisschen Leben auf dem guten alten Fluss umsehen!«

Eine leere Kiste prallte gegen die Seite und verschwand in ihrem Kielwasser. Briggs fluchte leise und änderte den Kurs geringfügig.

»Was für eine Nacht!«, sagte er schaudernd, als sich der

Regenschauer in einen intensiven Guss wandelte.

»Keinen Hund würde man bei dem Wetter vor die Tür jagen! Ich muss langsamer fahren.«

»Wenn du noch langsamer fährst, werden wir von der Flut weggeschwemmt«, gluckste Hanmer, der sich zu amüsieren schien. Sie fuhren inzwischen mit etwa vier Knoten. Das Rauschen der Flut hatte alle Geräusche bis auf das gleichmäßige Klopfen des Motors und das gelegentliche Heulen der Sirene eines Trampdampfers verdrängt. Die Dunkelheit schien ihre maximale Intensität erreicht zu haben. Hanmer bereitete seine elektrische Taschenlampe für den Notfall vor. Gemeinsam bahnten sie sich ihren Weg unerschrocken durch den strömenden Regen. Ein oder zwei Mal betätigte Briggs vorsichtig seine Warnhupe. Nach ein paar Minuten wurde der Regen bedeutend weniger. Der Himmel wurde so viel klarer, dass sie ganz schwach die Umrisse des rechten Ufers erkennen konnten.

Sergeant Briggs wischte sich die Regentropfen von seiner Jacke und grübelte eindringlich über jenes Thema nach, das ihm in solchen Momenten immer durch den Kopf ging: War es klug von ihm gewesen, das Jobangebot seines Schwiegervaters abzulehnen? Ein schöner, fixer Job von neun bis fünf, mit einem Büro für sich allein und der Aussicht auf eine spätere Beteiligung an der Firma. Wenn es nur etwas Aufregenderes gewesen wäre als der Handel mit Rostpolitur! Immer noch sprach vieles für geregelte Arbeitszeiten, gemütliche Mahlzeiten und Hausschuhe, die am Kamin warteten. Sergeant Briggs seufzte wehmütig.

Hanmer zitterte plötzlich und zog sich seine Jacke über den Kopf. Dann holte er eine angeschmauchte Pfeife aus seiner Tasche und schob sie unangezündet zwischen seine Zähne.

»Wie lange bist du schon bei der Truppe?«, fragte er mit einem beiläufigen Tonfall. Es war Hanmers übliche Gesprächsstrategie. Er wollte die Antwort nicht wirklich wissen.

Was er wollte, war eine Gelegenheit, von seiner eigenen Laufbahn zu erzählen.

»Ich?«, murmelte Briggs und richtete seine Augen auf den schemenhaften Umriss eines norwegischen Frachters. »Seit siebzehn Jahren.«

»Donnerwetter!«, stieß der andere überrascht hervor. »Da hast du schon länger durchgehalten als ich!«

Briggs nickte feierlich. »Ich bin im August 1925 eingetreten. Davor war ich bei der Londoner Stadtverwaltung.«

»Wo genau?«, fragte Hanmer, ohne das Funkeln in seinen Augen zu bemerken.

»Ich war ein Beamter der Stufe eins«, schnauzte Briggs. Dann stieß er einen Seufzer aus. »Aber es war trotzdem sehr mühsam und eintönig. Ich schätze, ich habe in den vier Jahren, die ich dort war, fast eine Million irgendwelcher Formulare ausgefüllt.«

Hanmer lachte.

»Wenn wir schon von Monotonie sprechen, die haben wir hier in unserem Job auch. Nacht für Nacht den guten alten Fluss rauf und runter ...«

Er nuckelte nachdenklich an seiner Pfeife.

»Früher ging ich in einem netten kleinen Revier in Hampstead auf Streife. Hatte nicht viel zu tun und pausierte in ein oder zwei Restaurants, wo es viel gutes Essen gab. Ich weiß noch, als ich einmal ...«

Er brach abrupt seine Erzählung ab, lehnte sich über die Bordwand und starrte aufmerksam auf etwas Graues, das gerade noch sichtbar aus dem Wasser ragte. Seine elektrische Taschenlampe blitzte auf und blendete Briggs.

»Stell den Motor ab«, sagte Hanmer leise. Briggs reagierte sofort und das Boot fuhr lautlos auf das graue Objekt zu, das Hanmer im Lichtkreis seiner Taschenlampe im Visier hielt. Briggs hielt das Steuerrad vorsichtig in der Hand und beugte sich vor.

»Großer Gott, es ist eine Frau!«, rief er, als sie in Reichweite waren.

»Fast noch ein Kind, wie es aussieht«, knurrte Hanmer und richtete sein Licht auf das Gesicht und das Haar. Als sie längsseits näherkamen, beugte sich Hanmer vor und schaffte es, den Kopf und die Schultern des Mädchens ins Boot zu hieven. »Hilf mir«, keuchte er. Briggs ließ das Steuer einen Augenblick lang los und half.

Nach ein paar Sekunden lehnten sie die tropfende Gestalt des Mädchens gegen die Bordwand der Barkasse. Hanmer schob ihr durchnässtes Haar zurück und stieß einen leisen Pfiff aus.

»Schon wieder eine. Die ist hinüber. Sieht aus, als sei sie schon seit Stunden im Fluss ...«

»Sollten wir nicht eine Wiederbelebung versuch...«, wollte Briggs vorschlagen, aber der andere unterbrach ihn.

»Sie ist schon seit Stunden tot. Ich kenne die Anzeichen dafür. Sah nicht schlecht aus, die Kleine«, urteilte er. »Seit dem Mord auf dem Hausboot haben wir keine wirklich gutaussehende Frau mehr aus der Themse gezogen, nicht? Damals war's eine Schauspielerin. Die sah aber auch nicht mehr besonders gut aus, als wir sie herausholten.«

Briggs schenkte ihm keine Aufmerksamkeit, sondern hatte sich gebückt und den blauen Regenmantel aufgeknöpft, in den der Körper des Mädchens eingepackt war. Plötzlich schreckte er überrascht hoch, was Hamner davon ablenkte, sein sperriges Notizbuch aus einer Innentasche herauszuholen.

»Was ist das? Was hast du da?«

Mit ungelenken, kalten Fingern machte Briggs einen kleinen weißen quadratförmigen Karton ab, der an das Kleid des Mädchens geheftet war. Hanmer nahm seine Taschenlampe in die Hand. Gemeinsam untersuchten sie die aufgeweichte Pappe. Zwei Worte waren achtlos mit Tusche hingekritzelt. »Großer Gott!«, pfiff Hanmer. »Der Marquis!« Es muss festgehalten werden, dass Sergeant Rupert Josiah Carrington

Briggs dabei ein äußerst unangenehmes Gefühl in der Magen-
grube verspürte.

Kapitel 3
Scotland Yard in der Krise

Sir Graham Forbes, Chefkommissar bei New Scotland Yard, war ein überzeugter Anhänger von Methodik – und ein noch überzeugterer Anhänger seiner eigenen Methodik. Selbst die schärfsten seiner Kritiker unter den jüngeren Mitarbeitern mussten zugeben, dass sich die Methoden des Chefkommissars, die er im Laufe seiner langjährigen Erfahrung entwickelt hatte, in der Regel als erfolgreich erwiesen. Sie mochten eine Reihe kleinerer Probleme hervorrufen, sie mochten sogar den Anschein erwecken, dass sie den Vollzug der Gerechtigkeit verzögerten, aber letztendlich waren sie immer wirksam. Außenstehende mochten sich über die tiefgehende Beschäftigung mit unbedeutender Routine lustig machen, aber Forbes ging unbeirrt seinen Weg. Seine Vorgehensweise hatte sich so oft bewährt, dass er größtes Vertrauen in deren Effizienz hatte.

In jüngster Zeit hatte er im Fall der Marquis-Morde, die in der Presse so viel Aufsehen erregt hatten, tatsächlich den einen oder anderen Rückschlag erlitten. Den Journalisten gegenüber ließ Forbes diesbezüglich dennoch eine gewisse Nachsicht walten. Schließlich mussten sie ihren Lesern etwas Lebendiges und Aufregendes bieten, das sie am Frühstückstisch und auf ihrem oft mühsamen Weg zur Arbeit lesen konnten.

Dass sein Vertrauen in sein System ungebrochen war, zeigte sich an diesem schönen Herbstmorgen daran, dass auf seinem Schreibtisch sieben verschiedenfarbige Aktenordner lagen. Diese hatten etwas Beruhigendes an sich. Sie enthielten alle Beweise, die bisher im Zusammenhang mit den Marquis-Morden gesammelt worden waren. Es ging jetzt lediglich darum, diese im Lichte der neuen Erkenntnisse nochmals durchzugehen, sagte sich Forbes, während er die Diskussion, die sich unter seinen Untergebenen entwickelte, eher vage verfolgte. Jeder von ihnen schien seine eigenen Theorien samt Fakten zu haben, um diese zu untermauern.

Ruhig klopfte Forbes mit seinem Brieföffner auf seinen Schreibtisch.

»Meine Herren, wenn Sie mit Ihrem kleinem Zank fertig sind, dann könnten wir uns vielleicht noch ein oder zwei weitere Fakten ansehen. Nun, Bradley, hören wir uns erst einmal an, was Sie zu sagen haben. Ich kann mich nicht daran erinnern, dass Sie in letzter Zeit einen vollständigen Bericht gegeben hätten.«

Superintendent Bradley war ein rotblonder, mürrischer und hartnäckiger Spätdreißiger. Er zuckte ungeduldig mit den Schultern. Er neigte oft dazu, das Gesetz selbst in die Hand zu nehmen, wobei es ihm nie gelang, die Lebenseinstellung eines Gesetzesbrechers zu verstehen.

»Es wurden doch schon so viele Berichte in letzter Zeit abgeliefert, Sir Graham. Wenn Sie meine Meinung hören wollen ...«, begann er unverblümt und zeigte auf die Aktenordner. »Sie haben doch einen ganzen Stapel davon vor sich.«

Die anderen lachten. Sie wussten, dass Bradleys bevorzugte Methode darin bestand, seinen Gegner zu schnappen und aus ihm die Wahrheit herauszuquetschen.

»Was wir wollen, sind Taten«, verkündete Bradley entschlossen, »und wir wollen sie jetzt sehen, ehe es zu spät ist!«

»Hören Sie, Bradley«, schnauzte Chefinspektor Street, ein dunkler, schlaksiger Mann mit scharfen Augen und schmalem Mund. »Es ist schön und gut, wenn Sie von Taten sprechen, aber Sie scheinen nicht begriffen zu haben, von welch teuflischer Gerissenheit der Mann ist, mit dem wir es hier zu tun haben.«

»Was ich begriffen habe ...«, erwiderte Bradley, der rot angelaufen war, »... Was ich begriffen habe, ist, dass sieben Menschen ermordet wurden – für jeden von ihnen gibt es einen hübschen Ordner auf dem Tisch des Chefkommissars. Und wenn es so weiter geht, werden wir bald alle Töne des Farbenspektrums abdecken!«

Street wollte gerade eine wütende Antwort geben, doch das Summen des Telefons unterbrach ihn. Sir Graham hob den Hörer mit einer ungeduldigen Geste ab.

»Hallo? Dickson, ich habe Ihnen doch gesagt, Sie sollen uns nicht stören, es sei denn ...« Er hielt inne. Seine Miene verhärtete sich. Die Falten in seinem Gesicht vertieften sich, als er aufmerksam zuhörte, was man ihm mitteilte. Nach einem Moment nahm er seinen Bleistift zur Hand und machte sich ein oder zwei Notizen auf einem Block, der vor ihm lag. Schließlich legte er den Hörer auf und öffnete in erwartungsvoller Stille langsam eine Schublade. Er holte einen violetten Ordner heraus. Dabei wandte er sich mit einem grimmigen Lächeln an Bradley.

»Sie scheinen ein Gedankenleser zu sein, Bradley. Es gibt einen weiteren Mord, genau wie Sie es vorausgesagt haben.« Er riss den Zettel von seinem Block und steckte ihn sauber in die Mappe.

»Wer ist es dieses Mal?«, meldete sich Street zu Wort.

»Ein junges Mädchen. Man hat sie letzte Nacht aus dem Fluss gezogen«, verkündete Sir Graham müde.

Selbst Bradley schien verblüfft zu sein. »Sie meinen, es war der Marquis?«

Der Chefkommissar nickte. »Man fand den üblichen kleinen weißen quadratischen Karton, der an ihr Kleid geheftet war«, sagte er.

Inspektor Ross, ein Mann mittleren Alters mit kantigen Gesichtszügen, der bisher wenig gesprochen hatte, lehnte sich in seinem Stuhl vor.

»Der Mann ist eitel, Sir Graham«, sagte er bestimmt, »sonst würde er nicht diese ganze Sache mit den Karten betreiben. Für mich klingt das nach Con Landon. Wir haben nichts mehr von ihm gehört, seit er vor sechs Monaten entlassen wurde.«

Forbes schüttelte den Kopf.

Er missbilligte Ross' Schwäche, bekannte Kriminelle mit ungelösten Verbrechen in Verbindung zu bringen. Manchmal funktioniere es, aber es war stets sehr riskant und bedeutete oft einen erheblichen Zeitverlust.

Ein paar Sekunden lang war es still. Street stand am Fenster und blickte bedrückt auf den rauschenden Verkehr entlang des Themseufers. Schließlich drehte er sich um und fragte: »Hat man denn das Mädchen wenigstens identifiziert?«

»Noch nicht«, antwortete Forbes.

Bradley schien überrascht. »Das ist doch verdammt merkwürdig, oder?«, fragte er.

»Geben Sie den Jungs doch eine Chance«, schnauzte Ross. »Sie haben das Mädchen doch erst letzte Nacht aus dem Fluss gezogen.«

Bradley ging aufgeregt zu Forbes' Schreibtisch hinüber.

»Verstehen Sie nicht, worauf ich hinaus will, Sir?«, sagte er eindringlich.

»Vielleicht sagen Sie es uns einfach, Bradley«, antwortete Forbes in einem geduldigen Ton.

»Aber es ist doch sonnenklar! Alle anderen Opfer des Marquis waren bekannte Persönlichkeiten, ja sogar Berühmtheiten. Sie konnten sofort identifiziert werden. Myron Harwood! Sir Denis Frinton! Carlton Rodgers! Lady Alice Mapleton! Ihr Tod musste einfach in die Schlagzeilen kommen.«

Sir Graham dachte einige Augenblicke lang darüber nach. »An dem, was Sie da sagen, ist etwas dran, Bradley!«, stimmte er schließlich zu. »Vielleicht sollten wir in diese Richtung arbeiten.« Bradley wollte gerade seine Theorie erläutern, als er durch einen hereinkommenden Sergeant unterbrochen wurde, der dem Chefkommissar einen Zettel mit der Aufschrift ›DRINGEND UND STRENG VERTRAULICH‹ brachte. Forbes las ihn sorgfältig und ließ ihn dann auf seinen Schreibtisch fallen.

Er fuhr sich mit einer müden Hand über die Stirn.

»Stimmt etwas nicht, Sir?«, fragte Bradley.

»Alles in Ordnung«, antwortete Forbes. »Nur eine Nachricht von Paul Temple.«

»Paul Temple!« Ross und Bradley sprachen beide gleichzeitig.

»Ich dachte, er sei in Amerika«, sagte Street.

Sir Grahams Aussage hatte offensichtlich ein gewisses Interesse geweckt. »Es ist wohl besser, ich lese Ihnen die Nachricht vor«, schlug er vor und nahm den Zettel wieder in die Hand. »Vielleicht sagt sie Ihnen mehr als mir.« Er las: »Lieber Sir Graham, Steve und ich sind eben aus den Staaten zurückgekehrt. Warum essen Sie nicht morgen mit uns zu Abend? Ich würde mich freuen, Sie zu sehen. Mit freundlichsten Grüßen, Paul Temple.«

»Klingt doch belanglos«, schniefte Bradley.

»Einen Augenblick«, sagte Forbes langsam. »Da steht noch etwas.« Nach einer Pause las er vor: »P.S.: Ist es wahr, was man über Rita sagt?«

Ross blickte sichtlich verdutzt zu Street hinüber.

»Ist es wahr, was man über Rita sagt?«, wiederholte Bradley.

»Wer zum Teufel ist Rita?«, fragte Ross verwirrt.

»Warum ist Temple überhaupt zurückgekommen?«, wollte Street wissen. »Glauben Sie, dass das Innenministerium ihm telegrafiert hat?«

Alle weiteren Spekulationen wurden durch das Klingeln des Telefons unterbrochen. Nach einem kurzen Gespräch, das hauptsächlich aus einer Reihe von zustimmenden Lauten seinerseits bestand, drehte sich Forbes in seinem Stuhl um und erklärte: »Sie haben das Mädchen identifiziert.«

»Gute Arbeit«, stimmte Street zu. »Wer ist sie, Sir?«

»Ihr Name«, sagte der Chefkommissar bedächtig, »war Cartwright. Rita Cartwright.«

Kapitel 4
Das Mädchen, das zu viel wusste

Als Steve hörte, das Paul den Taxifahrer anwies, zum nächsten Flughafen zu fahren, konnte sie ihre Überraschung nicht verbergen.

»Ich hatte keine Ahnung, dass wir zurückfliegen«, sagte sie, als sie ins Taxi einstiegen. »Wann hast du das entschieden, Paul?«

»Gleich nachdem ich die zweite Nachricht erhalten habe«, antwortete er ruhig.

»Ein Verbrecher, der so gut informiert ist, dass er weiß, dass mir das Innenministerium telegrafiert hat, und der außerdem eine Kopie unseres Geheimcodes hat, ist ein Mann, den man nicht so leicht zu fassen kriegen wird. Deshalb glaube ich, dass wir keine Zeit zu verlieren haben.«

Auf dem Flugplatz hatten sie das Glück, die letzten beiden freien Plätze in einer Maschine zu ergattern, die eine knappe Stunde später nach New York starten sollte. Nachdem sie im Flugzeug eine leichte Mahlzeit eingenommen hatten, setzte Temple sich hin, um eine Nachricht an das Innenministerium zu verfassen. Er beschloss dann aber, das Absenden zu verschieben, da er nicht so einfach an sein Codebuch herankam. Schließlich rief er kurz nach der Landung in London an und war angenehm überrascht, als er erfuhr, dass man ihm und Steve einen Transport in der nächsten Liberator-B24-Maschine anbot. Er musste sich lediglich an den Kommandanten eines bestimmten Militärflugplatzes wenden, um nach England geflogen zu werden.

Vier Tage später waren sie wieder in London.

Pryce empfing sie mit seinem gewohnten hintergründigen

Lächeln. Temple hatte vom Flugplatz aus mit ihm telefoniert. Sie waren gerade dabei, ein oder zwei wichtige Dinge auszupacken, als der Diener bemerkte: »Ich vergaß zu erwähnen, Sir, dass eine junge Dame mehrmals angerufen hat. Eine sehr hartnäckige junge Person namens Cartwright.«

Steve und Temple warfen sich einen überraschten Blick zu und schüttelten fast gleichzeitig den Kopf.

»Keine Ahnung, wer das sein soll«, sagte Temple.

»Oh, sie sagte, Sie würden sie nicht kennen, Sir, aber offenbar kennt sie Sie. Und sie sagte, es sei sehr dringend. Sie sollten sich gleich nach Ihrer Rückkehr mit ihr in Verbindung setzen. Ich habe mir die Telefonnummer auf dem Block notiert.«

Als Temple eine halbe Stunde später Euston 6347 anrief, meldete sich eine charmante weibliche Stimme.

»Gott sei Dank sind Sie wieder da, Mr. Temple. Wie schnell können wir uns sehen? Es ist wirklich sehr dringend!«

»Was schlagen Sie als Treffpunkt vor?«, fragte Temple. Das Mädchen zögerte einen Moment lang.

»Kennen Sie zufällig eine Gaststätte in Holborn, die ›The Last Man‹ heißt?«, fragte sie. »Dort gibt es einen ruhigen kleinen Raum im hinteren Bereich. Wenn Sie mich dort in einer halben Stunde treffen könnten, dann wäre das auf dem Weg zu einer ziemlich wichtigen Verabredung, die ich um acht Uhr habe.«

»Ich kenne die Gegend recht gut«, versicherte Temple, denn er kannte sich in diesem Viertel ziemlich gut aus. »Ich werde in einer halben Stunde dort sein.«

Als Temple ankam, war ›The Last Man‹ fast leer. Rita Cartwright saß allein in dem kleinen Raum hinter der Bar. Temple war staunte darüber, wie jung sie aussah. Nach der Stimme am Telefon zu urteilen, hatte er jemanden erwartet, der viel älter war. Das Mädchen schien nur etwa zwanzig Jahre alt zu sein, obwohl sie mit einem dunklen Regenmantel und einer grünen Baskenmütze keineswegs vorteilhaft gekleidet war. Temple bemerkte, dass sie puren Rum trank.

»Ich versuche, mir etwas Mut anzutrinken«, erklärte sie mit einem ironischen Lächeln, nachdem sie sich vorgestellt hatte. »Ich habe heute Abend einen heiklen Fall zu bearbeiten – Ich glaube, ich mute mir mehr zu, als ich bewältigen kann.« Während sie sprach, zuckte die junge Frau mit den Schultern und lächelte entwaffnend.

»Nun, ich fange am besten ganz von vorne an. Ich bin eine Art Privatdetektivin und mein Auftrag besteht im Moment darin, den Mord an Lady Alice Mapleton aufzuklären. Ich muss erwähnen, dass dies mein erster Mordfall ist! Und was für ein Fall das ist, Mr. Temple«, fügte sie mit einem Lächeln hinzu.

»War das nicht einer der Marquis-Morde?«, fragte Temple. Das Mädchen nickte. »Der erste. Soweit ich weiß, tappt die Polizei immer noch völlig im Dunkeln. Wenn ich diesen Fall lösen kann, wäre das ein großer Erfolg für mich. «

Temple konnte ein leichtes Lächeln über ihren jugendlichen Enthusiasmus nicht unterdrücken.

»Verzeihen Sie mir diese banale Bemerkung«, sagte er freundlich, »aber Sie sind noch etwas sehr jung, um sich mit gefährlichen Verbrechern anzulegen.« Sie nahm einen Schluck von ihrem Rum.

»Jung mag ich sein – genauergesagt bin ich vierundzwanzig –, aber ich bin auf Spuren gestoßen, die der Polizei bisher entgangen sind. Doch zurück zu meiner Geschichte. Als Lady Alice Mapleton ermordet wurde, war ich gerade ein knappes Jahr in meinem jetzigen Job tätig. Ich hatte gerade ein Diamantarmband für die ehrenwerte May Bennerton wiedergefunden – ein ziemlich kniffliger Fall, aber sie war hochzufrieden. Sie bezahlte mir mein Honorar und ich hatte die Angelegenheit schon fast vergessen, als sie eines Tages mit einer sehr hochgestellten Dame der Gesellschaft in mein Büro kam. Sie stellte die Frau als Herzogin von Mapleton vor, die Mutter von Lady Alice Mapleton. Die ehrenwerte May machte uns bekannt und ließ uns dann alleine.«

»Sehr schön«, lächelte Temple, bot ihr eine Zigarette an und zündete sie an. »Ich nehme an, dass die Herzogin dann ihre Karten auf den Tisch legte?«

Rita Cartwright nickte.

»Wie alle Mitglieder alter Familien hatte sie eine Heidenangst vor Skandalen. Aber sie hat mir alles erzählt, was sie wusste: angefangen mit der Tatsache, dass Lady Alice kokainsüchtig war.«

Temple pfiff nachdenklich.

»Das würde eine ganze Reihe von Dingen erklären«, murmelte er.

»Es war offensichtlich, dass die Herzogin Alice sehr zugetan war – sie war ihr einziges Kind«, fuhr Rita fort. »Und sie war mit den Ergebnissen, die die Polizei erzielt hatte, überhaupt nicht zufrieden. Sie hatte jedoch Angst, Scotland Yard auf die Sprünge zu helfen, indem sie erzählte, was sie wusste. Das hätte unangenehme Auswirkungen in der Öffentlichkeit zur Folge haben können. Deshalb dachte sie, dass ich mit all der zusätzlichen Hilfe, die sie mir geben konnte, den Mörder möglicherweise aufspüren könnte – und dies ohne dass die ganze Geschichte öffentlich wird. Sie schien ziemlich sicher, dass der Mörder etwas mit dem Drogengeschäft zu tun hat – und ich neigte dazu, ihr zuzustimmen.«

»Das hat etwas für sich«, stimmte Temple zu.

»Ich habe gründlich nachgeforscht. Die Herzogin hat mir ein wertvolles Beweisstück überlassen: das Tagebuch von Lady Alice. Auf der letzten Seite fand sich eine Notiz mit Bleistift: Limehouse 7068 – fragen Sie nach Sammy!«

Temple lächelte. »Sie haben sich also mit meinem alten Freund Sammy Wren eingelassen«, sagte er. Die junge Frau lachte.

»Auf Anhieb erraten! Ich fragte ihn, ob er mir etwas Stoff besorgen könnte – und er fiel darauf herein! Ich bin zu einer Adresse in Bombay Road gefahren und habe das Zeug abgeholt. Seitdem war ich mehrere Male dort. Dadurch bin ich mit einigen Bandenmitgliedern in Kontakt gekommen. Lauter Untermänner, die sich auf den großen Hintermann beriefen. Bisher konnte ich nichts über ihn herausbringen. Diese Woche habe ich mich dazu entschlossen, ihnen keine andere Wahl zu lassen und sie dazu zu zwingen.«

»Sie scheinen eine sehr mutige junge Frau zu sein«, sagte Temple bewundernd. »Wie genau haben Sie sie dazu gezwungen?«

Rita drückte ihre Zigarette aus.

»Ich sagte ihnen, ich hätte eine Bestellung über das Fünffache der üblichen Menge, müsse aber unbedingt mit dem Chef sprechen, um bestimmte Vorkehrungen für die Verteilung der Ware zu treffen. Da ging einer von ihnen in den nächsten Raum und telefonierte. Als er zurückkam, sagte er, ich könne den Chef heute Abend um acht Uhr treffen.«

Temple schnippte die Asche von seiner Zigarette und sah auf die Uhr. Es war zehn nach sieben.

»Und Sie haben all diese Ermittlungen ganz alleine durchgeführt?«, fragte er.

»So gut wie. Dabei bin ich auf einen jungen Mann namens Roger Storey gestoßen, der mit Lady Alice verlobt war und anscheinend beabsichtigt, ihren Tod zu rächen. Er ist einer dieser harmlosen jungen Männer mit viel Geld und unendlich viel Zeit. Wir haben uns mehrere Male getroffen und sind viele Theorien über den Mord durchgegangen. Er hat mir geholfen, einige Nachforschungen über einen Mann namens Sir Felix Reybourn anzustellen.«

Temple sah schnell auf.

»Der Ägyptologe? Was ist mit ihm?«

»Nichts Definitives, abgesehen von der Tatsache, dass er – soweit wir das rekonstruieren können – die letzte Person war, die die Opfer des Marquis lebend gesehen hat.«

»Das ist außerordentlich bemerkenswert«, sagte Temple mit einem nachdenklichen Stirnrunzeln. »Sind Sie sich da ganz sicher?«

Sie schüttelte den Kopf. »An diesem Aspekt des Falles arbeite ich immer noch. Wenn natürlich Sir Felix heute Abend bei der Verabredung erscheint, dann ist alles ganz einfach. Bitte reden Sie in der Zwischenzeit mit niemandem darüber.«

Temple drückte die Klingel und bestellte noch etwas zu trinken.

»Ich muss Ihnen wirklich zu Ihrer erstklassigen Arbeit gratulieren«, sagte er. »Es gibt da allerdings etwas in der ganzen Angelegenheit, das ich nicht verstehe.«

»Was?«, fragte sie.

Temple stellte ihren Drink vor sie hin und fügte seinem Whisky Soda hinzu.

»Was ich nicht ganz verstehe, ist, weshalb Sie mir das alles unbedingt erzählen wollten?«

Das Mädchen lächelte.

»Die Herzogin von Mapleton hat einige einflussreiche Freunde im Innenministerium. Letzte Woche erzählte sie mir, dass man Sie zu dem Fall hinzugezogen hat. Sie war deshalb ziemlich beunruhigt, weil sie sicher war, dass Sie das mit den Drogen herausfinden würden. Deshalb schlug ich vor, Sie ins Vertrauen zu ziehen und den Rest Ihrem Ermessen zu überlassen. Ich sagte, dass Sie laut *Who's Who* in Winchester und Oxford studiert hätten. Das schien die alte Dame zu beruhigen.«

Temple lachte.

»Ich glaube, ich könnte mir keine bessere Partnerin wünschen«, erklärte er aufrichtig. »Ich denke jedoch, dass Sie mir erlauben sollten, Sie heute Abend zu begleiten.«

Das Mädchen schüttelte nachdrücklich den Kopf.

»Nein, nein, das würde alles verderben. Ich bin nicht auf einen Showdown in der Bombay Road aus. Ich will nur die Identität des Hintermanns herausfinden. Danach sollte es ein Kinderspiel sein.«

»Würden Sie mir vorsichtshalber die Nummer des Hauses

in der Bombay Road nennen, Miss Cartwright?«

»Aber natürlich, es ist 79a. Aber versprechen Sie mir bitte, dass Sie sich nicht einmischen. Wenn ich das alleine durchziehe, wäre das ein großer Erfolg.«

»Es wird etwas, mit dem Sie sich schmücken können«, versicherte Temple ihr mit einem Augenzwinkern. »Dennoch möchte ich Ihnen etwas mit auf den Weg geben.«

»Und das wäre?«, lächelte sie.

»Seien Sie sich nicht zu sicher, dass alles glatt laufen wird. Meinen eigenen Erfahrungen nach kann es auch recht stürmisch werden.«

Rita griff nach ihrer Handtasche und klemmte sie sich unter den Arm. »Bis hierhin habe ich Glück gehabt«, sagte sie leichthin. »Vielleicht hält mein Glück an.«

Doch in ihren blassblauen Augen lag ein Blick, der verriet, dass sie an ihren Worten zu zweifeln schien.

Sir Graham Forbes rührte in seinem Kaffee und stellte gleichzeitig fest, dass sich Paul Temple und Steve seit den Tagen, in denen sie gemeinsam unerbittlich die Schlagzeilenmänner jagten, kaum verändert hatten. Wenn überhaupt, war Temple vielleicht eine Spur sonnengebräunter und hatte möglicherweise ein wenig an Gewicht verloren.

Während des Abendessens hatten sie hauptsächlich über Paul Temples Besuch in den Vereinigten Staaten gesprochen, und Forbes hatte viele Fragen über das FBI und andere Beamte, die er dort kannte. Erst als er seine Tasse Kaffee halb geleert hatte, fragte Forbes plötzlich: »Was genau haben Sie mit dem Postskriptum gemeint?«

Temple klopfte die Asche von seiner Zigarre und runzelte nachdenklich die Stirn. Schließlich sagte er: »Drüben in den Staaten, Sir Graham, war ich der C-Abteilung des Informationsministeriums zugeteilt.«

»Aus dem, was Colonel Randall mir erzählte, schloss ich bereits, dass Sie etwas in dieser Richtung gemacht haben«, nickte Forbes.

»Während wir dort waren«, fuhr Temple fort, »begannen die Zeitungen ihre Titelseiten mit einer Geschichte über diesen Kerl namens Marquis zu füllen. Zuerst hielt ich die ganze Sache für stark übertrieben, aber eines Abends vor etwa einer Woche erhielt ich einen speziellen Funkspruch aus dem Büro des Innenministers, der mich dazu veranlasste, meine Meinung diesbezüglich zu ändern. Da wusste ich ...«

Er zögerte.

»Sie wussten, dass die Dinge ziemlich ernst geworden waren – um es milde auszudrücken.«

Paul Temple lächelte etwas erleichtert, als er feststellte, dass Forbes mehr wusste, als er erwartet hatte. »Ich wollte die Staaten nicht unbedingt verlassen, Sir Graham. Es war eine interessante Arbeit drüben – ich war immer etwas in Bewegung und ich fing an, Ergebnisse zu erzielen. Aber diese Nachricht konnte ich einfach nicht ignorieren.«

Sir Graham stellte seine Tasse auf den Tisch und lehnte sich nach vorne. »Der Innenminister hatte einen sehr guten Grund, Sie einzuschalten, Temple«, erklärte er leise. »Ich habe schon vor einem Monat erkannt, dass Sie der einzige Mann sind, der bestimmte Angelegenheiten in diesem Fall erledigen kann. Lange Rede, kurzer Sinn: Wir brauchen Ihre Hilfe, Temple. Wir brauchen ganz dringend Ihre Hilfe.«

Temple und Steve tauschten einen verständnisvollen Blick aus. Temple sagte: »Ich bin sehr erleichtert, dies alles von Ihnen zu hören, Sir Graham. Sie wissen, dass ich nie den Wunsch hatte, mich in einen Ihrer Fälle einzumischen und ich habe auch nicht die Absicht, das jetzt zu tun, wenn ...«

»Rede keinen Unsinn, Darling«, unterbrach Steve und füllte Sir Graham die Tasse nach. »Du hast sehr wohl die Absicht, dich einzumischen. Und du hast Sir Grahams Frage nach Rita Cartwright immer noch nicht beantwortet.«

»Ja«, sagte Forbes, »ich möchte mehr über diese junge Dame erfahren.«

Temple zündete ein Streichholz an und führte es zu seiner Zigarre.

»Ich verfüge nur über ein paar schemenhafte Fakten, Sir Graham, aber es scheint so, dass Rita Cartwright eine junge Frau ist, die schon immer auf eine andere Art Karriere machen wollte. Deshalb wurde sie so eine Art Privatdetektivin. Dabei hatte sie ein gewisses Maß an Glück, unter anderem erhielt sie den Auftrag, einen der Marquis-Morde zu untersuchen. Aber wenn ich sie das nächste Mal sehe, werde ich ihr dazu raten ...«

»Es wird kein nächstes Mal geben«, warf Forbes düster ein. »Die Leiche von Rita Cartwright wurde gestern Abend aus der Themse gezogen. Ein paar Stunden später wurde sie von einem jungen Mann namens Roger Storey identifiziert.«

Temple legte die Stirn in Falten. »Der Name kommt mir bekannt vor.«

»Ja, er war der Verlobte von Lady Alice Mapleton, ein ziemlich aufdringlicher junger Kerl, aber in der Regel haben wir ihn ganz gut im Griff. Der arme Junge hat eine schlimme Zeit hinter sich. Die beiden hätten in ein paar Monaten heiraten sollen.«

»Es gibt da eine Sache, die ich über Rita Cartwright noch nicht erwähnt habe«, sagte Temple langsam. »Als sie mich gestern Abend verließ, war sie auf dem Weg zu einer Verabredung mit dem Hintermann einer Organisation, die mit Drogen handelt ...«

Sir Graham blickte schnell hoch. »Was? Wo denn?«

»In der Bombay Road 79a. Wie sie mir erzählte, war sie in den letzten Wochen öfters dort.«

Sir Graham war sichtlich beeindruckt, ging zum Telefon, wählte eine Nummer und gab einige schnelle Anweisungen durch.

»Ich fürchte, Ihre Männer werden dort nicht viel finden«, sagte Temple, als Sir Graham den Hörer aufgelegt hatte.

»Ach ja? Und warum?«

»Es ist doch offensichtlich, dass Rita Cartwright gestern Abend den Marquis getroffen hat, nicht wahr? Und ich kann mir schwer vorstellen, dass er irgendwelche Spuren hinterlassen hat. Dazu ist er viel zu schlau.«

»Hm, vielleicht haben Sie recht«, murmelte Forbes und biss kräftig auf den Stiel seiner Lieblingspfeife. Ein paar Minuten lang rauchten sie schweigend, jeder war mit seinen Gedanken beschäftigt. Steve ging ins Esszimmer, um das Feuer zu schüren. Nach einer Weile sagte Forbes: »Gewisse Aspekte dieses Falles erinnern mich an den Erpressungsfall Carson! Und apropos Carson-Affäre: Was ist eigentlich mit Sammy Wren geschehen? Er war doch ziemlich tief in diese Sache verwickelt.«

»Oh ja, das war er«, stimmte Temple zu. »Ich erinnere mich an Sammy Wren.«

»Ich habe in letzter Zeit sehr viel über ihn nachgedacht«, fuhr Forbes fort. »Deshalb habe ich Bradley vor etwa zwei Wochen gebeten, ihn vorzuführen, weil ich dachte, er könnte uns in diesem Fall weiterhelfen. – Aber er scheint sich nicht mehr in seiner Gegend herumzutreiben. Sam ist ein seltsamer kleiner Teufel, aber er kennt sich gut aus. Scheint jeden und alles zu kennen. Wahrscheinlich wusste er, dass Bradley hinter ihm her war und dachte, wir würden ihn wegen irgendeiner Sache suchen.« Er hielt inne, als er bemerkte, dass Temple lächelte. Dann fragte er: »Habe ich etwas Lustiges gesagt?«

»Tut mir leid«, entschuldigte sich Temple, »aber ich dachte nur an den ›Goldenen Käfig‹.«

Forbes war sichtbar verdutzt. »Der ›Goldene Käfig‹?«

»Ja, das ist ein Wirtshaus in der Nähe von Elephant-and-Castle. Kennen Sie es, Sir Graham?«

»Nein, nie davon gehört.«

»Es befindet sich in einer engen Seitenstraße«, erklärte Temple. »Und wie Sie feststellen werden, verkehrt dort ein alter Freund von Ihnen ziemlich regelmäßig.«

Forbes nahm seine Pfeife aus dem Mund und lächelte

langsam. Ihm war klar geworden, dass Paul Temple damit Sammy Wren gemeint hatte.

Kapitel 5
Kein Bier für Sammy Wren

Wenn man sich in dem Viertel nicht gut auskannte, konnte man leicht am ›Goldenen Käfig‹ vorbeigehen, ohne zu bemerken, dass es sich dabei um ein Wirtshaus handelte. Es gab zwar so etwas wie ein tristes Schild über der Eingangstür, aber die Farbe war schon lange verblasst und die Schrift war ziemlich undeutlich. Die Stammkunden dieses kleinen Lokals ließen sich davon jedoch nicht abhalten und behaupteten mit Nachdruck, dass es südlich des Flusses kein besseres Bier gäbe.

Paul Temple stimmte diesem Urteil zu. Er hatte den ›Goldenen Käfig‹ vor Jahren entdeckt, als er auf der Recherche nach Material für seinen zweiten Roman war. Jemand hatte ihm erzählt, dass es ein beliebter Treffpunkt für Mitglieder von kriminellen Vereinigungen sei. Er hatte bald festgestellt, dass dies übertrieben war. Dafür hatte er aber auch entdeckt, dass das so gefragte selbstgebraute Extra-Spezial-Bier tatsächlich nach Hopfen schmeckte. Temple hatte diesen Geschmack nie vergessen.

»Hier haben Sie also früher Ihre Freizeit verbracht, Mr. Temple«, scherzte Steve, als sie sich in einer düsteren Ecke des Raucherzimmers niederließen. Der Raum war voll mit jener typischen Mischung von Menschen, die für das Viertel Elephant-and-Castle charakteristisch sind. Es waren nur zwei andere Frauen anwesend, aber die Stammgäste schienen Steve nicht zu bemerken, die speziell für diesen Anlass ein unauffälliges Kostüm und einen etwas unförmigen Filzhut trug.

Temple lachte über die Bemerkung seiner Frau, zündete sich eine Zigarette an und erwiderte: »Sei nicht albern, Liebling. Meine ganze Freizeit habe ich mit einer exotischen

Blondine aus Pimlico verbracht. Habe ich dir das nicht alles schon vor der Heirat gestanden?«

»Das muss ich wohl vergessen haben, Darling!«

»Wenn das so ist, dann spendiere ich dir einen Drink. Was möchtest du trinken?«

»Einen trockenen Martini«, entschied Steve prompt.

»Nicht hier, das geht nicht«, wies er sie zurecht. »Wir fangen mit zwei Gläsern ihres Extra-Spezial-Biers an.«

»Anderthalb – für den Fall, dass es mir nicht schmeckt.«

Er winkte der Bardame, die mit dem Rücken zu Steve stand und sich mit einer Gruppe junger Männer unterhielt. Als sie in sein Blickfeld geriet, erkannte er sie sofort.

»Du meine Güte – wenn das nicht Dolly Fraser ist!«, rief er. Die stark geschminkten Züge des Mädchens verrieten den Hauch eines plötzlichen Erschreckens, ehe sie wieder ihren früheren unverfrorenen Ausdruck annahmen.

»Ich heiße Smith – Betty Smith«, antwortete sie mürrisch. Temple lächelte verschmitzt.

»Doch nicht eine der Smiths aus Shropshire?«, fragte er und zwinkerte Steve unbemerkt zu.

»Und was ist, wenn ich eine der Shropshire-Smiths bin?«, fragte das Mädchen provokant und warf ihr kupferrotes Haar zurück.

»Wäre es in diesem Fall zu viel verlangt, wenn Sie uns einen Krug und ein Glas Ihres Extra-Spezials bringen würden?«, fragte Temple höflich.

»Spezial ist aus – schon seit Monaten«, antwortete das Mädchen brüsk und schob eine Haarsträhne zurück.
»Ich bringe Ihnen etwas Old Ale, wenn Sie wollen. Das ist das beste, das wir haben.«

»Danke, das wäre nett«, sagte Temple selbstgefällig.

Mit einem frechen Heben der Schulter verschwand die Bardame. Als sie außer Hörweite war, fragte Steve: »Kennst du das Mädchen oder war das nur eine Art Show?«

Temple grinste.

»Ich kenne sie. Ihr Name ist Fraser – Dolly Fraser. Sie war vor ein paar Jahren eine der Lichtgestalten der Reagan-Bande. Einer der besten Lockvögel, die es gibt – auf ihre ganz eigene Art ist sie eine sehr gute Schauspielerin.«

Obwohl er mit vorsichtig angepasster Lautstärke gesprochen hatte, war er offenbar von einem großen, schlanken Mann belauscht worden, der keinen Sitzplatz gefunden hatte und sich gegen eine Trennwand in der Nähe lehnte.

»Ganz richtig, Mr. Temple«, bestätigte der Fremde. »Ihr Name ist Fraser und sie war vor etwa zwei Jahren während der Charteris-Entführung bei der Reagan-Bande.«

Temple und Steve drehten sich um. Der Neuankömmling fand plötzlich einen hohen Hocker und ließ sich offenbar ganz entspannt darauf nieder.

»Verzeihen Sie, wenn ich mich einmische, aber ich konnte Ihre Bemerkung nicht überhören, Mr. Temple. Mein Name ist Ross – Inspektor Ross von der Kriminalpolizei. Ich glaube, wir sind uns kurz vor Ihrer Abreise nach Amerika schon einmal begegnet.«

»Aber natürlich, Inspektor! Tut mir leid, aber ich habe Sie nicht gleicht erkannt«, sagte Temple erfreut. »Kennen Sie meine Frau schon?«

Nach der gegenseitigen Vorstellung lud Temple den Inspektor zu einem Drink ein. Dieser schüttelte jedoch mit Bedauern ablehnend seinen Kopf.

»Nein, danke, Mr. Temple. Ich habe schon genug und hätte bereits vor Stunden zu Hause sein sollen. Das hier ist nämlich kein dienstlicher Besuch.«

»Ein Grund mehr, sich entspannt etwas zu genehmigen«, drängte Temple, aber Ross ließ sich nicht umstimmen und verabschiedete sich schließlich von ihnen.

»Ich behalte Dolly Fraser im Auge«, versicherte er Temple mit einem Unterton, bevor er sich umdrehte und ging.

»Ist er neu beim Yard?«, fragte Steve, als die schlaksige Gestalt verschwunden war.

»Nein. Soweit ich weiß, ist er schon länger dort. Er gehörte zur Abteilung für Fingerabdrücke, bis Bradley sie übernahm. Ich glaube nicht, dass sie gut miteinander auskamen. Deshalb hat Forbes wohl beschlossen, Ross zu versetzen. Er erhielt fortan Sonderaufträge und er hat sich dabei schon mehrmals als Trumpf erwiesen. Er hat den Ruf, ein ziemlich gewitzter Bursche zu sein.«

In der Zwischenzeit war Dolly Fraser zurückgekehrt und stellte das Bier auf den Tisch. Als Temple nach einer halben Krone griff, schien sie etwas sagen zu wollen, zögerte dann und sagte schließlich: »Es tut mir leid, dass ich vorhin unhöflich war, Mr. Temple. Es war wegen diesem Ross, der hier immer herumhängt und mir auf die Nerven geht. Warum kann er mich nicht in Ruhe lassen?«

»Keine Sorge, Dolly. Es ist alles in Ordnung«, lächelte Temple.

»Es war dumm von mir zu sagen, dass mein Name Smith ist. Ich habe nichts getan, wofür ich mich schämen müsste«, fügte sie mit einem Anflug von Trotz hinzu.

»Natürlich haben Sie das nicht.«

»Ich wusste, dass Sie mich sofort erkannt haben, als Sie hereinkamen«, fuhr sie etwas nervös fort. »Und dass Ross auch noch da war – das ging mir irgendwie unter die Haut.«

»Du dachtest wohl, wir würden dich holen, weil du das Extra-Spezial gepanscht hast«, meinte Temple, worauf Dolly lachte. Dann verengten sich ihre Augen leicht und sie konnte die Neugierde in ihrer Stimme nicht unterdrücken.

»Sie waren seit einer Ewigkeit nicht hier, Mr. Temple. Sie suchen nicht zufällig nach jemandem?«

Temple warf ihr einen entwaffnenden Blick zu.

»Doch, natürlich, Dolly. Ich warte auf einen alten Freund von mir. Du erinnerst dich sicherlich an Sammy Wren.«

»Sammy Wren!«, wiederholte sie nachdenklich. »Den habe ich seit einer Ewigkeit nicht mehr gesehen.« Sie hielt inne, dann fügte sie bedeutungsvoll hinzu: »Ist doch alles in

Ordnung, hoffe ich?«

»Alles«, versicherte er ihr. »Nur eine kleine geschäftliche Angelegenheit. Wie wär's, trinkst du etwas mit uns?«

»Tja, ich glaube, ein Pink Gin würde mich etwas beruhigen«, gab Dolly zu, die sich jetzt viel wohler fühlte. Sie war im Nu wieder mit dem Getränk und Temples Wechselgeld zurück. Dann nahm sie zwei weitere Bestellungen auf und ging wieder zu Temples Tisch hinüber.

»Du hast also Sammy Wren in letzter Zeit nicht gesehen«, sagte Temple.

»Schon seit ein oder zwei Wochen nicht mehr, vielleicht auch länger. Früher war er jeden Tag hier.«

»Tatsächlich? Bei der hohen Alkoholsteuer muss es Sammy aber ziemlich gut gehen.«

»Kann sein«, antwortete sie gleichgültig. »Er erzählt mir nie etwas über seine Geschäfte – und ich will auch gar nichts darüber wissen.«

Temple nahm diese Zurechtweisung an. »*Du* siehst aber auch so aus, als ob es dir finanziell gut geht«, sagte er vielsagend.

Etwas von ihrem früheren Unbehagen kehrte zurück.

»Mir geht es gut«, erwiderte sie leicht trotzig.

»Der Chef hier ist absolut in Ordnung. Ein wahrer Gentleman, wenn Sie wissen, was ich meine. Erst letzte Woche hat er mir eine Gehaltserhöhung gegeben. Das ist die dritte in achtzehn Monaten.«

»Das ist ja großartig!«

Dolly entspannte sich noch einmal. »Ich bringe Ihnen jetzt einen Gin Tonic, Mrs. Temple«, sagte sie, nachdem sie bemerkt hatte, dass Steve nicht viel von dem Old Ale hielt. »Wir haben heute Morgen ein paar Flaschen wirklich guten Gins bekommen.«

Als sie Steves Glas nahm, sah Temple plötzlich zu ihr auf und fragte: »Haben Sie schon einmal von diesem Kerl gehört, der sich ›Der Marquis‹ nennt?«

Dolly verschüttete fast das Bier, als sie das Glas leicht zurück auf den Tisch fallen ließ.

»Ich weiß nur das, was ich in den Zeitungen gelesen habe – und das glaube ich nicht immer«, schnauzte sie und sah ihn an. »Warum zum Teufel sollte ich etwas über diesen Mann wissen? Worauf wollen Sie hinaus?«

»Ich wollte mich nur ein wenig unterhalten, Dolly«, entschuldigte sich Temple ganz kleinlaut.

»Was soll das?«, fragte sie herausfordernd.

»Sie sind schon der zweite Kerl in dieser Woche, der mich fragt, ob ich den verflixten Marquis kenne.«

Temple richtete sich in seinem Stuhl auf. »Ach? Wer war der andere?«

Sie schniefte. »Ein junger Kerl namens Roger Storey. Er schnüffelt hier schon seit Tagen herum und stellt alle möglichen Fragen. Ich würde das eigentlich nicht dulden, aber er ist eloquent, kann dafür aber nicht mit Geld umgehen.« Sie lächelte, als sie sich an ihn zurückerinnerte.

»Roger Storey«, wiederholte Steve. »Das war der junge Mann, der Rita Cartwright identifiziert hat, als ...«

Sie verstummte, als die Tür zum Raucherzimmer schwungvoll aufgestoßen wurde und einen auffällig gekleideten kleinen Mann zum Vorschein brachte, der mit Mütze und Schal viel besser ausgesehen hätte. Sammy Wren kam munter zu ihnen herüber. Von den Spitzen seiner gelbbraunen Schuhe bis zum Scheitel seiner schief sitzenden Melone verströmte Sammy Wren einen Hauch ungenierten Reichtums.

»Hallo, Mr. Temple! Entschuldigen Sie, dass ich Sie warten ließ.« Sein Cockneyakzent war von der frechsten Sorte. »Ich habe Ihre Nachricht erst gestern Abend erhalten.« Dann sah er Dolly und stieß sie leicht in die Rippen. »Was macht die Kunst, altes Mädchen?«, gab er in heiserem Flüsterton von sich.

Sie gab ihm eine Ohrfeige und drehte ihm den Rücken zu, um die Bestellung eines anderen Kunden entgegenzunehmen.

Temple stellte Sammy Steve vor, der ihr eifrig die Hand reichte.

»Freut mich, Ihr Frauchen kennenzulernen, Mr. Temple. Eine Ehre, da bin ich mir sicher! Ich hoffe, Sie haben ein Auge auf ihn, Mrs. Temple, und passen auf, dass er nicht in irgendwelche komischen Sachen verwickelt wird.« Er zwinkerte bedeutungsvoll.

»Gehen wir doch in den hinteren Raum«, schlug Temple vor. »Da sind wir ein bisschen ungestörter.«

Sammy sah auf seine teure Armbanduhr.

»Hören Sie, Mr. Temple, ich bin um acht mit einem Kerl im Westend verabredet. Und es ist jetzt schon acht vorbei. Vielleicht könnten Sie und ich uns morgen auf einen kleinen Plausch treffen?«

Temple zögerte.

»Wo treffen Sie Ihren Freund?«, fragte er.

»In ›Percy's Snack Bar‹, gleich am Haymarket.«

»Dann fahre ich Sie mit dem Auto hin«, entschied Temple. »Wir können uns unterwegs unterhalten. Wollen Sie noch etwas trinken, bevor wir losfahren?«

Sammy schüttelte den Kopf. Er hatte es offensichtlich eilig und schien ein wenig besorgt zu sein. »Ich muss weiter, Mr. Temple, wenn es Ihnen nichts ausmacht«, sagte er entschieden.

Nachdem er Dolly eine gute Nacht gewünscht hatte, machten sie sich auf den Weg zu Temples Wagen, der an der Straßenecke geparkt war. Sammy kletterte zu Temple auf den Vordersitz, während Steve auf dem Rücksitz Platz nahm.

Als er hinter dem Steuer saß, ließ Temple die wichtigsten Fakten über seinen Begleiter Revue passieren.

Sammy Wren galt als Besonderheit in der Unterwelt, da er sich nicht auf eine bestimmte Art von Verbrechen spezialisiert hatte. Er war nicht nur erfolgreich darin, wenn es darum ging, der Polizei zu entkommen, sondern verstand es auch, aus seinen verschiedenen Unternehmungen hohen finanziellen

Gewinn zu ziehen. Temple wusste, dass er sich in Erpressung, Drogenschmuggel, Schwarzhandel und Fälschung versucht hatte. Bisher hatte er nur zwei kurze Haftstrafen verbüßt, da es ihm jedes Mal gelungen war, den Richter davon zu überzeugen, dass er nur der Komplize eines anderen Unglücklichen gewesen war. Sammy Wren konnte man nichts vormachen.

Als sie auf die Waterloo Road fuhren, fragte Sammy: »Weswegen wollten Sie mich eigentlich sprechen, Mr. Temple?«

Temple schaltete einen Gang zurück und überholte einen großen Lastwagen. »Können Sie sich das nicht denken?«, gab er zurück.

»Was weiß ich!«, sagte Sammy. »Als ich Ihre Nachricht erhielt, sagte ich mir: He, irgendetwas liegt in der Luft, sonst würde er einem Banditen wie Sammy Wren nicht schreiben.«

Temple holte geschickt eine Zigarette aus seinem Etui und zündete sie mit der linken Hand an.

»Zuallererst, Sammy – erzählen Sie mir, was mit Rita Cartwright passiert ist«, sagte er mit forderndem Ton.

»Cartwright?«, wiederholte Sammy mit einer Verblüffung, die echt wahr.

»Ich kenne niemanden mit diesem Namen.«

Temple warf ihm aus den Augenwinkeln heraus einen misstrauischen Blick zu.

»Ich bezeichne Sie nur ungern als Lügner, Sammy«, sagte Temple milde, »aber ich weiß aus erster Hand, dass Sie gestern Abend einen Termin für sie in der Bombay Road 79a vereinbart haben.«

Sammy versteifte sich in seinem Sitz.

»Ach, diese kleine Soundso«, murmelte er. »Ich wusste nicht, dass das ihr Name war.«

»Dann erinnern Sie sich also doch?«

Sammy leckte sich über die Lippen.

»Ja«, gab er schließlich zu, »ich erinnere mich.«

»Der Chef war doch zweifellos sehr verärgert über Sie, Sammy, als er herausfand, dass sie eine Privatdetektivin war?«

»Deswegen will er mich also sehen«, hauchte Sammy etwas bestürzt.

»Sie haben also eine Verabredung mit ihm im Westend?«

»He, wenden Sie jetzt den dritten Grad an, oder was?«, fragte Sammy unruhig.

Temple bremste ab, um einer Straßenbahn auszuweichen. »Sie wissen natürlich auch schon, dass man Rita Cartwrights Leiche gestern Abend aus der Themse gezogen hat«, sagte er beiläufig.

»Nein, das wusste ich nicht – wirklich, das wusste ich nicht!« Sammy protestierte heiser. Es sah tatsächlich so aus, als hätte ihn diese Nachricht überrascht. »Ich habe nichts damit zu tun. Sie kennen mich doch, Mr. Temple. Bei Mord ziehe ich eine Grenze ...«

»In Ordnung, Sammy«, sagte Temple leise. »Wenn Sie nichts über den Tod von Rita Cartwright wissen, können Sie uns vielleicht über den Marquis aufklären.«

In dem schwachen blauen Licht des Armaturenbretts verzerrten sich Sammys Gesichtszüge verzweifelt und angstvoll.

»Der Marquis?«, wiederholte er. »Ich weiß nichts über ihn. Ich will auch gar nichts über ihn wissen. Und wenn Sie meinen Rat hören wollen ...«

Temple hielt das Lenkrad ganz fest, als sie auf einen von der Waterloo Bridge herunterkommenden Bus zufuhren und ihm gefährlich nahe kamen.

»Pass auf!«, rief Steve sorgenvoll.

»Irgendetwas scheint mit der Lenkung nicht zu stimmen«, murmelte Temple und ließ das Lenkrad leicht los. »Ah, jetzt ist es besser ...«

Der Wagen fuhr jetzt ganz normal über die Brücke.

»Was haben Sie gesagt, Sammy?«

»Ich habe gesagt, dass ich nichts über diesen Marquis

weiß – und das ist die Wahrheit.«

»Die ganze Wahrheit?«

»Sie kennen mich doch, Mr. Temple. Ich würde Sie nie belügen, nicht für alles Gold in Amerika.«

»Ich nehme Sie beim Wort, Sammy«, antwortete Temple, der dennoch ein wenig ratlos wirkte.

»Komisch, dass Sie mich nach dem Marquis fragen«, überlegte Sammy. »Erst letzte Woche habe ich im ›Schwarzen Schwan‹ einen Kerl getroffen, der mir dieselbe Frage stellte. Ein gutaussehender junger Mann, ich habe ihn zuerst für einen Hochstapler gehalten – aber da habe ich mich wohl geirrt.«

»Hat er Ihnen seinen Namen verraten?«

»Doch, das hat er und er liegt mir auf der Zunge! Storey! Genau – Roger Storey!« Sammy schien ein neuer Gedanke in den Sinn zu kommen.

»Hören Sie mal, Mr. Temple, er ist doch nicht etwa ein Schwindler? Denn wenn er einer ist, dann werde ich ...«

»Paul!«, unterbrach Steve mit beunruhigtem Ton. »Dieser Lastwagen! Fahr zur Seite!«

Sie fuhren rasch das Embankment mit dreißig Meilen pro Stunde hinunter, aber dennoch überholte sie der Lastwagen schnell. Temple beschleunigte ein wenig und wich ihm aus.

»Ihr Chef, Sammy«, sagte er. »Wer ist es?«

»Ich weiß es nicht, Mr. Temple – ehrlich, ich weiß es nicht. Ich habe ihn noch nie gesehen. Ich habe meine Befehle nur von einem Kerl namens Dukes bekommen.«

»Dann wissen Sie auch nicht, dass man in der Bombay Road 79a eine Razzia durchgeführt hat?«

»Eine Razzia?« Sammy war sichtlich erschrocken.

»Ist schon gut, Sammy – die Polizei hat dabei nichts gefunden, was Sie belastet. Trotzdem komme ich mit, um mir Ihren Chef anzusehen. Nur für den Fall, dass es sich um ...«

»Den Marquis?«, fragte Sammy und schluckte. »Aber ich sage Ihnen, das kann nicht sein, Mr. Temple. Der Marquis hat ...« Er sprach nicht weiter und umklammerte Temples Arm. »Passen Sie auf, Sir, oder der Dreitonner wird uns direkt in den Fluss abdrängen!«

Temple riss das Lenkrad herum, aber die Lenkung schien nicht mehr zu funktionieren. Als der Lastwagen auf gleicher Höhe war, zog Temple die Handbremse an. Gleichzeitig touchierten die Räder des überholenden Fahrzeugs das Auto. Glas zersplitterte, Bremsen quietschten und Blech wurde zerquetscht, als sie gegen die Ufermauer fuhren. Sammy Wren wurde so fest gegen die Windschutzscheibe gedrückt, dass diese sofort zerbrach und ihn zwischen die Mauer und die Motorhaube des Wagens schleuderte. Das Lenkrad bewahrte Temple vor einem ähnlichen Schicksal, obwohl ihm durch den plötzlichen Aufprall mit dem Brustkorb einige Zeit der Atem wegblieb.

Kurz vor dem Aufprall hatte sich Steve hinten auf den Boden geworfen und war so nur etwas durchgeschüttelt worden.

»Paul!«, rief sie. »Bist du in Ordnung?«

Eine Minute fehlte ihm der Atem, um zu antworten. Dann wischte er sich das Blut von einer Schnittwunde an der Wange, tastete vorsichtig seinen Körper ab und schüttelte Glassplitter von seiner Kleidung.

»Bei mir ist alles in Ordnung, Steve«, verkündete er schließlich. »Und bei dir?«

Als sie ihn beruhigt hatte, bemerkte er plötzlich, dass Sammy verschwunden war. Er sprang aus dem Auto und fand den kleinen Mann schnell. Inzwischen war der Lastwagen wieder auf die Straße zurückgefahren, zwei Polizisten waren am Unfallort eingetroffen und eine Menschenmenge hatte sich versammelt, um Einzelheiten über den Unfall zu erfahren.

Jemand ergriff Temples Arm. Als dieser sich umdrehte, sah er im spärlichen Licht der Scheinwerfer einen atemlosen jungen Mann in dunkelgrauer Flanellhose.

»Geht es Ihnen gut?«, fragte der Neuankömmling.

»Helfen Sie mir, den Wagen wegzuschieben«, drängte Temple und deutete auf die mit ausgestreckten Armen und Beinen daliegende Gestalt von Sammy Wren.

»Aber ja, natürlich«, stimmte der junge Mann zu. Die beiden Polizisten schlossen sich ihnen an und halfen, den unglücklichen Sammy Wren zu befreien, der nun bewusstlos war und aus einer Wunde am Hinterkopf blutete. Keiner der beiden Polizisten hatte etwas mit, um Erste Hilfe zu leisten, aber der junge Mann erwies sich als erstaunlich geschickt, als er mit Hilfe einiger Taschentücher einen provisorischen Verband anlegte.

Als der Krankenwagen endlich eintraf und Sammy Wren abtransportiert wurde, wandte sich Temple an den jungen Mann.

»Danke, dass Sie uns geholfen haben«, sagte er.

Der andere lächelte. Er hatte ein sehr angenehmes, einnehmendes Lächeln und strich sich eine Strähne seines blonden Haars aus der Stirn.

»Keine Ursache, ich habe nur zu gern geholfen. Ich hoffe, der arme Teufel wird wieder gesund. Es muss ein Schock für Sie gewesen sein. Und für Ihre Frau auch.«

Er drehte sich mit seinem ansteckenden Lächeln in Steves Richtung.

»Entschuldigen Sie, Sir«, fuhr er höflich fort, »Ihr Gesicht kommt mir bekannt vor. Sind Sie nicht Paul Temple?«

»Ja.«

Der junge Mann schlug seine rechte Faust in die linke Handfläche.

»Was für ein erstaunlicher Zufall! Ich habe den ganzen Abend versucht, mit Ihnen in Kontakt zu treten.«

»Tatsächlich?«, sagte Temple etwas überrascht.

»Es ist eine Fügung des Schicksals, dass wir uns auf diese Weise treffen«, fuhr der junge Mann überschwänglich fort und erinnerte Temple dabei an einen begeisterten Studenten.

»Wenn Sie mir erlauben, mich vorzustellen ...« Er hielt inne, um zu Atem zu kommen und sagte dann: »Mein Name ist Storey – Roger Storey.«

Kapitel 6
Roger Storey gibt Erklärungen ab

Nachdem man Sammy Wren sicher abtransportiert hatte, war Temples nächstes Ziel, den Fahrer des Lastwagens finden. Das Einschreiten von Roger Storey hatte ihn jedoch vorübergehend davon abgehalten. Es war Storey selbst, der ihn daran erinnerte.

»Wo zum Teufel ist der Kerl, der den Lastwagen gefahren hat? Ich habe ihn nicht gesehen, Sie etwa?« Storey sprach mit dem typischen Akzent von Abgängern elitärer Privatschulen, der so unverwechselbar war wie seine alte, für das Knabeninternat Harrow typische Krawatte.

Temple zog seine Brauen zusammen.

»Nein«, antwortete er. »Und ich habe das Gefühl, dass wir ihn auch nicht so schnell finden werden.«

»Aber der Kerl kann doch nicht einfach weglaufen und seinen Lastwagen stehen lassen. Ich denke, man kann ihn sicher über seinen Chef ausfindig machen und ...«

»Es ist zwar nur eine Vermutung von mir«, sagte Temple sanft, »aber der Lastwagen wurde wohl gestohlen. Das können wir ja umgehend nachprüfen.« Er deutete auf einen Polizeibeamten, der sich ihnen von der anderen Seite des Lastwagens näherte.

»Schlimmer Unfall, Sir. Sonst noch jemand verletzt?«

»Nur die eine Person, Sergeant. Aber die ziemlich schwer, fürchte ich.«

Der Sergeant nickte. »Ich hoffe, es macht Ihnen nichts aus, wenn ich ein oder zwei Fragen stellen muss«, fuhr er fort.

»Natürlich nicht, ich möchte selbst auch einige Nachforschungen anstellen«, sagte Temple. »Wenn Sie mit Ihrer Taschenlampe herleuchten, zeige ich Ihnen meinen Ausweis.«

Der Sergeant kam der Bitte nach. Noch bevor er den Namen las, war er von dem besonderen Ausweis beeindruckt.

»Es tut mir leid, dass ich Sie in diesem verdammten Durcheinander nicht erkannt habe«, entschuldigte sich der Sergeant.

»Das ist schon in Ordnung. Ich sehe wohl nicht ganz vorzeigbar aus mit all dem Blut im Gesicht. Gibt es hier in der Nähe ein Hotel?«

»Ja, Sir, das ›Regency‹. Fünfzig Meter die Querstraße hinauf auf der rechten Seite. Sie können es nicht verfehlen.«

Temple wandte sich an die beiden anderen.

»Würde es Ihnen etwas ausmachen, meine Frau mit zum ›Regency‹ zu nehmen, Mr. Storey?«, fragte er. »Sie ist durch den Unfall ein wenig mitgenommen.«

»Aber selbstverständlich«, stimmte Storey zu und nahm Steves Arm. »Ich kenne das ›Regency‹ – wir sind in der vorderen Lounge, falls Sie uns benötigen, Sergeant. Ich glaube jedoch, dass Mr. Temple Ihnen alle Fragen beantworten kann.«

Der Sergeant grinste, weil er verstanden hatte.

»Es wird nicht lange dauern, Liebling«, sagte Temple zu seiner Frau. »Ich muss nur ein oder zwei kleine Dinge klären.«

»Vergessen Sie nicht, wir sind in der Lounge«, rief Roger über seine Schulter, als sie in der Nacht verschwanden. »Also, was Sie brauchen, Mrs. Temple, ist ein guter doppelter Brandy. So stark, wie er vor dem Krieg war, wenn sie den haben. Und bei Gott, ich könnte auch einen gebrauchen ...«

Temple lächelte, als die Stimmen langsam verklangen. Dann wandte er sich an den Sergeant, der mit Hilfe einer Taschenlampe um den Wagen herum spähte.

»Nun, Sergeant«, sagte Temple, »was ist mit diesem Lastwagenfahrer?«

»Das ist ja das Seltsame, Sir. Keiner von meinen Männern hat ihn gesehen. Sie waren damit beschäftigt, Ihrem Freund zu helfen. Danach war der Mann verschwunden. Mysteriöse Sache, wenn Sie mich fragen.«

Er richtete die Taschenlampe auf die Lenksäule von Temples Wagen, rüttelte das Lenkrad hin und her und zog schließlich die Lenkstange aus der Verankerung. Am unteren Ende der Stange waren die unverkennbaren Kratzer einer schweren Feile zu sehen.

»Was für ein komischer Unfall, Mr. Temple«, murmelte der Sergeant. »Die Sache gefällt mir nicht.«

»Mir auch nicht«, sagte Temple trocken, »aber ich habe jetzt keine Zeit, das hier jetzt zu untersuchen. Wenn Sie Fragen haben, Sergeant, kommen Sie besser mit mir mit ...« Er winkte ein vorbeifahrendes Taxi heran. »Ich habe einen dringenden Termin.« Der Sergeant stieg in das Taxi und Temple wartete kurz, ehe er die Adresse nannte.

»›Percy's Snack Bar‹, direkt am Haymarket.«

Als der Sergeant die routinemäßigen Angaben über den Unfall notiert hatte, waren sie bereits am Ziel angekommen. ›Percy's Snack Bar‹ war ähnlich eingerichtet wie alte Kaffeehäuser. Zweifellos hatte man sich bei der Ausstattung daran orientiert.

»Es wäre schön, wenn Sie mit mir mitkommen würden, Sergeant, um zu sehen, ob Sie jemanden kennen«, sagte Temple.

Offensichtlich herrschte zu dieser Zeit Flaute, denn niemand saß an den kleinen Tischen, obwohl einige Leute die hohen Hocker am Tresen besetzten.

Da waren ein schäbiger Mann mittleren Alters, der launisch einen Milchshake trank, zwei burschikose Mädchen, die um die Aufmerksamkeit eines Jugendlichen buhlten, ein sehr alter Mann, der lautstark seine Suppe schlurfte und ein schlanker, gut gekleideter Mann in den späten Dreißigern, der sie über die Abendzeitung hinweg ansah, die er gerade las.

»Kennen Sie diesen Mann?«, fragte Temple den Sergeant. »Aber natürlich, Sir«, antwortete dieser etwas überrascht.

»Das ist Inspektor Street! Er ist einer der neuen Männer im Yard.«

Street erhob sich gemächlich von seinem Stuhl und trat zu ihnen an die Tür.

»Was ist los, Sergeant?«, fragte er.

»Wenn ich das wüsste, Sir. Fragen Sie besser Mr. Temple hier.«

»Dann sind Sie also Paul Temple«, sagte Street und musterte ihn scharfsinnig. »Ich bin Street – ich kam zum Yard, als Sie in Amerika waren.« Er sprach mit einem vorsichtigen Flüsterton.

»Ich vermute, dass wir in der gleichen Angelegenheit hier sind, Inspektor«, sagte Temple leise. »Woher wissen Sie von der Sache?«

»Es ist uns gelungen, ein Telefongespräch mit Sammy Wren abzuhören.«

»Hm.« Temple sah sich noch einmal im Raum um und bemerkte, dass die Uhr hinter dem Tresen acht Uhr dreißig anzeigte.

»Schon Glück gehabt?«, fragte er.

Street schüttelte den Kopf. »Sammy muss vor unserer Anwesenheit gewarnt worden sein. Er hat sich nicht blicken lassen.«

Temple erzählte ihm von dem Unfall.

»Dann wird das hier wohl eine Pleite werden«, folgerte Street und faltete seine Zeitung zusammen.

»Haben Sie hier niemanden gesehen, denn Sie kennen?«, fragte Temple. »Keine Menschenseele, außer ...«, er zögerte. »Einen alten Kerl kannte ich schon – er kommt wohl öfters hierher, um einen Happen zu essen. Er ist vor etwa zehn Minuten gegangen. In seiner Fachbranche ist er ziemlich bekannt, obwohl ich wahrlich nicht behaupten kann, dass ich mich mit solchen Dingen auskenne.«

»Und was ist sein Fachgebiet?«, fragte Temple.

»Er ist ein Ägyptologe namens Reybourn, Sir Felix

Reybourn.«

Als Temple zwanzig Minuten später in das helle Licht der
›Regency‹-Lounge trat, bemerkte Roger Storey sofort die
Schramme an seiner Wange und bestand darauf, sie mit einem
Stück Heftpflaster zu versorgen, das er aus seiner Brieftasche
holte. Während Steve an ihrem Brandy mit Ginger Ale nippte,
dachte sie dankbar daran, dass die Schramme an der Wange
ihres Mannes das einzige äußere Überbleibsel des Unfalls war
– soweit es jedenfalls sie beide betraf.

Als die Gläser halb leer waren und die Themen für den
Smalltalk auszugehen schienen, wandte sich Temple an Roger
Storey.

»Es würde mich sehr interessieren, warum Sie mich heute
Abend sprechen wollten«, murmelte er.

Storey nahm einen Schluck von seinem Brandy.

»Nun, ich weiß nicht, wo ich anfangen soll«, gestand er.

Temple warf ihm einen prüfenden Blick zu.

»Wie wäre es, wenn Sie sich Zeit nehmen und ganz am
Anfang beginnen«, schlug er vor.

Storey runzelte nachdenklich die Stirn, als wüsste er nicht,
wie er die Erzählung angehen sollte. Schließlich wandte er
sich an Steve.

»Ich glaube, Sie kannten Alice Mapleton, Mrs. Temple.«

Steve dachte einen Moment nach, dann nickte sie. »Ja, der
Name sagt mir etwas. Wir waren zusammen in der gleichen
Schule, aber sie war jünger als ich. Ich habe sie nicht oft ge-
sehen. Jetzt, wo Sie sie erwähnen, fällt mir ein, dass wir uns
vor etwa zwei Jahren auf einer Party wiedergesehen haben.
Sie war gertenschlank und brünett – ziemlich attraktiv!«

»Und außerdem war Lady Alice Mapleton die erste junge
Frau, die vom Marquis ermordet wurde«, fügte Temple hinzu.

Storey nickte, zögerte einen Moment und sagte dann: »Ja,
ihre Leiche wurde am Ufer eines Flusses etwa vier Meilen
von Richmond entfernt gefunden. Alice wurde erdrosselt.«

Steve schauderte.

»Ich habe gehört, Lady Alice war eine Freundin von Ihnen«, sagte Temple leise. Der junge Mann schob sich die recht ansehnliche Locke seines gewellten Haares aus der Stirn.

»Wir waren verlobt«, antwortete er schlicht und bemühte sich sichtlich, seine Erregung durch das Anzünden einer Zigarette zu verbergen. Er wartete einen Augenblick, dann inhalierte er eine große Menge Rauch und atmete diesen langsam wieder aus.

»Das war vor etwas mehr als vier Monaten«, informierte er sie. »Vier Monate. Es kommt mir wie vier Jahre vor, wenn ich daran denke.« Er holte ein Taschentuch hervor und schnäuzte sich kräftig die Nase.

Einige Sekunden lang herrschte Schweigen, dann fragte Temple: »War Ihre Verlobte über irgendetwas beunruhigt?«

Voller Ungeduld zuckte Storey mit den Schultern. »Haben Sie nicht diese fürchterlichen Berichte über die Ermittlungen gelesen? Gott, es war auf jeder Titelseite!« Selbst die Erinnerung daran schien ihn in Schrecken zu versetzen.

»Wir sind gerade erst aus Amerika zurückgekommen«, erinnerte Steve ihn sanft.

Er entschuldigte sich und fuhr fort: »Ja, Alice hat sich um etwas Sorgen gemacht, daran gibt es keinen Zweifel. Sie war furchtbar beunruhigt. Ich muss allerdings zugeben, dass sie immer schon ein launisches Mädchen war. Wir hatten oft die schrecklichsten Streitereien. Verlobt zu sein ist nicht nur schön, das kann ich Ihnen versichern.«

Steve lächelte über das jungenhafte Geständnis.

»Ja, wir haben uns gestritten«, fuhr er fort, »aber wir haben nie aufgehört, uns zu lieben, nicht eine einzige Minute. In der Nacht, bevor es passierte, hatten wir eine unserer schlimmsten Auseinandersetzungen. Ich kann mich nicht einmal mehr daran erinnern, worum es eigentlich ging. Die arme Alice war an diesem Tag so reizbar und schwer erträglich. Heute weiß ich, warum sie so war.«

»Bitte fahren Sie fort«, sagte Temple.

Roger Storey drückte seine Zigarette mit seinen langen, zitternden Fingern aus.

»Es handelte sich um Erpressung!«, murmelte er mit angespannter Stimme. Steve war bestürzt und unterdrückte einen Aufschrei.

»Sie meinen, der Marquis?«, fragte Temple.

»Ja.«

Storeys Augen starrten abwesend ins Leere. Seine Lippen zogen sich zu einer dünnen Linie zusammen. Mit ruckartigen Bewegungen zündete er sich eine weitere Zigarette an und fuhr dann fort: »Er ist so ein gemeiner Teufel, wissen Sie, Temple. Er setzt seine Opfer so lange unter Druck, bis sie es nicht mehr aushalten und dann ...« Sein Mund zuckte nervös, als er sich die Folgen vorzustellen schien.

Temple sagte plötzlich: »Sir Graham Forbes sagte mir, Sie hätten die Leiche von Rita Cartwright identifiziert. Stimmt das?«

»Das ist richtig«, gab Roger zu. »Das bringt mich jetzt in meiner Geschichte einen Schritt weiter. Nachdem Alice ermordet worden war, war ich so verzweifelt und besorgt, dass ich das Gefühl hatte, ich würde verrückt werden, wenn ich nicht etwas Bestimmtes tun würde. Also begann ich, eigene Nachforschungen anzustellen. Es war nicht so, dass ich kein Vertrauen in die Polizei oder Scotland Yard hatte. Ich musste einfach selbst etwas unternehmen.«

»Verstehe«, murmelte Temple und nickte verständnisvoll. Dann winkte er einen Kellner heran, der ihre Gläser nachfüllte.

»Nachdem ich ein oder zwei furchtbare Schnitzer gemacht hatte, war Alices Mutter etwas verunsichert. Sie erzählte mir, dass sie eine Privatdetektivin namens Rita Cartwright engagiert hatte. Sie schlug vor, dass ich mich mit ihr in Verbindung setzen sollte, ehe ich weitere Schritte unternehme, die unangenehmes Aufsehen erregen könnten.« Storey hielt inne, dann fragte er: »Kannten Sie Rita Cartwright zufällig?«

»Ich habe sie einmal getroffen«, sagte Temple unverbindlich. »Sie schien mir eine sehr vernünftige junge Person zu sein.«

Storey nickte.

»Rita war nicht dumm«, stimmte er zu, wobei sich ein Hauch von Bitterkeit in seine Stimme schlich, »aber sie war nicht klug genug für den Marquis!«

»Mr. Storey, warum wurde Rita Cartwright Ihrer Meinung nach ermordet?«, fragte Steve.

Roger richtete sich abrupt auf, beugte sich vor und sprach mit einem vertraulichen Unterton.

»Ich glaube, das kann ich Ihnen sagen, Mrs. Temple. Es war, weil sie etwas über einen Mann namens Sir Felix Reybourn herausgefunden hatte.«

»Sie meinen den Ägyptologen?«, fragte Temple.

»Ganz genau.«

»Und was hat sie herausgefunden?«, fragte Steve. Roger zögerte und fingerte nervös an seiner Krawatte herum.

»Mr. Temple, bevor ich die Frage Ihrer Frau beantworte, würden Sie mir sagen, ob Sie mich für einen ängstlichen Menschen halten?«

Temple lächelte.

»Das glaube ich nicht, Storey. Nervös, vielleicht. Aber ich würde sagen, dass es ziemlich viel braucht, um Ihnen Angst einzujagen.«

Der junge Mann befeuchtete seine Lippen und sprach dann fast im Flüsterton.

»Tja, ich habe Angst! Höllische Angst! Und ich kann das genauso gut jetzt zugeben, bevor ich noch weiter erzähle.« Es entstand eine lange Pause.

»In den letzten sechs Monaten«, fuhr Storey schließlich fort, »gab es vier Anschläge auf mein Leben. Glücklicherweise waren sie erfolglos. Jetzt wissen Sie auch, weshalb ich unbedingt mit Ihnen in Kontakt treten wollte. Ich wollte Ihnen alles sagen, was ich weiß – alles, was Rita Cartwright über den Marquis wusste.«

»Dann«, sagte Temple sanft, »beginnen Sie doch damit, uns zu sagen, wer der Marquis ist.«

Roger schüttelte mit einem wehmütigen, halben Lächeln den Kopf. Er schien in der letzten halben Stunde merklich gealtert zu sein.

»Wenn ich mir diesbezüglich ganz sicher wäre, Mr. Temple, würde ich nicht hier sitzen.«

»Aber Sie verdächtigen Sir Felix Reybourn?«

Roger flüchtete sich in ein ausdrucksvolles Achselzucken.

»Ich wüsste nicht, wen ich sonst verdächtigen sollte – in Anbetracht aller Fakten.«

»Und wenn Sie uns die Fakten nennen?«

»Nehmen wir zuerst den Fall von Alice: Zwei Tage vor ihrer Ermordung hat sie Sir Felix einen Besuch abgestattet. Ich weiß allerdings nicht, warum. Ich habe es nie herausfinden können. Vierundzwanzig Stunden bevor die Polizei die Leiche von Carlton Rodgers am Strand von Newhaven entdeckte, hatte er mit Sir Felix in dessen Haus in St. John's Wood zu Abend gegessen. Und der letzte Mensch, der Myron Harwood lebend gesehen hat, war auch Sir Felix Reybourn!«

Er hielt inne, um sich der Wirkung seiner Erzählung bewusst werden zu lassen.

»Sie sind sich ganz sicher über all diese Dinge?«, fragte Temple.

»Absolut sicher.«

Steve glaubte eine Sekunde lang, einen seltsamen, ausgelassenen Schimmer in Storeys blassblauen Augen zu sehen.

»Armer Junge«, dachte sie, »diese Sache bringt ihn ganz schön durcheinander.«

»Haben Sie all diese Fakten selbst herausgefunden?«, fragte Temple. Roger schüttelte den Kopf.

»Ich habe dabei geholfen, ein oder zwei Dinge zu überprüfen. Aber die eigentliche Arbeit hat Rita Cartwright geleistet.« Dann zögerte er: »Und wenn Sie mich fragen, Mr. Temple, dann ist das der Grund, warum sie ermordet wurde!«

Bei ihrer Rückkehr in die Wohnung wurden Temple und Steve von Pryce empfangen, der ihnen mitteilte, dass Sir Graham Forbes und Superintendent Bradley in der Bibliothek warteten.

»Geht es Ihnen gut, Madam?«, fragte Pryce besorgt. »Ich habe Sir Graham etwas von einem Unfall sagen hören.«

»Unversehrt und putzmunter, Pryce«, versicherte ihm sein Dienstgeber unbekümmert. »Bring so schnell wie möglich Kaffee.«

Sobald Pryce in die Küche gegangen war, wandte sich Temple an seine Frau.

»Bist du ganz sicher, dass du nicht gleich ins Bett gehen möchtest?«, fragte er. »Du musst doch ziemlich erschöpft sein.«

»Nicht im geringsten«, sagte sie beharrlich. »Erinnere dich doch, als ich noch bei der Zeitung war, habe ich immer nachts gearbeitet.«

»Das klingt ziemlich paradox«, murmelte er. »Aber was kann man schon anderes von einer ehemaligen Reporterin erwarten?«

Sie drückte liebevoll seinen Arm und sie gingen in die Bibliothek, wo Sir Graham und sein Assistent es sich bequem gemacht hatten. Als sich die Tür öffnete, leerte Forbes gerade sein Glas. Er drehte sich um.

»Ah, da sind Sie beide ja endlich«, begrüßte er sie.

»Uns wird nicht oft das Vergnügen bereit, innerhalb so kurzer Zeit zwei Besuche von Ihnen zu erhalten, Sir Graham«, lächelte Steve, die so frisch und gelassen wirkte wie bei ihrer vorigen Begegnung.

»Ein wirklich großes Vergnügen kann es nicht sein, meine Liebe«, sagte Forbes. »Nicht um diese Zeit.« Er drehte sich um und stellte Superintendent Bradley vor, der offensichtlich gleich zur Sache kommen wollte.

»Man hat uns im Yard wegen des Unfalls verständigt, Mr. Temple – und wir dachten, es könnte sein, dass...«

»Tja«, unterbrach Temple. »ich glaube, ›Unfall‹ ist nicht das richtige Wort, Bradley.«

»Hm, das war auch mein Eindruck«, gab Forbes von sich. »Hören Sie Temple, Sie müssen vorsichtig sein. Sie haben begonnen, in dieser Sache aktiv mitzumischen – und dieser Kerl ist gefährlich. Wir wissen nie, wo er ist und was er als nächstes vorhat.«

»Was ist mit der Bombay Road? Irgendwelche weiteren Entwicklungen?«, fragte Temple.

»Nein. Ich lasse den Ort natürlich beobachten, aber Sie hatten recht, als Sie sagten, es sei zu spät. Die Vögel sind ausgeflogen und haben keine nennenswerten Spuren hinterlassen. Ich habe fünf Männer das Haus vom Keller bis zum Dachboden durchsuchen lassen – sie haben sogar die Dielenbretter aufgerissen.«

»Hoffentlich haben sie sie durch neue ersetzt«, sagte Temple mit einem grimmigen Lächeln.

Bradley bot Temple eine Zigarette an. »Hat mir sehr leid getan, das von Sammy Wren zu hören«, begann er. »Er war ein komischer Teufel, aber insgeheim hatte ich Achtung vor ihm. Sammy war kein gewöhnlicher Gauner.«

»Hat er Ihnen etwas erzählt, Temple?«, fragte Forbes.

Temple schüttelte den Kopf. »Nichts über den Marquis. Aber merkwürdigerweise hat er mir etwas über einen Mann namens Roger Storey erzählt. Mittlerweile habe ich Storey auch selbst getroffen.«

»Oh, wir wissen alles über ihn«, sagte Sir Graham in einem eher abschätzigen Ton. »Ein anständiger junger Mann, der sich zu einer ziemlichen Nervensäge entwickelt.«

»Das kann ich mir gut vorstellen«, lächelte Temple.

Bradley strich sich nachdenklich über das borstige Haar

am Hinterkopf. »Lady Alice Mapleton war seine Verlobte, also machen wir ein paar Zugeständnisse, wenn er uns ins Gehege kommt.«

»Das ist sehr nett von Ihnen.« Temple schritt ruhelos durch den Raum, nahm ein Buch in die Hand, legte es zurück und wandte sich wieder Forbes zu.

»Sir Graham«, platzte es plötzlich aus ihm heraus, »glauben Sie, dass wir es nicht nur mit dem Marquis zu tun haben, sondern auch mit einer bestimmten kriminellen Organisation?«

Sir Graham dachte eine Weile über diese Frage nach.

»Ja«, entschied er schließlich. »Und wenn Sie mich fragen, Temple, dann wird diese Organisation durch eine Sache zusammengehalten – Erpressung!«

Steve blickte fragend auf.

»Sie meinen, dass jedes Mitglied der Marquis-Organisation selbst erpresst wird?«, fragte sie und erinnerte sich an einen ähnlichen Fall aus ihrer Zeit bei der Zeitung. Es war damals ein sehr schwieriger Fall gewesen, solange der Erpresser nicht gefasst wurde. Seine Opfer tischten nämlich jede Lüge auf und wandten jeden Trick an, um zu verhindern, dass ihre eigenen Geheimnisse ans Licht kamen.

»Das ist genau das, was ich meine, Steve«, sagte Sir Graham. »Mit anderen Worten: Finden Sie den Marquis und die Organisation fällt in sich zusammen wie ein Kartenhaus!«

Temple nickte. »Ich glaube, Sie haben recht, Sir Graham. Übrigens, ich habe Inspektor Street vor einer Stunde in ›Percy's Snack Bar‹ getroffen.«

»Ja, ja, er hat mich schon angerufen«, sagte Forbes. »Keine besonderen Vorkommnisse an dieser Front, der Unfall von Sammy Wren hat wohl für ziemliche Unruhe gesorgt. Street erkannte dort niemanden.«

»Das ist nicht ganz richtig«, sagte Temple. »Er erkannte einen älteren Gentleman, Sir Felix Reybourn.«

»Den Ägyptologen?«, fragte Bradley prompt. Temple

nickte.

»Ich habe von Sir Felix gehört«, sagte Forbes und zog die Brauen zusammen.

»Er lebt in St. John's Wood und schreibt Bücher über Mumien und so weiter. Ich verstehe nicht ganz, was er damit zu tun haben soll ...«

»Das ist leicht erklärt«, sagte Temple. »Ich muss vorwegschicken, dass ich nur wiedergebe, was man mir erzählt hat, aber ich habe gehört, dass Lady Alice Mapleton zwei Tage vor ihrer Ermordung Sir Felix einen Besuch abgestattet hat. Und dass Carlton Rodgers vierundzwanzig Stunden, bevor die Polizei seine Leiche entdeckte, mit Sir Felix zu Abend gegessen hat. Und schließlich, dass die letzte Person, die Myron Harwood lebend gesehen hat, soweit bekannt, Sir Felix Reybourn war.«

»Ja, das haben auch unsere Nachforschungen im Fall Harwood ergeben«, fügte Bradley rasch hinzu.

»Gott! Das ist ja erstaunlich«, sagte Forbes und richtete sich auf.

»Das sind Fakten, die man einfach überprüfen kann, Sir Graham«, sagte Temple gleichmütig.

Sir Graham schlug mit der Faust auf die gepolsterte Armlehne des Stuhls.

»Bei Gott, das werden wir auch«, stieß er mit einigem Nachdruck hervor. »Bradley, Sie kümmern sich darum, sobald wir wieder im Büro sind.«

Bradley nickte respektvoll.

»Wir haben Mr. Temple den wahren Grund für unseren Besuch heute Abend noch nicht mitgeteilt«, erinnerte er Forbes.

»Das hätte ich fast vergessen«, gab Sir Graham zu, so sehr war er von den jüngsten Entwicklungen abgelenkt. Er kramte in seiner Tasche und holte einen schmutzigen Umschlag hervor.

»Als ich heute Abend nach Hause kam, fand ich das hier

auf der Türmatte.« Er reichte den Brief weiter. »Er ist von einem Mann namens Roddy Carson. Kennen Sie ihn?«

Temple rührte in seinem Kaffee.

»Roddy Carson«, wiederholte er nachdenklich. »Ja, ich glaube schon. Ein derber, ungebildeter Raufbold. Hat vor etwa zehn Jahren eine Haftstrafe wegen Drogenschmuggels abgesessen.«

»Das ist der Mann. Lesen Sie seinen Brief.«

Temple faltete das schäbige Stück Papier auf und entzifferte mit einiger Mühe die mit Bleistift geschriebene Nachricht.

SEHR GEEHRTER SIR GRAHAM,
WENN ICH IHNEN VERTRAUEN KANN, DANN TREFFEN SIE MICH HEUTE NACHT UM 0 UHR 30 IN FORARD GLEN. ICH WERDE NAHE EINER GRUPPE VON SECHS BÄUMEN WARTEN, ETWA EINE MEILE VON DER STRAßE ENTFERNT. ES GIBT DA ETWAS ÜBER DEN MARQUIS, DAS ICH UNBEDINGT LOSWERDEN MUSS.
RODDY CARSON.

Temple faltete den Zettel sorgfältig wieder zusammen und steckte ihn in den Umschlag.

»Haben Sie es auf Fingerabdrücke untersucht, Bradley?«

Der Superintendent nickte. »Es ist Roddy Carson, ganz sicher«, erklärte er mit Überzeugung.

»Wo ist Forard Glen?«, fragte Steve, die den Namen zwar schon einmal gehört hatte, ihn aber nicht genau zuordnen konnte.

»Etwa sechs Meilen hinter Hampstead Heath.«

»Ross sollte schon dort sein«, sagte Bradley.

»Ross?«, wiederholte Temple neugierig.

»Ich habe sofort den Yard kontaktiert«, fuhr Forbes fort. »Ross und zwei Leute von der Sonderkommission befassen sich damit und sind vor Ort. Ich dachte, dass wir gegen null Uhr zu ihnen stoßen, Temple.«

Paul Temple nickte zustimmend.

»Aber wir haben Inspektor Ross doch im ›Goldenen Käfig‹ gesehen«, warf Steve ein.

Das verwunderte Bradly. »Ross wohnt doch in Wimbledon«, informierte er sie. »Was zum Teufel sollte er im Elephant-und-Castle-Viertel suchen?«

»Das war vor über zwei Stunden«, sagte Temple. »In zwei Stunden kann eine ganze Menge passieren.«

»Hm. ... Egal, ich habe den Jungs gesagt, sie sollen ihn zu Hause abholen. Er sagte, er würde auf Abruf bereitstehen, wenn man ihn brauche. Ich hoffe, sie haben ihn nicht verpasst.«

Temple goss sich noch etwas Kaffee ein. »Ja«, sagte er leise, »das hoffe ich auch.«

Kapitel 7
Der Tod schleicht durch Forard Glen

Roddy Carson hatte sich immer schon auf Drogen spezialisiert. Er kannte jeden Kontaktmann in diesem Geschäft – was
aber noch viel wichtiger war: Er kannte seine eigenen Grenzen. Gemeinsam mit einem schrulligen kleinen Mann namens
Sonny Maskell hatte Roddy Carson einen beachtlichen Kun-
denstamm für die bekannten kleinen weißen Päckchen aufge-
baut, die exorbitante Preise erzielten und dem Verkäufer einen erfreulichen Gewinn einbrachten. In letzter Zeit waren die
Einnahmen jedoch etwas zurückgegangen. Roddy hatte nicht
lange gebraucht, um den Grund dafür herauszufinden. Offenbar hatte er starke Konkurrenz erhalten. Der Organisator des
neuen ›Unternehmens‹ hatte augenscheinlich eine ganze Reihe von gut informierten Zwischenhändlern angeworben, die
stets bereit waren, ihre Dienste dem Meistbietenden zur Verfügung zu stellen. Zusammen mit einigen anderen der Kerle
aus dem Drogengeschäft wurden auch Roddy Carson und sein
Partner durch verschiedene kleine Tricks aus dem Markt gedrängt, die auch den Skrupellosesten entsetzt hätten und nach
sofortigen Repressalien forderten.

Seit einigen Tagen hatte Roddy die Bombay Road 79a
beobachtet. In der Nacht, in der Rita Cartwright ermordet
wurde, suchte er Sonny Maskell in dessen Einzimmerwoh-
nung irgendwo in der Nähe von Soho auf. Roddy widerstand
den einladenden Blicken von zwei üppig parfümierten Damen
auf der Treppe und stieß die Tür zu Maskells Bleibe auf.

»Endlich habe ich das Schwein erwischt, Sonny«, verkündete er und warf sich mit seinem massigen Körper auf das
Bett.

Sonny blinzelte ihn mit wässrigen Augen an und schob

ihm eine Flasche und ein Glas hin.

»Wovon sprichst du?«, fragte er.

»Das Schwein von der Bombay Road«, platzte Roddy heraus. »Ich habe jetzt etwas gegen ihn in der Hand, das seinen Spielchen ein Ende setzen wird.«

»Und weiter?«, fragte Mr. Maskell mit einem Anflug von Interesse. »Wer ist dieser Kerl?«

»Ich habe ihn ein- oder zweimal dort reingehen sehen. Ich dachte zunächst, er sei ein Kunde. Ein schickes Kerlchen mit einem Regenmantel und einem weichen Hut, den er über seine Augen gezogen hat. Er wäre mir früher nie aufgefallen, aber jetzt würde ich ihn wieder erkennen. Darauf kannst du Gift nehmen.«

»Also, was ist passiert?« Mr. Maskell wurde langsam ungeduldig.

»Eine ganze Menge! Ich sah mich dort ein wenig um, wie ich es in letzter Zeit öfters tat, als sich plötzlich die Seitentür öffnete. Ich trete zurück in den Schatten – und da kommt dieser Kerl heraus und trägt ein Mädchen. Und wenn die nicht tot war, dann will ich nicht weiter Roddy Carson heißen!«

Mr. Maskell war ziemlich beeindruckt. »Verflixt!«, rief er aus. »Mord, was?«

»Du sagst es! Ich musste zurückweichen, als ich ihn zurückkommen hörte. Als ich dann an der Seitentür vorbeikam, ging sie auf und jemand machte Licht. Ich rannte wie der Teufel und schaffte es gerade noch, in einen Bus am Ende der Straße zu springen.«

»Glaubst du, sie haben dich erkannt?«, fragte Sonny. Roddy schüttelte den Kopf.

»Keine Ahnung. Das macht auch keinen Unterschied.« Er legte seine Füße auf das Seitenteil des Bettes und verschränkte die Hände hinter dem Kopf.

»Weißt du, was ich denke, Sonny?«, fragte er.

»Ich denke schon.«

»Ich glaube, dieser Kerl hat etwas mit den Marquis-

Morden zu tun. Deshalb kann die Polizei ihn auch nicht finden. Er gehört nicht zu denen aus unserer Branche – sonst würde ich ihn kennen und du auch.«

Sonny nickte nachdenklich, als er dies verinnerlichte.

»Meinst du, du würdest ihn wiedererkennen?«, fragte er.

»Ich würde den Kerl überall wiedererkennen. Heute Nacht war es mondhell und ich konnte seine Visage gut sehen.«

»Nun, wenn es tatsächlich dieser Marquis ist, dann ist dir eine fette Belohnung sicher«, sagte Sonny.

»Du denkst an diese Scotland-Yard-Sendung im Radio von letzter Woche?«

"Ja, genau – fünfhundert Mäuse ...«

»Und zwei Fliegen mit einer Klappe schlagen, was?«, murmelte Roddy.

»Ich denke, es ist einen Versuch wert.«

Als der Polizeiwagen an Jack Straw vorbeifuhr, unterbrach Temple das zehnminütige Schweigen und fragte Forbes: »Haben Sie eigentlich die Schrift auf den Karten untersuchen lassen, die der Marquis bei den Leichen hinterlässt?«

Forbes nickte.

»Ja, aber es hat nicht viel gebracht, denn wir haben bisher nichts, womit wir sie vergleichen könnten. Natürlich können wir nicht die Handschriften aller Personen, die in London leben, prüfen. Der Kerl benutzt eine Art lila Tinte, aber wir wissen nicht genau, wo er sie her hat. Es ist ganz gewöhnliche Tinte, die man überall kaufen kann.«

»Was ist mit Fingerabdrücken?«

»Keine. Der Mann trägt natürlich Handschuhe. Er hinterlässt niemals etwas, das auch nur im Entferntesten einer Spur ähnelt. Kein Zweifel, der Marquis hat eine professionelle kriminelle Denkweise. Entweder von Haus aus oder durch Erfahrung. Bisher war das Glück ganz auf seiner Seite. Aber wir werden bald etwas unternehmen müssen. Die Zeitungen lassen sich über diese mysteriösen Morde aus und im Innenministerium wird man immer unruhiger.«

»Alles zu seiner Zeit, Sir Graham«, lächelte Temple beschwichtigend. »Was halten Sie von der Sache, Bradley?«

Der rotblonde Superintendent gab ein unverbindliches Schnaufen von sich, wagte aber keine Stellungnahme abzugeben. Temple hatte den Verdacht, dass Bradley auf den Erfolg aus war, den die Ergreifung des Marquis und die damit verbundene Beförderung eines jeden Yard-Mitarbeiters mit sich bringen würde. Nach ein oder zwei gelegentlichen Bemerkungen zu urteilen, schien Bradley der Meinung zu sein, dass Sir Graham ein wenig zu alt für seinen Job sei und dass es eines jüngeren Mannes bedurfte, der in diesen nervenaufreibenden Zeiten die Zügel in der Hand hielt. Temple behielt diese Meinung jedoch für sich.

Als der Wagen auf den Grünstreifen am Straßenrand fuhr und der Motor abgestellt wurde, stieg Bradley als erster aus.

Wenige Augenblicke später blitzte fünfzig Meter weiter rechts eine Taschenlampe auf und kurz darauf gesellte sich Inspektor Ross zu ihnen.

»Wie lange sind Sie schon hier?«, fragte Bradley sogleich.

»Etwa eine Dreiviertelstunde würde ich sagen«, sagte Ross und wandte sich an Sir Graham, um zu erklären: »Wir haben eine Patrouille gebildet, Sir. Smith, Warrender, Hale, Dickson und ich sowie zwei Männer aus dem Ort.«

»Haben Sie jemanden gesehen?«, fragte Forbes und schlug den Kragen seines Mantels hoch. »Keine Menschenseele, Sir.« Plötzlich erkannte Ross Temple und rief überrascht: »Hallo, Mr. Temple. Ich habe Sie gar nicht gesehen.«

»Das Böse ruht nicht, stimmt's, Ross?«

»So ist es, Sir«, antwortete Ross in einem unverbindlichen Ton.

Der Wind pfiff durch die Bäume und schwere schwarze Wolken zogen von Westen her auf, als sie zu der Gruppe von sechs Tannen hinübergingen. Keine Menschenseele war zu sehen.

»Was meinen Sie, von wo wird er kommen?«, fragte Bradley Ross.

»Schwierig zu sagen. Aber einer von den Jungs wird ihn bestimmt hören und ihm folgen.«

Bradley schniefte, als ob er diese Aussage anzweifeln würde. Plötzlich leuchtete in einiger Entfernung zu ihrer Linken eine Fackel auf. Sie blieben alle sofort stehen.

»Wer ist da?«, rief Ross mit scharfem Ton. Es kam keine Antwort. Temple bemerkte, wie Bradley vorsichtig seinen Revolver aus dem Halfter zog.

»Sind Sie das, Warrender?«, rief Ross erneut.

Plötzlich tauchte die Gestalt einer Frau vor ihnen auf.

»Ich bin's nur«, sagte Steve.

Temple biss sich auf die Lippe, um seine Verärgerung zu verbergen.

»Steve, du bist unmöglich. Ich habe dich ausdrücklich gebeten, im Auto zu warten«, protestierte er.

»Aber du hast deine Taschenlampe vergessen. Ich dachte, ich bringe sie dir besser«, antwortete sie und reichte ihm den besagten Gegenstand. Das Lachen, das darauf folgte, trug dazu bei, die unheimliche Atmosphäre zu lockern. Erneut gingen sie auf die Bäume zu. Als sie fast unter den Tannen standen, blieb Bradley plötzlich stehen.

»Haben Sie das gehört?«, fragte er. Es entstand eine lange, angespannte Pause.

»Zum Teufel, ich höre nichts«, sagte Forbes bockig, nachdem sie über eine Minute gewartet hatten.

»Das werden Sie aber gleich, Sir Graham«, sagte Temple, der das Geräusch, das Bradley gehört hatte auch leicht wahrnehmen konnte. »Ruhe jetzt ...«

Wieder lauschten sie. Nach einigen Augenblicken ertönte ein leises, sanftes Stöhnen, der letzte Aufschrei eines Mannes, der Qualen litt und sie nicht mehr ertragen konnte. Sie hörten es nochmals.

»Es kommt von irgendwo unter diesen Bäumen, Ross«,

flüsterte Bradley mit eindringlichem Ton.

»Aber verdammt nochmal, ich bin eben ein halbes Dutzend Mal herumgelaufen und konnte keine Menschenseele sehen.«

»Ich nehme an, Sie haben den Strahl Ihrer Taschenlampe wie jeder normale Bürger auf den Boden leuchten lassen«, sagte Temple.

Bradley war der erste, der die Tragweite dieser Aussage erkannte. »Mein Gott! Man wird ihn doch nicht aufgehängt haben ...«

»Hören Sie!«, sagte Temple. Wieder hörten sie das tiefe, leise Stöhnen, das von oben zu kommen schien.

Sie starteten eine gründliche Suche. Es dauerte nicht lange, bis sie fanden, wonach sie Ausschau gehalten hatten. Die gespenstische Gestalt baumelte mit dem Kopf nach unten an den Knöcheln festgebunden an einem Ast fünfzehn Fuß über ihren Köpfen.

»Ich hole etwas Brandy aus dem Wagen«, sagte Forbes, während einer der Männer vom Yard das andere Ende des Seils fand und den Körper vorsichtig herunterließ. Temple untersuchte ihn rasch.

»Ich fürchte, es ist zu spät, Sir Graham«, verkündete er.

»Armer Teufel«, murmelte Forbes.

»Erkennen Sie ihn, Sir?«, fragte Ross.

»Ja, das ist eindeutig Roddy Carson«, stellte Forbes fest.

Ross durchsuchte schnell die Taschen des Toten. Er förderte einen kleinen Revolver und eine Brieftasche mit siebzehn Pfund zutage. Das Einzige, was die Brieftasche noch enthielt, war ein kleiner leerer Umschlag.

»Sieht aus, als hätte er etwas darauf notiert«, murmelte Forbes und leuchtete mit seiner Taschenlampe darauf. »Ja, es sind ein Name und eine Adresse. Großer Gott – Temple, lesen Sie mal ...«

Temple nahm den Umschlag und las: »Sir Felix Reybourn, Maupassant Avenue 492, St. John's Wood.«

Der Schriftsteller konnte ein Lächeln nicht unterdrücken.

»Was zum Teufel ist so lustig?«, schnauzte Forbes gereizt.

»Ich wunderte mich nur«, murmelte Temple, »dass der gute Roddy Carson ›Maupassant‹ richtig schreiben konnte.«

Kapitel 8

Zu Gast bei Sir Felix

Temple verbrachte den größten Teil des folgenden Morgens damit, die letzten fünf Jahre aller Ausgaben der *Zeitschrift für Ägyptologen* zu durchforsten. Dieses monatlich erscheinende Druckwerk, das von einer unbekannten Adresse in der Nähe des Britischen Museums herausgegeben wurde, machte auf jeden Laien, der sich nicht für das jeweilige Thema interessierte, einen äußerst abschreckenden Eindruck. Schuld waren die matte gelbbraune Aufmachung, die endlosen Seiten mit Kleingedrucktem und die eher glanzlosen und lieblos gemachten Bilder.

Zu seiner Überraschung stellte Temple allerdings fest, dass die beiden von Sir Felix Reybourn verfassten Artikel mitunter einen Hauch skurrilen Humors enthielten, der den eher trockenen wissenschaftlichen Text auflockerte. In beiden Artikeln ging es um eine Reihe von Ausgrabungen, die Sir Felix durchgeführt hatte und die sich, soweit Temple es verstand, als außerordentlich unergiebig erwiesen hatten – abgesehen von einigen antiken Waffen in sehr schlechtem Zustand und einem Gefäß, das eine seltsame Flüssigkeit enthielt, die nicht analysiert worden war. Sir Felix ging ausführlich auf die altägyptischen Heilmittel und deren Wirkungen ein, die sie angeblich hatten und kaschierte damit geschickt die dürftigen Ergebnisse seiner Expedition. Als Schriftsteller bewunderte Temple die raffinierte Art und Weise, mit der Sir Felix diese Täuschung der Leserschaft vornahm.

Anschließend ging Temple in einen anderen Raum des Britischen Museums und schlug Sir Felix im *Who is Who* nach, stellte aber fest, dass die Angaben recht dürftig waren. Offensichtlich stammten diese vom Forscher selbst. Dieser hatte offenbar mehrere Punkte des Fragebogens, der ihm von den Herausgebern zugesandt worden war, nicht beantwortet. Sir Felix wurde als »Ägyptologe und Zoologe« beschrieben. Anscheinend war er unverheiratet und der Sohn eines unbedeutenden Baronets aus Cornwall, der in Clifton und an der Londoner Universität ausgebildet worden war und sein Studium mit Auszeichnung abschloss. Er war der Autor einiger Bücher und mehrerer Schriften über seine Lieblingsthemen. Temple musste allerdings zugeben, dass er von keiner der besagten Veröffentlichungen gehört hatte. Vermutlich waren diese auch längst vergriffen.

Als Adresse von Sir Felix war Maupassant Avenue 492, St. John's Wood, angegeben. Da die vorliegende Ausgabe des *Who is Who* aus dem Jahr 1935 stammte, wohnte er offensichtlich schon einige Zeit dort.

Temple blieb einige Augenblicke auf den Stufen des Britischen Museums stehen. Da die Sonne einladend schien, beschloss er, zu Scotland Yard zu Fuß hinunterzugehen, wo er um 11 Uhr 30 mit Sir Graham Forbes verabredet war.

Auf dem Weg dorthin ging Temple die Sache mit Sir Felix Reybourn noch einmal im Kopf durch und beleuchtete sie aus allen möglichen Blickwinkeln. Weshalb sollte sich ein älterer Mann, der ein derartiges Interesse für vergangene Zivilisationen hegte, in irgendeiner Weise mit dem modernen Gangstertum einlassen? Was konnte er sich davon versprechen? Geld? Offenbar war es Sir Felix gelungen, Finanzmittel für mehrere ägyptische Expeditionen zu beschaffen. War dies wieder ein Fall wie bei Jekyll und Hyde, bei dem die ägyptologischen Aktivitäten als Deckmantel für teuflische kriminelle Machenschaften dienten? Oder war Sir Felix selbst ein Opfer des Marquis, der skrupellos die Aufmerksamkeit von sich selbst ablenkte, indem er den Verdacht auf einen seiner Günstlinge lenkte? Doch welches Verbrechen könnte Sir Felix begangen haben, das ihn in die unerbittlichen Fänge des Marquis gebracht hatte?

Temple schritt gedankenversunken die Charing Cross Road hinunter und stieß dabei mit Liedermachern, Varietékünstlern, Schreibkräften, die Teetabletts trugen und Hutmacherinnen mit Paketen zusammen, wobei er eine Reihe gemurmelter Verwünschungen hinter sich ließ.

Bei Scotland Yard fand er Forbes in seinem Büro vor, der launisch zu den Beweisen in den Akten neue Details hinzufügte und düster darüber nachdachte, dass die besagten Einzelheiten sie praktisch nicht weiterbrachten.

»Hübsche Ordner haben Sie da, Sir Graham«, kommentierte Temple lächelnd, während er eine Zigarette annahm. »Die müssen Sie in Zeiten wie diesen ganz schön aufmuntern.«

»Hm!«, grunzte Sir Graham und schob vier Mappen aus dem Blickfeld. »Und was schlagen *Sie* vor, dass wir tun sollen?«

Temple nahm einen langen Zug an seiner Zigarette und schlenderte zum Fenster hinüber.

»Haben Sie schon einmal von einem Mann namens Dukes gehört?«, fragte er.

»Dukes? Es gibt da einen kleinen Drogendealer namens Lannie Dukes.«

Temple nickte nachdenklich. »Klingt nach diesem Mann. Meinen Sie, Sie können ihn finden?«

»Warum?«

»Er war in der Bombay Road 79a. Sammy Wren sagte, dass er seine Befehle von ihm entgegennahm.«

»Glauben Sie, dass Wren die Wahrheit gesagt hat?« Temple lächelte. »Ich denke, dass ich genug über Sammy wusste, um sicher zu gehen, dass er mir immer die Wahrheit sagte.«

»Gut, ich werde Ross auf Lannie Dukes ansetzen, sobald er da ist. Und was werden Sie tun?«

Temple schnippte die Asche von seiner Zigarette.

»Ich gehe zum Tee – auf eigene Einladung hin«, verkündete er.

»Was zum Teufel ...«, begann Forbes gereizt.

»Ganz ruhig, Sir Graham. Ich habe Ihnen ja noch nicht den Namen meines Gastgebers genannt.«

»Keine Ahnung, was das mit diesen teuflischen Morden zu tun haben soll«, schnauzte Forbes.

»Das werden wir noch sehen. Sie müssen nämlich wissen, dass ich vor habe, den bedeutenden Ägyptologen Sir Felix Reybourn zu besuchen.«

An diesem Nachmittag schritten Temple und Steve energisch am Lord'schen Cricketplatz vorbei, bis sie die geschwungene Kurve der Maupassant Avenue erreicht hatten, wo herrliche Linden und gediegene georgianische Villen weit weg vom Straßendamm standen.

Da die Nummer 492 offensichtlich mindestens eine halbe Meile von der Stelle entfernt war, an der sie die Allee betreten hatten, schlenderten sie weiter und sprachen über den Fall Marquis unter dem Blickpunkt aller neuen Aspekte. Plötzlich blieb Steve stehen.

»Wir müssen daran vorbeigegangen sein, Darling. Da drüben ist die 489 und die Nummern laufen abwärts ...«

»Das muss es sein«, sagte Temple eine Minute später und deutete auf ein graues Steingebäude, das nummernlos zu sein schien.

»Es liegt zwischen 490 und 494, was also bedeutet, dass...«, sagte Temple, als Steve ihn am Arm festhielt.

»Paul, ich bekomme langsam Angst. Was in aller Welt wirst du Sir Felix sagen? Meinst du nicht, es wäre besser gewesen, du hättest vorher geschrieben oder angerufen?«

»Und du willst eine ehemalige Reporterin sein!«, sagte er in leichtem, neckischem Ton. »Weißt du denn nicht, wie wertvoll ein Überraschungsmoment sein kann? Dein Interview mit Bernard Shaw wäre nie zustande gekommen, wenn du es schriftlich beantragt hättest. Du hast ihn nur zufällig in einem untätigen Moment erwischt, als seine Gedanken gerade um das Frauenwahlrecht kreisten!«

»Darling, das ist kein Scherz!«, protestierte sie. »Was wirst du Sir Felix denn sagen?«

Er drehte sich um und sah sie an, als sie unter einer großen Eibe in der Einfahrt standen.

»Nun, es ist folgendermaßen. Ich schreibe gerade einen Roman – eine dieser tollen Geschichten mit einem ägyptischen Hintergrund ...«

»Paul, das hast du mir nie erzählt!«

Er lachte. »Siehst du, sogar du glaubst die Geschichte. Du verstehst doch, dass es absolut notwendig ist, dass ich einige Fakten für den Roman überprüfe.«

»Du willst also deshalb den bekannten Ägyptologen konsultieren? Tja, das ist wohl eine gute Ausrede – solange man nicht zu sehr ins Detail geht.«

»Wie meinst du das?«

»Er könnte dich bitten, ihm die Handlung deines Romans zu erzählen. Er könnte auch darauf verweisen, dass man im Britischen Museum eine ganze Menge Informationen nachschlagen kann.«

»Im Britischen Museum verlaufe ich mich immer«, erwiderte er.

»Dann gibt es da noch eine gute Bibliothek bei Scotland Yard.«

»Und dann«, unterbrach Temple, »könnte ich auch noch das nächste Flugzeug nach Ägypten nehmen!«

Steve lachte. Einen Augenblick später bogen sie um eine Kurve in der Einfahrt und erreichten das Haus.

»Du scheinst ein wenig nervös zu sein, Liebling«, murmelte er leise. »Denk an all die beeindruckenden Menschen, die du in deinen Zeitungstagen interviewt hast.«

»Das«, erwiderte Steve grimmig, »ist genau das, was ich denke.«

Temple lachte, als sie die Stufen zum altmodischen Säulenvorbau hinaufstiegen und kräftig auf den alten Klingelknopf drückten. In einem entfernten Korridor läutete die Glocke unharmonisch, aber es folgte keine unmittelbare Antwort.

»Das Haus ist noch größer, als es aussieht«, folgerte Steve nachdenklich.

»Es ist offensichtlich ein ziemlich weiter Weg von den Gemächern der Bediensteten«, stimmte Temple zu.

Endlich hörten sie schlurfende Schritte und das Geräusch einer altmodischen Kette, die hinter der Tür weggeschoben wurde. Dann drehte sich schwerfällig ein Schlüssel und ein Riegel schob sich in Position. Die Tür öffnete sich etwa einen halben Meter, und das freundliche, gerötete Gesicht einer Frau von etwa fünfundsechzig Jahren erschien vor ihnen. Sie war eine untersetzte, sympathische kleine Person mit einer fröhlichen Stimme.

»Guten Tag«, begrüßte sie die beiden und öffnete die Tür einen Spalt breit, als wollte sie ihre Begrüßung damit unterstreichen. Ihre tiefblauen Augen funkelten wohlwollend. Sie sah aus wie aus einer Werbung für eine bekannte Teemarke.

Temple erwiderte ihren Gruß auf seine charmante Art und entschuldigte sich aufrichtig für die Unannehmlichkeiten, die sein unangekündigter Besuch verursacht hatte. Währenddessen nickte die alte Dame freundlich, als wolle sie ihm zustimmen.

»Mein Name ist Temple – Paul Temple. Hier ist meine Karte. Ich frage mich, ob Sir Felix vielleicht einen Moment Zeit für mich hätte.« Die alte Dame wischte sich sorgfältig die Hand an ihrer Schürze ab und nahm Temples Karte entgegen.

»Aber natürlich, Sir. Ich bin sicher, Sir Felix wird sehr erfreut sein«, lautete die überraschende Antwort. »Wenn Sie bitte eintreten wollen, werde ich Sir Felix fragen.« Die beschlagene Tür schwang hinter ihnen zu und sie standen in einer gefliesten Eingangshalle, die spärlich möbliert war und wenig über den persönlichen Geschmack ihres Besitzers verriet.

Die alte Dame öffnete eine Tür auf der linken Seite. »Wenn Sie und die Dame so freundlich wären, hier zu warten, Sir. Ich bin sicher, dass Sir Felix Sie nicht allzu lange warten lassen wird.« Sie schloss die Tür leise hinter sich, und die beiden hörten ihre Schritte den Flur hinuntertrappeln.

»Was für eine liebe, alte Dame«, kommentierte Temple und schlenderte durch den Raum, um die Bücherregale zu betrachten, die die gegenüberliegende Wand vom Boden bis zur Decke säumten.

»Was für ein außergewöhnlicher Raum«, kommentierte Steve und nahm ihn eifrig in Augenschein. »Außerhalb einer öffentlichen Bibliothek habe ich noch nie so viele Bücher auf einmal gesehen.«

»Und bei Timothy, sie sind wunderschön gebunden«, schwärmte Temple. »Sie müssen ein kleines Vermögen gekostet haben.« Wertschätzend fuhr er mit einem Finger über die schweren Kalbsledereinbände.

»Sind das alte Klassiker?«, fragte Steve, die sich in eine Ecke nahe der Tür hingezogen fühlte, in der eine Kiste mit Reliquien stand, die offensichtlich von Sir Felix' Expeditionen nach Ägypten stammten.

»Das gibt es doch nicht!«, hörte Steve ihren Mann leise zu sich selbst sagen. Sie drehte sich um.

»Was ist denn los?«

»Das sind alles Kriminalromane!«, erklärte er skeptisch.

»Sei nicht albern!«, sagte Steve und ging zu den Regalen hinüber.

»Ich sage dir, das sind sie – bis hin zu Edgar Allan Poes Horrorgeschichten! Nein, warte! Hier ist ein Regal mit Büchern über Kriminologie – Aufzeichnungen von Fällen ... Mordprozessen ...«

Steve durchstöberte nun Reihe um Reihe Bände, auf denen in goldenen Lettern alle berühmten Namen aus der Welt der Kriminalromane prangten: Dorothy L. Sayers, E. Phillips Oppenheim, Edgar Wallace, Agatha Christie, John Creasey,

E. C. Bentley, Dashiel Hammett, Rex Stout, Freeman Wills Croft, Peter Cheyney, John Dickson Carr und Dutzende mehr. Es war ein Paradies für einen müden Kabinettsminister, der nach dieser Art von Freizeitgestaltung süchtig war.

»Ich finde nichts von dir, Darling«, sagte Steve, die immer noch die Regale durchstöberte.

Temple lächelte und sagte: »Das wirst du, Mrs. Temple, wenn du deinen Kopf leicht anhebst und ein wenig nach links schaust. Meine Bücher stehen neben einem sehr speziellen Roman namens *Die Schlagzeilenmänner*, geschrieben von einer mysteriösen Dame namens Andrea Fortune. Ich habe den Verdacht, dass das ein Pseudonym sein könnte.

»Und ich habe den Verdacht, dass die Autorin in diesem Moment keine hundert Meilen weit weg ist«, kam eine trockene Stimme von hinten. Steve drehte sich um und sah einen unauffälligen Mann von durchschnittlicher Größe, der einen schlichten grauen Anzug trug und sie neugierig musterte. Er hatte praktisch eine Glatze. Seine Stirn war mit Sommersprossen übersät. Sein Teint war sehr blass, als wäre die gesamte Farbe in der tropischen Sonne verbrannt worden, was ihn viel älter erscheinen ließ, als er tatsächlich war. Er trat so geräuschlos vor, wie er den Raum betreten hatte. »Verzeihen Sie, wenn ich Sie erschreckt habe«, entschuldigte er sich. Seine Stimme klang kratzend.

Steve schaffte es, ein halbwegs freundliches Lächeln aufzulegen und Temple bemühte sich, ihr aus der Verlegenheit zu helfen.

»Sir Felix Reybourn?«, fragte er höflich und fuhr nach einem raschen kleinen Nicken fort: »Sie halten diesen Besuch wahrscheinlich für eine große Anmaßung unsererseits, Sir Felix, aber es ist so, dass ich gerade ein Buch schreibe ...«

»Wer tut das nicht?«, kicherte Sir Felix höchst amüsiert über seine eigene Schlagfertigkeit.

»Ganz recht«, lächelte Temple. »Meines ist allerdings ein Roman über Kairo und die ägyptische Wüste. Nicht das heutige Kairo, verstehen Sie – ich will mehrere hundert Jahre zurückgehen. Da dachte ich, Sie könnten mir vielleicht in ein oder zwei wichtigen Punkten helfen.«

Sir Felix hob eine protestierende Hand.

»Mr. Temple – bitte – bitte! Es gibt überhaupt keinen Grund, sich für diesen sehr angenehmen informellen Besuch zu entschuldigen«, fuhr die schwache Stimme fort. »Ich bin hocherfreut, Sie und Ihre charmante Frau kennenzulernen.« Er hielt inne und fügte dann mit der kleinsten Andeutung eines Lächelns hinzu: »Eigentlich habe ich Sie erwartet, Mr. Temple! Bitte nehmen Sie auf diesem bequemen Stuhl Platz, Mrs. Temple. Meine Haushälterin wird Ihnen sofort einen Tee bringen.«

Trotz ihrer Proteste bestand er darauf, dass sie zum Tee blieben. In der Zwischenzeit schob er einen Beistelltisch in die Nähe von Steves Stuhl und stellte einen weiteren Sessel mit gerader Lehne für ihren Mann hin. »Sie müssen etwas Nachsicht mit meiner Haushälterin Mrs. Clarence haben«, entschuldigte er sich. »Sie ist eine liebe alte Seele, aber sie ist nicht mehr so flink wie früher und wir sind hier ein Stückchen von der Küche entfernt. Sie hat jedoch einen großen Vorzug – sie ist immer auf Besucher eingestellt, oder besser gesagt: Sie freut sich auf sie. Ganz anders als der moderne Dienertyp.«

Als Sir Felix endlich seinen Diskurs abgeschlossen zu haben schien, fragte Temple: »Was meinten Sie damit, Sir, als Sie vorhin sagten, Sie hätten uns erwartet?«

Sir Felix ließ sich genüsslich in seinen Stuhl sinken, dann richtete er plötzlich seine durchdringenden grauen Augen auf den Fragesteller.

»Mr. Temple, korrigieren Sie mich, wenn ich mich irre«, begann er in seinem trockenen, präzisen Ton, »aber ich glaube, Sie sind mit der Untersuchung einer Mordserie beschäftigt, die von einer unbekannten und etwas theatralisch agierenden Person begangen wurde, die sich ›Der Marquis‹ nennt.«

Temple, der sich ein wenig albern vorkam, nickte, und Sir Felix fuhr fort: »Im Laufe Ihrer Ermittlungen sind Sie auf einige bedeutende Fakten gestoßen. In aller Kürze: Achtundvierzig Stunden vor der Ermordung von Lady Alice Mapleton stattete sie mir einen Besuch ab.«

»So ist meine Information, Sir Felix«, sagte Temple ernst. »Ich weiß zufällig auch, dass vierundzwanzig Stunden, bevor die Polizei die Leiche von Carlton Rodgers fand ...«

»Er hat mir die Ehre erwiesen, mit mir zu speisen«, fügte Sir Felix heiter hinzu. »Außerdem glaube ich, dass ich auch der letzte war, der Myron Harwood lebend gesehen hat.«

Etwas verwundert über seine selbstgefällige Haltung, fragte Temple: »Kommt Ihnen das nicht wie eine erstaunliche Verkettung von Zufällen vor, Sir Felix?«

Reybourn wirkte nicht im Geringsten beunruhigt. »Das Wort ›erstaunlich‹ scheint mir hier fast eine Untertreibung zu sein, Mr. Temple«, stimmte er ruhig zu. »In vielen dieser Bücher dort drüben sind Männer für viel weniger verhaftet worden.«

Endlich fand Steve ihre Stimme wieder.

»Aber Sie wissen doch sicher, Sir Felix, dass Sie sich dadurch in einer recht merkwürdigen Lage befinden. Ich bin mir ziemlich sicher, dass neunundneunzig von hundert Leuten angesichts Ihrer Aussagen sofort zu dem Schluss kommen würden, dass Sie der Marquis sind.«

Sir Felix erlaubte sich eines seiner seltenen Lächeln.

»Meine liebe Mrs. Temple, verzeihen Sie, wenn ich das sage, aber ich bin ein wenig enttäuscht von Ihnen. Denken Sie nach: Wenn ich diese schwer fassbare Person wäre, die dem gesamten Personal von Scotland Yard zu trotzen scheint, glauben Sie dann, dass ich so dumm wäre, Lady Alice Mapleton achtundvierzig Stunden vor ihrer Ermordung zu treffen? Und glauben Sie, ich wäre so ein Idiot, dass ich der letzte Mensch bin, der Myron Harwood sieht?«

Seine Stimme nahm einen verletzten Ton an, aber da war

der Hauch eines Funkelns in seinen grauen Augen.

»Nun, Mrs. Temple – ich frage Sie, ist es wahrscheinlich?«

Temple und Steve tauschten ein amüsiertes Lächeln aus.

»Ich verstehe, was Sie meinen«, sagte Temple mit ernster Miene.

Sir Felix rieb sich die pergamentartigen Hände. »Ich hoffe es, Mr. Temple, ich hoffe es aufrichtig. Ich wusste, dass es mir gelingen würde, Sie zu überzeugen.«

Temple nickte. »Trotzdem, Sir Felix, wenn es keinen Vertrauensbruch darstellt, wäre ich neugierig zu erfahren, warum Sie Lady Alice, Harwood und Rodgers ausgerechnet zu dieser Zeit getroffen haben.«

»Nun gut, Mr. Temple«, willigte Sir Felix ein, als Mrs. Clarence mit einem großen Teetablett hereinkam. »Wenn es Sie beruhigt, ich kannte zwei dieser Leute recht gut. Rodgers kam auf meine Einladung hin zum Essen, weil ich ihn seit seiner Rückkehr aus Amerika vor drei Monaten nicht mehr gesehen hatte. Ich war daran interessiert, mich mit ihm über bestimmte Dinge auszutauschen. Er ist übrigens auch Zoologe – oder besser gesagt: Er war es, der arme Kerl. Harwood war, wie Sie wissen, ein brillanter Wissenschaftler, der sich besonders für die Medikamente vergangener Zeiten interessierte. Er hatte gehört, dass ich ein oder zwei kleinere Entdeckungen in dieser Richtung gemacht hatte. Ich glaube, er hatte einen Artikel von mir in der *Zeitschrift für Ägyptologen* gelesen – also hat er mich angerufen und ein Treffen vereinbart.«

»Konnten Sie ihm irgendwelche Informationen geben?«

Sir Felix schüttelte etwas wehmütig den Kopf.

»Nicht sehr viele, fürchte ich. Wissen Sie, Harwood war ein sehr kluger Mann und wissenschaftlich interessierte er sich besonders für Formeln. Das liegt außerhalb meines Forschungsbereichs.«

»Und Lady Alice Mapleton?«, fügte Steve leise hinzu und reichte ihm eine Tasse Tee, die sie ihm eingeschenkt hatte.

»Lady Alice? Ah ja! Lady Alice kannte ich noch nicht.«
Er rührte seinen Tee gründlich um. »Ich weiß nicht, ob ich
Ihnen das sagen soll. Aber wenn, dann müssen Sie mir versprechen, es vertraulich zu behandeln.« Nachdem er diesbezüglich ihre Zusicherung erhalten hatte, fuhr Sir Felix fort:
»Lady Alice kam zu mir, weil sie ein Gerücht gehört hatte:
Sie hat mir nie die genaue Quelle ihrer Information genannt,
aber ich nehme an, sie hatte sie auf einer Party in Chelsea
aufgeschnappt. Dabei ging es um ein kleines Gefäß mit einer
bestimmten Flüssigkeit, die ich bei meiner Rückkehr aus
Ägypten mitgebracht hatte. Jemand hatte Lady Alice offenbar
erzählt, dass der Inhalt dieses Gefäßes ein hervorragendes
Mittel sei, um von der Kokainsucht loszukommen.«

Temple holte tief Luft. »Das war es also!«, murmelte er.

»Leider konnte ich der armen Frau nicht helfen«, fuhr Sir
Felix fort. »Und ich war sehr bestürzt, als ich von ihrem Tod
las.«

»Wollen Sie sagen, dass Sie nichts über das Medikament
wissen, dass Sie mitgebracht haben?«

»Nur sehr wenig. Um ganz offen zu sein, habe ich es Myron Harwood anvertraut. Seit seinem Tod scheint das kleine
Gefäß jedoch verschwunden zu sein. Ich habe seinen Nach-
lassverwalter eingehend danach gefragt, aber er scheint mir
nicht weiterhelfen zu können.«

»Soweit ich mich erinnere«, sagte Temple, »haben Sie
etwas über diese Drogen geschrieben – ich bin zufällig über
Ihren Artikel gestolpert ...«

»Oh ja, aber meine Theorien basierten lediglich auf lokalen Legenden. Sie waren in keiner Weise wissenschaftlich.
Die Mischung der Drogen sollte wohl ein sehr tödliches Gift
darstellen, das die Ägypter ›Diamos‹ nannten. Ein Gift, das
eine sehr ungewöhnliche Eigenschaft hat. Es hinterlässt nicht
die geringste Spur im Körper seines Opfers.«

»Wirklich eine sehr unangenehme Sache, wenn sie frei im
Umlauf ist.«

»Äußerst unangenehm«, stimmte Sir Felix zu. »Probieren Sie doch mal von dem selbstgebackenen Kuchen, Mrs. Temple. Mrs. Clarence ist zu Tode beleidigt, wenn Sie ihn nicht kosten.«

»Sind Sie denn sicher, dass das Gift nach all den Jahren noch wirksam ist?«, fragte Temple mit großem Interesse. Sir Felix schüttelte den Kopf.

»Das ist sehr fraglich«, antwortete er. »Harwood wollte einige Tests durchführen, aber er schien sehr skeptisch zu sein, was positive Ergebnisse anging. Natürlich war das Gefäß sehr gut versiegelt und schien luftdicht zu sein. Ich habe allen Grund zu glauben, dass es viertausend Jahre alt ist.«

Er reichte Steve seine Tasse, damit sie diese nachfüllen konnte.

»Das war eine höchst interessante Unterhaltung«, erklärte er, »und ich bin sehr erleichtert, dass Sie meine Argumente angesichts all der – ähm – belastenden Indizien schließlich doch überzeugt haben. Natürlich war ich nicht ganz unvorbereitet. Ich muss zugeben, dass ich dieselben Argumente vor kurzem mit ähnlicher Wirkung bei einem sehr intelligenten jungen Menschen vorgebracht habe.«

»Tatsächlich?«, sagte Temple.

»Ja, sie war eine sehr vielversprechende Detektivin namens, äh, lassen Sie mich mal nachdenken ...«

»Rita Cartwright?«, fragte Temple. Und Sir Felix nickte.

Als Temple an diesem Abend auf dem Weg zum Yard – wo er sich mit dem Chefkommissar treffen sollte – die Mall entlang schlenderte, ging ihm der Ablauf dieser erstaunlichen Mordserie durch den Kopf. Seine Arbeit als Kriminalschriftsteller war der Grund für sein Interesse daran, was im Geiste eines Kriminellen vorging. Dafür hatte er auch einen viel tiefer gehenden Sinn entwickelt, als etwa der durchschnittliche Kriminalbeamte.

Der Marquis, überlegte Temple, hatte eines mit den meisten Ganoven gemeinsam. Er war übermäßig eitel, was sich in der Wahl seines Titels zeigte und darin, dass er der Versuchung erlegen war, Visitenkarten auf den Leichen seiner Opfer zu hinterlassen. Er war so sehr darauf bedacht, dass seine Tat ein Maximum an Aufmerksamkeit erhielt, als sei er ein Presseagent, der für einen hochbezahlten Filmstar einen großen Zeitungsartikel an Land ziehen wollte. Mit den hochentwickelten wissenschaftlichen Methoden, die dem Yard zur Verfügung standen, hätte jede dieser Karten irgendwann die Identität des Marquis verraten können. Dennoch ging er das Risiko ein, offensichtlich mit größtem Selbstvertrauen.

Temple war der Meinung, dass es sich dabei wahrscheinlich um einen Mann handelte, der in der Vergangenheit aus anderen gefährlichen Situationen davongekommen und deshalb zu dem Schluss gekommen war, dass er den stereotypen Polizeimethoden immer gewachsen sein würde. Früher oder später musste ihm ein Fehler unterlaufen. Die Frage war nur, wie bald. Die Öffentlichkeit war merklich beunruhigt und einige Zeitungen zogen bereits unheilvolle Vergleiche mit Jack the Ripper.

Ihr Besuch bei Sir Felix Reybourn hatte sich zwar in mancher Hinsicht als aufschlussreich erwiesen, aber Temple hatte das ungute Gefühl, dass sich dadurch auch mehrere andere mögliche Spuren aufgetan hatten, die im Moment noch sehr vage waren. Sir Felix war Temple immer noch ein Rätsel. Der Schriftsteller sagte sich, dass es ihn nicht überraschen würde, wenn es sich letztlich herausstellte, dass der Ägyptologe tiefer in den Fall involviert wäre, als er sie glauben machen wollte. Er war offensichtlich ein Mann mit einem beachtlichen Verstand, der sich zudem sehr für Kriminologie interessierte und ein breites Wissen über die neuesten Ermittlungsmethoden besaß. Er würde sicherlich in der Lage sein, diese Methoden zu umgehen.

Bei seiner Ankunft in Forbes' Büro war Temple leicht überrascht, dass auf einem der Besucherstühle Roger Storey saß. Sein rechter Arm steckte in einer Schlinge und sein Mantel war an der Schulter zerrissen. An seiner linken Schläfe befand sich ein Fleck aus getrocknetem Schlamm. Inspektor Ross legte gerade einen professionell aussehenden Verband um Storeys Unterarm, während Sir Graham zusah.

»Hallo Storey«, sagte Paul Temple, »was zum Teufel ist denn mit Ihnen passiert?«

»Eine ganze Menge«, antwortete Storey mit einem kläglichen Lächeln.

»Seit gestern Abend hat sich einiges getan, Temple«, informierte Forbes ihn grimmig.

»Bei Timothy! Das sieht man!« Er ging zu Storey hinüber. »Dieser Arm sieht ja ausgesprochen schlimm aus.«

Storey schenkte ihm ein schmerzhaftes Grinsen. »Es ist nicht gerade das, was ich mir unter Komfort vorstelle, Mr. Temple, aber es hätte weitaus schlimmer sein können.« Er brachte sich in eine bequemere Position, als Ross den Verband fertigstellte. Dann wandte er sich an Temple.

»Konnten Sie Sir Felix sehen, Sir?«, fragte er.

Temple zuckte ein wenig ungeduldig mit den Schultern. »Ich habe ihn gesehen, ja. Aber was ist denn mit Ihnen geschehen?«

Er sah sich in der kleinen Gruppe um und bemerkte, dass alle ziemlich aufgeregt zu sein schien.

»Ich denke, Sie sollten Temple vielleicht besser selbst davon erzählen, Storey«, schlug Sir Graham vor.

»Ganz wie Sie wollen, Sir«, stimmte Roger zu.

»Aber bevor Sie anfangen ...« Forbes drehte sich zu Ross um. »Sagen Sie Bradley, er soll den jungen Mann wieder heraufbringen«, befahl er. Ross ging hinaus. Als sich die Tür geschlossen hatte, drehte sich Roger Storey in seinem Stuhl um und blickte zu Temple.

»Als ich Sie das letzte Mal sah, Mr. Temple, sagte ich Ihnen, dass mir ständig Unfälle passieren. Damals dachte ich, dass Sie glaubten, ich übertreibe.«

Temple schüttelte den Kopf. »Ich habe mir lediglich ein Urteil vorbehalten, Storey, das ist alles. Tut mir leid, wenn ich einen falschen Eindruck erweckt habe.«

»Tja, Sie können jetzt selbst sehen, dass ich heute einen weiteren Unfall hatte.«

Er verzog peinvoll sein Gesicht, als ein Schmerzkrampf durch seinen Arm fuhr.

»Heute Morgen bin ich mit dem Auto nach Canterbury gefahren, um einen Verwandten zu besuchen. Dort habe ich zu Mittag gegessen und bin dann am Nachmittag zurückgefahren. Auf dem Rückweg, etwa eine halbe Meile hinter der neuen Umgehungsstraße, passierte das Gleiche, was Ihnen und Mrs. Temple am Abend auf dem Embankment passiert ist. Ein Auto kam aus einer Abzweigung und fuhr direkt auf mich zu.«

Er hielt inne und nahm eine Zigarette an, die Temple für ihn anzündete.

»Natürlich hat mich das völlig überrascht«, fuhr er fort und paffte dankbar. »Für den Bruchteil einer Sekunde habe ich die Nerven verloren – ich wusste nicht, was ich tun sollte. Zum Glück habe ich mich zusammengenommen, bevor es zu spät war. Ich entschied mich blitzschnell, riss am Lenkrad, wendete das Auto und fuhr auf den Mistkerl zu. Langsam bin ich diese ›Zwischenfälle‹ leid. Daher dachte ich mir, dass ich die Sache ein für alle Mal klären sollte. Im Nachhinein wird mir klar, dass ich einfach nur vor Wut kochte, als mir klar wurde, dass dies ein weiterer Anschlag auf mein Leben war.« Storeys Kiefer straffte sich und seine Augen schienen bei der Erinnerung daran zu glühen.

»Ich konnte ganz deutlich sehen, dass ein junger Mann das andere Auto fuhr – einen großen sechszylindrigen Packard. Außerdem konnte ich erkennen, dass ich ihn kalt erwischt hatte. Er hatte nicht mit einer Gegenattacke gerechnet. Dann kippte sein Auto in den Graben, in den er mich hatte drängen wollen. Ich schoss an ihm vorbei und bremste anschließend, was das Zeug hielt. Als ich anhielt, sah ich, wie er aus seinem Auto kletterte und sich aus dem Staub machte. Ich war ziemlich durchgeschüttelt, aber ich kochte immer noch vor Wut und mir war klar, dass es ›jetzt oder nie‹ heißen würde. Also verfolgte ich das Schwein.«

»Haben Sie ihn erwischt?«

»Ja«, antwortete Storey mit einem Glitzern in den Augen. »Ich habe ihn erwischt, aber ich musste ihn fast bewusstlos schlagen – wir haben uns heftig geprügelt. Auf diese Art habe ich mir den Arm so übel zugerichtet. Aber ich habe es geschafft, ihn zurück zum Wagen zu zerren und ihn direkt hierher zu bringen.«

»Gute Arbeit«, nickte Temple. Storey nahm ein Taschentuch heraus und wischte sich über die Stirn.

»Ich muss wirklich sagen, dass es mich komplett erledigt, wenn das noch ein paar Tage so weiter geht« , erklärte er mit Nachdruck.

Sir Graham reichte ihm ein Glas mit Whisky. »Das wird wieder, Storey. Erzählen Sie uns von diesem Kerl.«

Storey nahm einen Schluck von dem Whisky.

»Sein Name ist Slater – Derek Slater«, erzählte er ihnen.

»Ich lasse ihn gerade hierherholen, Temple«, fügte Forbes hinzu, der bemerkte, dass Storey immer noch angespannt war. »Soweit wir das beurteilen können, ist er eine Art Schauspieler. Ziemlich nervös. Ich denke, er ist nicht älter als zweiundzwanzig – obwohl er sagt, er sei dreißig.«

»Redet er?«

Forbes schüttelte den Kopf. »Nicht ein Wort. Zumindest kann Bradley nichts aus ihm herausbekommen. Ob er mit dem Jungen richtig umgeht, weiß ich nicht.«

Die Tür öffnete sich und die Person, über die sie sich unterhalten hatten, wurde ins Zimmer gebracht. Slater wurde von Bradley begleitet, der einen perplexen Gesichtsausdruck aufgesetzt hatte.

Der junge Mann war zweifellos von der schrulligen Sorte.

Sein Haar war vorne ein paar Zentimeter zu lang und fiel ihm hin und wieder über die Augen. Er trug eine dunkle Cordhose, einen hellbraunen Mantel und eine orangefarbene, handgewebte Krawatte.

Forbes schickte Bradley weg und bat Storey, den Superintendent zum Polizeiarzt zu begleiten. Dieser war gerade eingetroffen und sollte ihn sich ansehen.

Als sie gegangen waren, wandte sich der Chefkommissar an Derek Slater und deutete auf einen Stuhl.

»Setzen Sie sich, Slater«, befahl er mit schroffem Ton.

Derek Slater war sichtlich mit den Nerven fertig. Seine Unterlippe war aufgebissen und blutete leicht. In seinen Augen lag ein wilder, verzweifelter Blick, wie man ihn von einem in die Enge getriebenen Tier erwarten würde. Temple bemerkte, dass ein Muskel in seinem Gesicht von Zeit zu Zeit krampfhaft zuckte. Dennoch nahm der junge Mann ohne zu zögern den Stuhl, den Forbes ihm zugewiesen.

»Nun, Slater«, sagte Forbes sehr freundlich. »Superintendent Bradley sagte mir, dass Sie sich weigern, zu reden. Es wäre schön, wenn Sie erkennen würden, dass ein wenig Kooperation Ihnen selbst sehr zugute käme und ...«

»Diese Dritte-Grad-Methode lasse ich mir nicht bieten«, schrie Slater hysterisch. »Wenn die Polizei nicht vernünftig mit mir reden kann ...«

»Jetzt beruhigen Sie sich doch, Slater!«, bat Sir Graham. »Niemand wird Sie nach dem dritten Grad verhören. Wenn es Ihnen lieber ist, dann wird Mr. Temple mit Ihnen sprechen – er ist kein Polizist.«

Slater blickte von einem zum anderen und hatte noch immer den Ausdruck eines Gejagten in seinen Augen.

Endlich begann Temple leise zu sprechen. »Wissen Sie die Nummer des Wagens, den Sie gefahren haben?«, fragte er.

Nach anfänglichem Zögern nickte Slater.

»Es war doch nicht Ihr Wagen?«, fragte Temple auf gut Glück.

Forbes drehte sich zu ihm um. »Der Wagen stand gestern Nachmittag auf einem Parkplatz in der Nähe von Canterbury. Er wurde von einer jungen Frau dorthin gebracht. Bis jetzt konnten wir sie nicht ausfindig machen. Slater hat den Wagen heute Morgen geholt.«

Es herrschte Schweigen. Temple sah Slater mit einem nachdenklichen Blick an, während Forbes gedankenversunken mit seinem Papiermesser auf dem Schreibtisch herumtrommelte.

»Hören Sie«, sagte Slater mit einer Spur von Hysterie in der Stimme. »Ich weiß nicht, was das alles soll. Es war nur ein gewöhnlicher Autounfall – vielleicht war ich schuld, vielleicht auch nicht. Aber ich hatte diesen anderen Kerl noch nie zuvor gesehen.«

Temple klappte sein Zigarettenetui auf.

»Probieren Sie eine davon – das wird Ihre Nerven beruhigen«, bot er an. Slater nahm eine und zündete sie mit zitternden Händen an.

»Nun«, sagte Temple, »es würde uns interessieren, wer Ihnen überhaupt von diesem Wagen erzählt hat.«

Slater zögerte, dann warf er plötzlich mit einer ungeduldigen Geste seine Zigarette auf den Boden. »Oh, um Himmels willen, lassen Sie mich einfach in Ruhe!«

Temple ging hinüber und hob die Zigarette auf, die er auf Forbes' Schreibtisch legte. Dann kehrte er zu dem jungen Mann zurück.

»Hören Sie, Slater«, begann er leise, »warum legen Sie die Karten nicht auf den Tisch? Irgendwann müssen Sie es doch tun.« Er stützte einen Fuß auf einem anderen Stuhl ab und blickte auf Slater herab. »Vom ersten Moment an, als ich Sie gesehen habe«, erklärte er, »wusste ich, dass Sie dazu erpresst wurden.«

Der junge Mann zuckte sichtlich zusammen.

»Es ist auch keine gewöhnliche Erpressung«, fuhr Temple gleichmütig fort. »Aber das tut nichts zur Sache. *Weshalb* Sie erpresst werden, geht uns nichts an. Tatsächlich sind wir an diesem Aspekt des Falles völlig desinteressiert. Was uns interessiert, ist der Mann, der die Erpressung durchführt.«

Slater befeuchtete seine Lippen, sagte aber nichts, und Temple fuhr mit leiser Stimme fort: »Ich meine den Marquis!«

Er ignorierte Slaters erschrockenen Gesichtsausdruck und machte überzeugend weiter: »Ich schlage vor, Sie sind jetzt kein Dummkopf mehr und reden!«

Doch Derek Slater schüttelte nur den Kopf und wirkte verängstigter denn je. Forbes kam zu ihm herüber.

»Reißen Sie sich zusammen, Slater«, forderte er ihn auf. »Denken Sie daran, dass Sie unter Polizeischutz stehen. Hier kann Ihnen unmöglich etwas passieren.«

Slater zögerte immer noch, so als ob er einen alternativen Schachzug überlegen würde. Schließlich warf er mit einer theatralischen Geste den Kopf zurück und sagte in bestimmtem Ton: »Also gut, ich werde Ihnen so viel erzählen, wie ich weiß.«

»Ich bin mir sicher, dass Sie das nicht bereuen werden«, versicherte ihm Temple. »Vielleicht erzählen Sie uns von Anfang an, wie Sie in die Sache hineingeraten sind – Sie brauchen uns natürlich nicht zu erzählen, warum Sie erpresst werden. Das bleibt ganz Ihnen überlassen.«

Derek Slater lehnte sich in seinem Stuhl vor und begann mit angespannter Stimme: »Vor fast vierzehn Tagen erhielt ich einen Anruf einer jungen Frau. Sie erwähnte den Namen des Mannes, der mich in seiner Gewalt hat, und sagte, sie habe die Anweisung erhalten, mich nach Kellaway Manor in der Nähe von Bevensey Bay in Sussex zu schicken. Nach meiner Ankunft dort sollte ich weitere Anweisungen erhalten.«

»Vom Marquis?«, warf Temple rasch ein.

Slater hielt inne, dann nickte er. »Das war am Freitagnachmittag«, fuhr er fort. »Am nächsten Tag bin ich nach

Bevensey gefahren und am Sonntag habe ich mich auf die Suche nach Kellaway Manor gemacht. Niemand im Pub schien von diesem Ort gehört zu haben. Es war wirklich schwierig, ihn zu finden. Beinahe hätte ich es aufgegeben, aber dann hat mich ein Landarbeiter auf die Spur gebracht.«

Er zögerte einen Moment, dann fuhr er fort: »Kellaway Manor stellte sich als eine Art verfallenes Herrenhaus am Rande eines Waldes heraus, fast vierzehn Meilen von Bevensey entfernt. Es sah unheimlich aus und schien verlassen zu sein. Die Klingel an der Haustür funktionierte offensichtlich nicht und ich klopfte eine Weile, ohne eine Antwort zu erhalten. Deshalb beschloss ich, um das Haus herumzugehen. Schließlich kam ich zur Hintertür, die in die Küche führte. Die Tür war fast aus den Angeln gehoben, also trat ich ein. Es dämmerte schon, aber ich konnte sehen, dass ein Brief auf dem Tisch lag. Ich hob ihn auf und sah, dass er an mich adressiert war.«

»Sie meinen, das war der Brief, in dem Sie alle Anweisungen über den Packard und den Parkplatz in Canterbury und den »Unfall« mit Mr. Storey erhalten haben?«, fragte Temple mit einem Hauch Ungläubigkeit in der Stimme.

»Ich weiß, es klingt wie ein Märchen«, sagte Slater verzweifelt, »aber ich schwöre Ihnen, es ist wahr!«

»Aber das ist doch absurd«, protestierte Forbes. »Warum hat er Ihnen nicht gleich den Brief geschickt – oder die junge Frau dazu gebracht, Ihnen die Anweisungen zu geben?«

»Ich weiß es nicht!«, rief Slater wilder denn je. »Er geht immer nach dieser verdammten Umwegmethode vor. Ich schwöre bei Gott, ich sage die Wahrheit!«

Forbes zuckte zweifelnd mit den Schultern und machte sich ein oder zwei Notizen. Temple bot Slater eine weitere Zigarette an, als er sagte: »Haben Sie die Stimme der jungen Frau am Telefon erkannt?«

Slater schüttelte den Kopf.

»Schade«, sagte Temple und schritt nachdenklich zum

Fenster hinüber. Forbes wandte sich wieder an Derek Slater.

»Erwarten Sie denn wirklich, dass wir Ihnen das glauben? Dass der Erpresser einen solchen Einfluss auf Sie hatte, dass er Sie zu einem Autounfall zwingen konnte, der Ihren Tod hätte bedeuten können?«, beharrte er.

»Damit wäre die Erpressungsache bereinigt gewesen«, antwortete Slater mit leiser Stimme. »Ich musste ein Risiko eingehen. Auf jeden Fall war das Leben so nicht mehr lebenswert. Im Knast wäre ich besser dran gewesen.«

»Haben Sie den Brief, den Sie in der Küche gefunden haben, behalten?«, fragte Temple.

»Nein. Mir wurde aufgetragen, ihn sofort zu vernichten. Das stand im Postskriptum.«

»Wie haben Sie ihn vernichtet?« Slater dachte einen Moment lang nach.

»Ich habe ihn in kleine Stücke zerrissen und daraus einen kleinen Papierball gemacht, den ich in die Büsche im Garten warf.«

»Hm«, murmelte Temple. Er wandte sich an Sir Graham. »Tja, Sir, es sieht so aus, als ob wir einen Besuch auf Kellaway Manor machen müssen.«

Slater sprang auf. »Nein! Nein! Um Gottes willen, bleiben Sie weg von dort!«, rief er in aufgeregten Tönen.

»Warum sagen Sie das?«, konterte Temple schnell. Slater ließ sich wieder zurückfallen.

»Ich ... Ich weiß es nicht. Aber an diesem Ort geht der Teufel um. Da bin ich mir sicher!«

»Umso mehr ein Grund«, sagte Temple ruhig, »dort unverzüglich nach dem Rechten zu sehen.«

Slater fuhr sich mit der Hand dramatisch über die Stirn, sagte aber nichts weiter. Die Nacht würde er bei Scotland Yard verbringen. Nachdem Bradley ihn abgeführt hatte, wandte sich Forbes an Temple.

»Temple, glauben Sie nicht, dass dies der Ort sein könnte, nach dem wir suchen? Sie wissen schon, das Hauptquartier, wo der Marquis ...« Seine Stimme verstummte, als er über die Möglichkeiten dieser Theorie nachdachte.

»Nun, Temple«, sagte er schließlich und riss sich aus seiner Träumerei, »was halten Sie von dieser Sache mit Derek Slater?«

»Ich finde«, antwortete Temple freundlich, »dass Derek Slater das Zeug zu einem sehr vielversprechenden jungen Schauspieler hat.«

Kapitel 9
Kellaway Manor

Die Büros von Bridley, Taggart und Avery Limited lagen im zweiten Stock eines ehrwürdigen Gebäudes aus Viktorianischer Zeit und boten einen Blick über den Cambridge Circus.

Es war nicht einfach, genau zu definieren, womit sie sich beschäftigten. Ihr Hauptbetätigungsfeld war die Produktion von Theaterstücken im Londoner West End (immer unter der Voraussetzung, dass sie die nötigen finanziellen Mittel auftreiben konnten), aber sie betrieben auch einen regen Handel als Theateragenten, Produzenten von Repertoire- und Tourneetheatern, Presseagenten für Theater und Künstler sowie Werbe- und Anzeigenberater für alle Arten von Bühnenunternehmen.

Pete Bridley, der Firmengründer, hatte sich in den Ruhestand zurückgezogen und besuchte nur noch gelegentlich das Büro. George Taggart war in der Regel mit einem der Unternehmen der Firma auf Tournee, sodass es Dan Avery überlassen war, die Stellung im Büro zu halten.

Die Firma war für die Aufführung des ersten Temple-Stücks verantwortlich gewesen, nachdem Dan Avery einen Stahlhändler aus dem Norden davon überzeugt hatte, dass es sich lohnen würde, dieses Risiko einzugehen. Dass das Stück letztlich nicht erfolgreich war, machte auf Dan nicht den geringsten Eindruck. Er beschwichtigte seinen Geldgeber – Temple wusste nie genau, wie –, bot seinem Autor eine der berühmten Zigarren an, die er in seinem Safe aufbewahrte und forderte ihn auf, ein weiteres Stück zu schreiben.

Für Temple war es unmöglich, Dan Avery nicht zu mögen. Er hatte den lebhaften kleinen Mann gleich zu Beginn ihrer Bekanntschaft ins Herz geschlossen. Dan hatte Pauls zweites Stück auf so freundliche und wohlwollende Weise abgelehnt, dass ein Außenstehender durchaus den Eindruck erhalten hätte, er hätte dem Autor damit einen großen Gefallen getan. Ein anderes Management produzierte den Stoff schließlich. Als es einen kleinen Erfolg erzielt hatte, war Dan einer der ersten gewesen, der Temple dazu gratuliert hatte.

Dan war sehr beeindruckt von Temples neuestem Stück und hatte vor Temples Abreise nach Amerika eine Option darauf erworben. Seitdem hatte Paul nichts mehr von ihm gehört, sodass Temple beschloss, Avery einen Besuch abzustatten.

Er wusste, dass Dan jeden Morgen pünktlich um halb zehn in seinem Büro eintraf. Deshalb schaute er kurz nach zehn vorbei, nachdem er sich mit Forbes für elf Uhr zu einer gemeinsamen Fahrt nach Kellaway Manor verabredet hatte.

Im Vorzimmer von Bridley, Taggart und Avery tummelten sich bereits vier oder fünf Schauspielerinnen und Schauspieler, die jeden Neuankömmling mit einer Mischung aus intensivem Misstrauen und kalkuliertem Charme beäugten.

Die Tatsache, dass Temple sofort in Dan Averys Heiligtum geführt wurde, sorgte für eine kleine Sensation, die von hochgezogenen Augenbrauen, wissenden Blicken und Kommentaren in gedämpftem Ton begleitet wurde.

Dan begrüßte seinen Besucher mit jenem fröhlichen Lächeln, das sein größter Pluspunkt war.

»Ach, Temple, alter Freund, ich hatte keine Ahnung, dass Sie zurück sind. In den letzten drei Wochen habe ich versucht herauszufinden, wo Sie sich aufhalten.« Diese Aussage war nicht ganz richtig, aber Temple widersprach nicht.

»Alles in Ordnung, hoffe ich«, sagte er und nahm den bequemen Stuhl, auf den Dan gezeigt hatte.

»Doch, doch, es ist alles in Ordnung«, antwortete Dan schnell. »Dinmonts hat mir ein Angebot für Ihr Stück gemacht.« Einen Augenblick lang sah Temple verdutzt aus.

»Aber ich dachte, das sei eine Konkurrenzfirma von Ihnen?« Dan zuckte mit den Schultern.

»Alter Freund, wir können es uns nicht leisten, in diesem Geschäft Konkurrenten zu haben. Wenn jemand mit einem guten Angebot zu mir kommt, dann ist es mir egal – selbst wenn es sich dabei um ein hohes Tier vom Finanzamt handeln sollte!«

Er ging zum Safe und holte die berühmte Zigarrenkiste heraus. Temple wollte ablehnen, aber Dan drückte ihm eine Zigarre in die Hand.

»Wenn es jetzt für Sie zu früh ist, dann rauchen Sie sie ein anderes Mal, alter Junge.« Er nahm selbst eine, schnitt vorsichtig das Ende ab und zündete sie an.

»Sehen Sie, es ist folgendermaßen. *Der Triumph des Commodore* wird Ende nächsten Monats abgesetzt und sie wollen etwas, das auf *Die ehrenwerte Dame* folgt. Es ist immer das gleiche: Sie bringen eine Komödie und ein oder zwei Kriminalstücke.«

Sie sprachen noch eine Weile über den Dinmont-Vertrag, dann sagte Temple: »Übrigens, Dan, sind Sie jemals einem Schauspieler namens Derek Slater begegnet?«

Er wusste, dass Avery ein wandelndes *Who is Who* der Theaterbranche und ihrer Eigenheiten war.

Der kleine Mann zupfte an der schweren goldenen Uhrenkette, die er immer um seinen dicken Bauch trug.

»Derek Slater«, grübelte er, »Ja, ich kenne Derek. Er hat für mich in der Tournee von *Schönste, liebe mich!* gespielt. Davor hat er viel Repertoiretheater gemacht. Ich glaube, er gehörte eine Zeit lang zu dieser Künstlergruppe in Oxford, die aus ein paar professionellen und einem Dutzend erstklassiger Schauspielschüler bestand.«

»Was wissen Sie über Slater?«, warf Temple ein, um einem von Dans Lieblingsexkursen über Amateure zuvorzukommen.

»Er ist kein schlechter Schauspieler«, erklärte Dan. »Wirklich nicht schlecht. Mit der richtigen Rolle könnte er sich einen Namen im Westend machen.« Er beäugte Temple misstrauisch.

»Hat er sich an Sie rangemacht, um die Hauptrolle in Ihrem Stück zu bekommen?«, fragte er. »Denn wenn ja, dann kann ich Ihnen sofort antworten, dass ...«

»Nein, nein«, warf Temple ein. »Ich habe ihn zufällig in einem ganz anderen Zusammenhang kennengelernt. Ich habe mich nur gefragt, wie zuverlässig er ist.«

»Verdammt unzuverlässig, wenn Sie mich fragen«, antwortete Dan. »Sie wissen doch, wie Schauspieler so sind – und er ist nicht besser als die anderen. Und außerdem ...«

Er zögerte.

»Ja?«, sagte Temple.

»Ja wollen Sie denn sagen, dass Sie es nicht bemerkt haben?«

Temple sah ihn fragend an.

»Slater ist mit Drogen vollgepumpt«, sagte Dan. »Ich dachte, das wüsste jeder.«

Temple nickte langsam.

»Das ist alles, was ich wissen wollte«, murmelte er.

Nach einem schwerverdaulichen Mittagessen im ›Silbernen Schwan‹ machte sich die Scotland-Yard-Truppe mit Temple und Derek Slater auf den Weg nach Kellaway Manor. Steve hatte darauf bestanden, sie nach Bevensey zu begleiten, aber ihr Mann hatte sie überredet, bis zur Rückkehr im örtlichen Gasthaus zu bleiben. Das war nicht so schwierig gewesen, wie er erwartet hatte, wahrscheinlich weil es ein trüber Spätherbsttag war, an dem ein kalter, grauer Nebel vom Meer heranzog und das prasselnde Holzfeuer in der Gaststube unendlich viel attraktiver erschien als die Aussicht auf eine vierzehn Meilen lange Fahrt. Steve hatte dennoch ihre große Enttäuschung geäußert und wie immer beteuert, dass sie in der Lage sei, auf sich selbst aufzupassen.

Derek Slater war viel kleinlauter als am Tag zuvor und

wirkte beinahe übellaunig. Er ließ durchblicken, dass er gegen seinen Willen nach Kellaway Manor gebracht wurde und mehr als einmal war zu hören, dass er sich mögliche Schritte dagegen vorbehielt. Forbes, der ganz in den Ablaufplan der Aktion vertieft war, konterte daraufhin scharf und war über die Haltung des jungen Mannes verärgert.

Als sie losfuhren, schien der Nebel dichter zu werden, aber nach den ersten Meilen lichtete er sich ein wenig.

»Mein Gott, was für ein Wetter!«, brummte Forbes. »Gut, dass wir Steve im Pub gelassen haben.« Er wischte zum zwanzigsten Mal über die Innenseite der Windschutzscheibe, ohne eine spürbare Verbesserung der Sicht zu erzielen. Plötzlich tauchte ein großer Lastwagen aus dem Nebel vor ihm auf. Als der Fahrer des Polizeiwagens rigoros bremste, sah Temple schon einen weiteren »Unfall« vor seinem geistigen Auge. Der Lastwagen wurde jedoch langsamer, fuhr auf der linken Seite vorbei und verschwand in der Ferne. Bald erreichten sie eine verlassene Kreuzung mit einem beinahe umgekippten Wegweiser, der kaum zu lesen war. Sie bogen auf Slaters Anweisung hin rechts ab.

»Wie weit müssen wir noch fahren?«, fragte Temple ihn.

»Ich glaube nicht, dass es noch weit ist«, antwortete er mit einigem Zögern.

»Ich war nur einmal hier – und das war so schrecklich, dass ich mich nicht mehr genau an die Entfernung erinnern kann.«

Der Straßenbelag verschlechterte sich zusehends und nach einer Weile forderte Forbes den Fahrer auf, anzuhalten.

»Ist es ab hier auch gut zu Fuß zu erreichen?«, fragte er.

»Oh ja«, antwortete Slater. »Die Straße wird noch schlechter – ich glaube nicht, dass es ratsam wäre, mit den Autos noch weiter zu fahren.«

Sie stiegen aus und streckten ihre steifen Glieder, als der zweite Polizeiwagen hinter ihnen zum Stehen kam.

»Sind wir da, Sir?«, fragte Bradley, der näher kam.

»Wir sind gerade dabei, das herauszufinden«, antwortete Forbes und ließ seinen Blick über das lange Stück Gemeindeland schweifen, das von einem ziemlich großen Wald gesäumt wurde. »Können Sie sich jetzt orientieren, Slater?«, erkundigte er sich.

»Der Nebel macht es ziemlich schwierig«, antwortete der junge Mann, dessen Gesicht einen besorgten Ausdruck trug. »Ich glaube, das Haus ist etwa eine Viertelmeile entfernt, gleich hinter dem Wald. Ein Stück weiter gibt es einen hohen Drahtzaun, der rund um das Anwesen verläuft.«

»Hm!«, brummte Forbes misstrauisch. »Hat man den Zaun tatsächlich instand gehalten?«

»Führt diese Straße direkt zum Haus?«, fragte Temple.

»Oh ja, wir gehen durch ein Tor, wenn wir an den Zaun kommen. Dann gibt es eine kurze Auffahrt zum Haus.«

»Gut«, sagte Forbes. »Wir gehen hinauf – die anderen können auf der anderen Seite des Zauns warten.«

Er gab die nötigen Anweisungen, postierte die Männer in Abständen von hundert Metern entlang des Zauns und ein paar von ihnen am Tor, das sie offen vorgefunden hatten. Forbes und Temple gingen weiter zum Haus.

Die Einfahrt war völlig mit Gras und Unkraut überwuchert und das Haus selbst schien in keinem besseren Zustand zu sein. Es handelte sich um ein viktorianisches Herrenhaus mit weit überhängenden Dachtraufen und einer fürchterlich verschnörkelten Veranda, die sich entlang der Fassade erstreckte. Der Putz blätterte von den Wänden, mehrere Schieferplatten fehlten auf dem Dach und die Gärten waren ein einziges Gestrüpp. Auf den überwucherten Wegen wuchsen Dornenbüsche, deren Verzweigungen sich auch um eine verfallene Tafel gerankt hatten, auf der stand, dass »dieser begehrenswerte Landsitz in Sussex, der auf einem Grundstück von rund 56.000 Quadratmetern steht«, von privat zu verkaufen sei.

»Derjenige, dem dieser Ort gefällt, muss einen sehr morbiden Geschmack haben«, erklärte Forbes grimmig.

»Ach, kommen Sie, Sir Graham, im Sommer ist es sicher sehr schön«, lächelte Temple, als sie sich vorsichtig zur Rückseite des Gebäudes vorarbeiteten.

Forbes schlich sich zum Küchenfenster, wobei seine Schritte in dem durchnässten Grasgewirr kein Geräusch machten. Er spähte durch die schmutzigen Scheiben hinein. Soweit er sehen konnte, war alles menschenleer. Das Zimmer war sehr spärlich möbliert, seit Monaten nicht mehr geputzt worden und es schien, als hätten ein oder zwei Landstreicher darin ein bequemes Quartier gefunden. Unter dem leeren Rost stapelte sich die Asche, dem Tisch fehlte ein Bein, es gab ein paar klapprige Küchenstühle und zwei oder drei Zeitungen, die in ein paar Ecken verstreut lagen.

Sie gingen um eine Ecke und stießen die verwitterte Hintertür auf. Wie Slater berichtet hatte, fehlte dieser das Scharnier.

Forbes hielt sich betont auffällig ein Taschentuch vor die Nase und umklammerte mit der anderen Hand den Kolben seines Revolvers.

»Das Haus ist vielleicht in einem schmutzigen Zustand«, schnaubte er und ging zu einer Tür auf der anderen Seite des Raumes. Diese führte zu einer Speisekammer, die so leer war wie die sprichwörtliche Speisekammer von Mutter Hubbard. Als Forbes hineinschaute, krabbelte eine Ratte in ihr Loch in der anderen Ecke.

»Ich sehe mal nach, was oben ist«, sagte Temple, aber Forbes hielt ihn am Arm fest.

»Warten Sie einen Moment! Ich glaube, ich habe jemanden schreien gehört!«

»Sie meinen draußen?«

»Ja, das Fenster der Speisekammer ist kaputt.«

Sie standen eine Minute lang da und lauschten, dann drehte sich Temple in Richtung der Treppe.

»Wenn Sie schon mal oben sind, sehen Sie nach, ob es ein

Telefon gibt«, sagte Forbes. »Offenbar haben Leute von der Post vor einiger Zeit hier Telefonleitungen verlegt.«

»Das ist für mich neu. Woher wissen Sie das?«

»Der Wirt im Gasthaus schien zu glauben, dass Bradley der Vorgesetzte der Arbeiter sei.«

»Natürlich«, sagte Temple, »kann es sich auch um falsche Postbeamte gehandelt haben.«

»Mensch! Ich wünschte, ich hätte an diese Möglichkeit gedacht. Dann hätte ich es überprüfen lassen.«

»Ist doch ziemlich merkwürdig, dass man ausgerechnet jetzt an diesem Ort ein Telefon angeschlossen hat«, grübelte Temple.

»Nicht so merkwürdig, wenn man den Ort so benutzt, wie wir denken«, bemerkte Forbes.

»Vielleicht haben Sie recht«, räumte Temple ein, als er sich umdrehte, um die knarrende Treppe hinaufzusteigen. In den nächsten fünf Minuten durchsuchten sie das Haus sehr schnell, fanden aber keine Spur von einem Telefon. Das Haus war spärlich möbliert und es sah so aus, als wären die besten Möbelstücke entfernt worden. Forbes wollte gerade damit beginnen, die massiven Wände auf der Suche nach einem möglichen Versteck abzuklopfen, als von draußen zwei lange Töne aus einer Polizeipfeife ertönten, die unmissverständlich waren.

Forbes zog seinen Revolver aus der Tasche.

»Kommen Sie, Temple, wir müssen hier raus!«, rief er.

Temple rannte die Treppe hinunter, als die Pfeife erneut ertönte.

»Hier entlang«, sagte Forbes, als sie vor der Hintertür standen. Sie eilten zu einer Böschung nahe einer Baumgruppe.

Bradleys Stimme hallte durch den Nebel.

»Der Zaun!«, rief er. »Bleiben Sie weg vom Zaun!«

»Was zum Teufel!«, keuchte Forbes, ziemlich erschöpft von seinem schnellen Abgang.

»Fassen Sie den Zaun nicht an!«, rief Bradley ein weiteres Mal warnend.

»Was für ein verdammter Narr ich bin!«, murmelte Temple vor sich hin.

»Wie?«

»Sie haben den Zaun unter Strom gesetzt!«

»Unter Strom gesetzt?«, wiederholte Forbes erstaunt. »Mein Gott, mit welchem Zweck?«

»Mit dem Zweck«, antwortete Temple grimmig, »uns eine Falle zu stellen.«

»Aber ich verstehe nicht ...«

»Sie wollten uns nah am Zaun halten«, erklärte Temple ziemlich ungeduldig.

»Uns nah am Zaun halten?«, wiederholte der verdutzte Chefkommissar.

»Ja, verstehen Sie denn nicht?«, unterbrach Temple ihn eindringlich. Er deutete auf eine Stelle, an der kürzlich eine Menge frischer Erde umgewälzt worden war.

»Sie haben keine Telefonleitungen verlegt, sie haben gegraben. Mit anderen Worten – sie haben Minen verlegt!« Er zögerte, bevor er hinzufügte: »Und ich fürchte, wir stehen genau darauf!«

Einige Sekunden lang sahen sie sich schweigend an. Eine Eule flatterte aus einem der Bäume und stieß einen düsteren Laut in ihre Richtung aus.

»Ich glaube, Sie haben recht«, sagte Forbes schließlich. »Irgendwo im Wald muss ein Motor versteckt sein, der Strom erzeugt. Daran haben sie den Zaun angeschlossen und ihn unter Strom gesetzt und damit werden sie auch die Minen zur Explosion bringen, wenn da welche sind. Wir müssen irgendwie über den Zaun kommen und diesen Dynamo finden.«

Keine zwei Minuten später erblickten sie die stämmige Gestalt Bradleys.

»Diese Leitung steht unter Hochspannung, Sir«, verkündete er mit strengem Ton, »Turner hat sich dummerweise dagegen gelehnt, als der Strom eingeschaltet wurde. Er ist ziemlich übel zugerichtet.«

»Was ist mit dem Tor?«, fragte Forbes schnell.

»Es scheint eine Art Selbstverriegelung zu haben. Nachdem Sie durchgegangen waren, schwang es zu und ist jetzt verriegelt. Es ist auch aus Eisen – und steht wohl auch unter Strom.«

Sir Graham schien ziemlich ratlos zu sein.

»In Ordnung, Bradley«, sagte Temple leise. »Gehen Sie mit Ihren Männern so schnell wie möglich zurück auf den Hügel. Benachrichtigen Sie Ross, der dasselbe tun soll.«

"Ja ... und beeilen Sie sich, Bradley«, drängte Forbes, der erkannte, dass Temple einen Plan über das weitere Vorgehen geschmiedet hatte.

Bradley gehorchte etwas verblüfft.

»Organisieren Sie eine gründliche Suche nach diesem Dynamo«, rief Forbes Bradley hinterher, der sich bereits entfernte, aber signalisierte, den Befehl verstanden zu haben.

Als er verschwunden war, wandte sich Forbes an Temple. »Was haben Sie vor?«

Temple zog einen kleinen Revolver aus seiner Manteltasche. »Das ist unsere einzige Chance, Sir Graham. Und wir haben keine Zeit zu verlieren.«

Forbes beäugte die Waffe misstrauisch. »Das ist ein Risiko, Temple«, murmelte er.

»Es gibt keinen anderen Weg. Sie sollten jetzt besser außerhalb der Schussweite stehen.«

»Für den Fall, dass die Kugel zurückpeitscht, müssen Sie auch weit weg vom Zaun stehen«, sagte Sir Graham zu Temple, der seinen Abstand sorgfältig abschätzte und fünf Schritte zurückwich.

Der Schuss und der Aufprall schienen beinahe gleichzeitig zu erklingen und ein Teil des oberen Drahtseils pfiff gefährlich nahe an ihnen vorbei.

»Gut gemacht!«, rief der Chefkommissar aufgeregt. Temple zielte erneut und traf den mittleren Drahtstrang. Er bereitete sich gerade auf den dritten Schuss vor, als der Boden unter ihren Füßen leicht bebte.

»Sie haben die Schüsse gehört«, rief Temple, warf sich mit voller Länge auf den Boden und riss Forbes mit sich hinab.

Einen Moment lang schienen beide von dem widerhallenden Getöse verschlungen zu werden, dann hatten sie das Gefühl, von einer riesigen Meereswelle erfasst und hilflos in die Luft geschleudert zu werden. Glücklicherweise federte der weiche, moosbewachsene Rasen ihren Sturz ab, aber sie waren schwer außer Atem und blieben einige Sekunden lang hilflos liegen, während um sie herum Schieferplatten, Ziegel- und Putzstücke sowie diverse Holzteile herunterfielen. Das »begehrenswerte Landhaus« war es nun offensichtlich die längste Zeit gewesen.

Nach einer Weile setzte Temple sich auf und tastete vorsichtig seine Arme und Beine ab, während er den riesigen Krater betrachtete, aus dem langsam Rauch und Staub aufstiegen. Temple bemerkte, dass sie über den teilweise aus der Verankerung gerissenen Zaun geschleudert worden waren. Sir Graham, der etwa zwanzig Meter entfernt lag, richtete sich unsicher auf.

»Geht es Ihnen gut, Temple?«, rief er.

»Scheint noch alles dran zu sein«, antwortete sein Begleiter kläglich, als er einen großen Riss in seinem Mantel bemerkte. Forbes ging hin und befreite seinen Hut aus einem Ginsterstrauch.

»Gut, dass wir nicht in diesem Haus waren«, bemerkte er mit einer gewissen betrüblichen Genugtuung.

Ross und Bradley kamen herbeigelaufen und waren offensichtlich überrascht und erleichtert, dass sie unverletzt waren.

»Ich habe die Männer verteilt, Sir«, sagte Bradley. »Sie patrouillieren am Zaun, um zu sehen, ob jemand abzuhauen versucht.«

»Dieser Zaun stand nicht unter Strom, als wir hierher kamen, da bin ich mir sicher«, sagte Ross und Bradley stimmte zu.

»Wenn Sie meine Meinung hören wollen, Sir, sie hatten vor, uns mit Ferngläsern zu beobachten, aber der Nebel hat ihnen einen Strich durch die Rechnung gemacht«, folgerte Bradley. »Wahrscheinlich hatten sie Späher postiert, die sie informieren sollten, sobald Sie und Mr. Temple auf dem Weg zum Haus waren. Was danach geschah, konnten sie nur raten. Sie haben ein paar Minuten zu lange gewartet, sodass Sie beide genug Zeit hatten.«

»Das Beste, was Sie tun können, Bradley«, warf Forbes ein, »ist, Ihre Männer zusammenzutrommeln und den Wald gründlich zu durchsuchen. Es muss dort einen stromerzeugenden Motor oder eine Art von Dynamo geben. Höchstwahrscheinlich sind sie jetzt nicht mehr dort – ich nehme an, dass sie sich unmittelbar nach der Explosion aus dem Staub gemacht haben. Mr. Temple und ich fahren zurück zum Gasthaus.«

Die beiden Kriminalbeamten entfernten sich schon, als Ross plötzlich stehen blieb.

»Was ist mit Slater, Sir?«, fragte er.

Sir Graham runzelte nachdenklich die Stirn, dann entschied er. »Sie können ihn mitnehmen. Behalten Sie ihn gut im Auge. Ich glaube langsam, dass dieser junge Mann viel mehr weiß, als er uns bisher erzählt hat. Geben Sie uns Mitteilung, sobald Sie wieder im ›Silbernen Schwan‹ sind.«

Als sie gegangen waren, machten sich Forbes und Temple auf den Weg zurück zum Wagen. Bei beiden machte sich eine Reaktion auf die aufregenden Ereignisse der letzten Stunde bemerkbar. Forbes hinkte leicht, weil ein herumfliegendes Holzstück seine Kniescheibe getroffen hatte und Temple kämpfte mit einem grellen Kopfschmerz.

»Ich traue diesem Slater nicht«, brummte Forbes. »Ich

glaube langsam, dass man ihn als Lockvogel eingesetzt hat.«

»Jedenfalls sieht alles höchstverdächtig aus«, stimmte Temple zu. Er schmunzelte vor sich hin.

»Was ist so lustig daran?«

»Gar nichts, Sir Graham. Aber man muss die ehrgeizigen Ambitionen des Marquis bewundern. Nicht viele unserer Meisterverbrecher haben danach gestrebt, die Hälfte des Personals von Scotland Yard in die Luft zu jagen.«

»Hm!«, knurrte Forbes. »Diesem Teufel wäre es auch fast noch gelungen!« Als er in seinen Wagen stieg, kam Forbes ein Gedanke in den Sinn.

»Temple, was ist, wenn dieser Slater der Marquis ist?«

Temple zündete sich eine Zigarette an, die seine Kopfschmerzen ein wenig zu lindern schien.

»Eine interessante Theorie, Sir Graham«, räumte er ein. »Ich könnte mir vorstellen, dass der Marquis genau der Typ Mensch ist, der die Vernichtung einer Gruppe von Feinden im großen Stil plant und damit dafür sorgt, dass sein Vorhaben wie geplant ausgeführt wird. Darüber hinaus hat er wahrscheinlich auch noch einen beträchtlichen Spaß daran.«

»Ja«, überlegte Forbes, »je mehr ich darüber nachdenke, desto plausibler erscheint es mir. Ich wünschte, wir hätten Slater mitgenommen. Ich würde ihm gerne ein oder zwei Fragen stellen. So wie es aussieht, besteht die Möglichkeit, dass er flieht.«

»Ich denke, Bradley wird das zu verhindern wissen«, sagte Temple.

»Hm ... da haben Sie wohl recht«, sagte Forbes, als er den Startknopf betätigte und sie holprige Straße entlang fuhren. Fast seufzend ließ sich Temple bequem in seinem Sitz zurück.

Kapitel 10
Der Marquis schickt eine Warnung

Die riesigen Holzscheite knisterten und krachten fröhlich im offenen Kamin des Salons im ›Silbernen Schwan‹ und warfen einen angenehmen Lichtschein auf die dunkel getäfelten Wände. Steve hatte es sich in der altmodischen Kaminecke gemütlich gemacht und blätterte in einem Stapel verschiedener Gesellschaftsmagazine, von denen die meisten sehr alt und abgenutzt waren. Dennoch hatte sie ihre Freude daran, denn sie kannte die wahren Geschichten hinter diesen absurd glamourösen Storys, die darauf abzielten, die Lieblinge von Mayfair so darzustellen, als wären sie Unsterbliche aus dem Olymp. Sie wusste genau: Je mehr die Magazine sich bemühten die Mayfair-Mädchen zu glorifizieren, desto mehr Verleumdungsklagen würden von allen möglichen unerwarteten Seiten drohen.

Sie blätterte seitenweise durch Hochzeitsfotos und kicherte über ein Bild von »Lord X und Freundin« (sie wusste zufällig, dass die »Freundin« ihn inzwischen auf erheblichen Schadenersatz wegen Wortbruchs verklagt hatte), als sie durch die halb geöffnete Tür eine vertraute, trockene, kratzende Stimme hörte.

Sir Felix Reybourn steckte seinen Kopf in den Salon. Er war offenbar auf der Suche nach dem Wirt. Als er Steve sah, kam er sofort herein.

»Mrs. Temple, was für eine angenehme Überraschung«, rief er und schien sich aufrichtig zu freuen.

Steve kam aus ihrer Kaminecke hervor.

»Hallo, Sir Felix!«, antwortete sie, nicht wenig erstaunt über sein plötzliches Auftauchen. »Was machen Sie denn in diesem Teil der Welt?«

Ehe Sir Felix zu einer Erklärung ansetzen konnte, stand die üppige Gestalt seiner Haushälterin in der Tür. Sie trug ein adrettes schwarzes Kostüm und eine große schwarze Tasche.

»Ich glaube, Sie kennen Mrs. Clarence bereits«, lächelte Sir Felix.

Die Haushälterin machte einen altmodischen Knicks als Antwort auf Steves höfliche Frage nach ihrem Befinden.

»Es geht mir viel besser als vor einiger Zeit, Madam. Ich leide mit meinem Herzen.«

»Ich fürchte, dieser Nebel verbessert Ihre Beschwerden nicht gerade«, sagte Steve mitfühlend. »Wollen Sie nicht hereinkommen und sich aufwärmen?«

»Vielen Dank, Mrs. Temple, aber ich muss mich um eine kleine Angelegenheit für Sir Felix kümmern. Ich gehe nur schnell zum Wirt.«

»Ja, wir haben nicht viel Zeit, Mrs. Clarence. Vielleicht gehen Sie gleich zu ihm.«

Mrs. Clarence eilte hinaus.

»Und passen Sie gut darauf auf!«, rief er ihr nach. In der Tür drehte sich Mrs. Clarence um und schenkte ihrem Arbeitgeber die leiseste Andeutung eines Zwinkerns.

Als die Tür geschlossen war, drehte sich Sir Felix um und hielt seine knochigen Hände über die Flamme.

»Das klingt aber alles sehr geheimnisvoll«, sagte Steve.

Reybourns Augen funkelten. »Ah, der Reporterinneninstinkt ist geweckt! Wenn man einmal eine Journalistin war, kann man ihn wohl nie ganz unterdrücken, was, Mrs. Temple?«

Steve lächelte, sagte aber nichts.

»Ich fürchte, ich muss Sie enttäuschen«, fuhr er fort.

»Es gibt praktisch überhaupt kein Geheimnis, das Sie enträtseln könnten. Mrs. Clarence hat lediglich ihren Charme spielen lassen, um mir eine Kiste meines Lieblingswhiskys zu besorgen. Ich fürchte, ich bin in Ägypten auf den Geschmack gekommen und der Wirt hier bestellt ihn extra für mich. Leider kann ich Ihnen keine aufregendere Geschichte bieten.«

Steve lachte. »Ich werde Sie auch nicht bitten, mir den besagten Whisky zu zeigen.«

Sir Felix zündete eine lange, dünne Kerze an und setzte sich auf die Kante eines Stuhls neben dem Feuer.

»Jetzt habe ich Ihnen mein Geheimnis verraten, Mrs. Temple. Vielleicht erlauben Sie mir nun, meine Neugier zu befriedigen und zu fragen, was Sie in Bevensey machen?«

»Oh, nein«, antwortete Steve schnell. »Ich wollte das zuerst fragen. Und ich bin immer noch ein wenig neugierig, warum Sie den ganzen Weg von St. John's Wood hierher fahren, nur um eine Kiste Whisky zu holen.«

»Aber ich habe hier in der Gegend ein Landhaus – ein Makler würde es wohl als Anwesen bezeichnen. Es ist etwa sechs oder sieben Meilen entfernt – Greensea House. Ich habe es vor etwa zwei Jahren gekauft. Ich bin deshalb häufig in dieser Gegend und bin mir sicher, dass mein Freund, der Wirt, diese Aussage bestätigen kann. Er wird Ihnen auch den Weg dorthin beschreiben, falls Sie eines Nachmittags zum Tee vorbeikommen möchten.«

Er schnippte die Asche seiner Zigarre ins Feuer.

»Das ist meine Geschichte, Mrs. Temple. Und was ist mit Ihrer?« Steve überlegte gerade, wie viel sie Sir Felix erzählen sollte, als sich die Tür öffnete und der eigenbrötlerische Kellner des Gasthofs hereinkam.

»Verzeihen Sie, Madam«, sagte der Kellner, »ein Herr möchte Sie sprechen. Er sagte, er heiße Sergeant Morris.«

Sie schaute überrascht, aber bevor sie etwas erwidern konnte, erhob sich Sir Felix und reichte ihr die Hand.

»Ich muss gehen, Mrs. Temple. Wenn Sie länger hier draußen sind, zögern Sie nicht, mich zu besuchen. Mrs. Clarence und ich freuen uns, Sie zu sehen. Und merken Sie sich: Greensea House liegt hinter der Ashfield Road. Der Wirt beschreibt Ihnen sicherlich gerne den Weg.«

Als Sir Felix seinen Schal zuzog, flüsterte ihm der Kellner

ins Ohr.

»Es ist alles im Wagen, Sir. Die Dame wartet darin.«

Sir Felix lächelte. »Ah ja, danke, Tom.« Eine Münze wechselte ihren Besitzer. Sir Felix winkte Steve an der Tür zum Abschied zu und als er gegangen war, sagte der Kellner: »Sergeant Morris ist am Seiteneingang, Madam. Wenn Sie bitte durch das Raucherzimmer dorthin gehen wollen ...«

Er führte Steve durch den niedrigen Raum zu einer Tür in einem engen Durchgang. Dort stand ein dicklicher Mann mit leicht ergrautem Haar an den Schläfen. Er salutierte höflich.

»Sergeant Morris?«, fragte sie in einem leicht verdutzten Tonfall.

»Genau, Mrs. Temple. Und das ist Inspektor Gleason.«

Er deutete auf einen kleinen Mann mit fuchsfarbenem Gesicht, der im Hintergrund stand. Steve gefiel das Aussehen des kleinen Mannes ganz und gar nicht, dachte jedoch, dass er wahrscheinlich ein sehr fähiger Kriminalbeamter war. Schließlich waren nur wenige von der Sorte eines Adonis unter den Männern vom Yard.

»Was gibt es für ein Problem, Sergeant?«, fragte Steve.

»Gar kein Problem, Madam. Mr. Temple hat uns gebeten, Sie abzuholen und Sie zur Keystone-Kreuzung zu bringen.« Er deutete auf eine große Limousine, die vor der Tür vor sich hin tickte.

»Ist alles in Ordnung mit ihm?«, fragte Steve besorgt, denn sie konnte sich nur einen Grund vorstellen, warum ihr Mann sie sehen wollte.

»Ja, es geht ihm gut, Mrs. Temple«, versicherte ihr Inspektor Gleason. »Sir Graham und ihr Mann wollten nicht hierher zurückkommen. Deshalb haben wir gesagt, wir holen Sie ab und setzen Sie auf dem Rückweg in die Stadt an der Kreuzung ab. Ich glaube, Mr. Temple und Sir Graham gehen noch irgendwo zu Abend essen.«

Steve ging zurück, um Hut und Mantel zu holen und schon fuhren sie mit Morris am Steuer zügig in Richtung der

Keystone-Kreuzung. Steve war nicht gerade erfreut, mit Gleason hinten im Wagen sitzen zu müssen, aber sie beschloss, das Beste daraus zu machen und versuchte mehrmals, ein höfliches Gespräch zu beginnen. Als sie sich nach Kellaway Manor erkundigte, zeigte sich Gleason seltsam zugeknöpft und erklärte, er sei nur »bereitgestanden«, an nichts beteiligt gewesen und durch den Nebel daran gehindert worden, etwas zu sehen. Außerdem habe keiner seiner Kollegen Zeit gehabt, ihm mitzuteilen, was passiert sei. Das klang plausibel genug. Steve stellte weiterhin leise Fragen, denn sie konnte sich des Gefühls nicht erwehren, dass etwas nicht stimmte und dass man versuchte, ihr schlechte Nachrichten vorzuenthalten.

Gleason verlor allmählich die Geduld und als der Wagen etwa zehn Meilen zurückgelegt hatte, fragte Steve: »Ist es nicht langsam an der Zeit, dass wir die Kreuzung erreichen?«

Er schnauzte zurück: »Halten Sie den Mund!« Sein Ton war beleidigend und entsprach sicher nicht den besten Traditionen von Scotland Yard. Steve sah ihn unverwandt an. Im Inneren pochte der Puls, doch äußerlich zeigte sie keine Anzeichen von Angst.

»Wer sind Sie? Wo bringen Sie mich hin?«, fragte sie.

»Sie haben gehört, was ich gesagt habe«, erwiderte Gleason wütend. »Halten Sie den Mund und stellen Sie keine Fragen.«

»Halten Sie den Wagen an!«, schrie Steve und stürzte sich plötzlich auf Morris, der die Handbremse zog und am Lenkrad riss, als sie in einer scharfen Kurve gefährlich ins Schleudern gerieten.

»Du kleiner Teufel!«, schrie Gleason, zog sie zurück und stieß sie unsanft in die Ecke. Er hielt sie dort fest, während sie sich wütend wehrte. Er hatte jetzt völlig die Beherrschung verloren. Sein Gesicht war gerötet und eine sternförmige Narbe über seinem rechten Auge war merklich hervorgetreten.

»Schlag sie nicht!«, keuchte Morris und lenkte den Wagen an den Straßenrand. »Denk an unsere Anweisungen ...«

»Wir müssen sie loswerden«, keuchte Gleason.

»Noch nicht«, sagte Morris, drückte den Fuß auf das Gaspedal und schaltete schnell.

Erneut stürzte sich Steve verzweifelt nach vorn, wurde aber von dem schwitzenden Gleason zurückgehalten, der ihre Bemühungen als sehr nervend empfand. Ein Stück weiter hielt Morris den Wagen an.

»In Ordnung, wir haben die zehn Meilen geschafft«, verkündete er.

»Gott sei Dank!«, rief Gleason und kramte in einer Innentasche seines Mantels. Schließlich holte er einen Umschlag hervor und öffnete dann die Autotür, die neben Steve war.

»Sie finden den Weg zurück zum ›Silbernen Schwan‹ ganz leicht, Mrs. Temple. Es sind zehn Meilen auf einer geraden Straße.«

»Was hat das zu bedeuten?«, fragte Steve entrüstet.

Sie war mehr als nur ein wenig verwirrt, denn wenn es sich um eine echte Entführung handelte, warum wurde sie dann zu diesem Zeitpunkt freigelassen?

»Egal!«, schnauzte Gleason. »Wenn Sie zurück sind, geben Sie Ihrem Mann diesen Brief.« Er überreichte ihm den Umschlag. »Und passen Sie gut darauf auf«, nickte er.

»Warum?«

»Weil«, sagte Gleason, »es ein Brief vom Marquis ist.«

Ohne weitere Umschweife schlug die Autotür zu, der Motor heulte auf und die Männer, die sich Morris und Gleason genannt hatten, verschwanden im Nebel und ließen Steve hilflos auf der schlammigen Straße stehen, mit der unangenehmen Aussicht auf einen zehn Meilen langen Fußmarsch zurück zum Gasthof.

Nach der Rückkehr zum ›Silbernen Schwan‹ begab sich Temple direkt in die Lounge, in der Erwartung, seine Frau inmitten von Zeitschriften aller Art zu finden. Immerhin hatte sie mit einiger Genugtuung angekündigt, dass sie den Nachmittag auf diese Weise verbringen wollte. Doch außer dem

Kellner, der sorgfältig frische Aschenbecher verteilte, war niemand in der Lounge zu sehen.

»Haben Sie Mrs. Temple gesehen?«, fragte er. Der Kellner blinzelte, als wäre er ein wenig überrascht.

»Aber ja, Sir. Sie ist vor etwa einer Dreiviertelstunde gegangen. Sergeant Morris hat sie abgeholt.«

»Was meinen Sie mit Sergeant Morris?«, fragte Forbes, der gerade den Raum betreten hatte.

»Das war der Name, den er mir genannt hat, Sir«, antwortete der Kellner, »er war offenbar ein Kriminalbeamter in Zivil.«

»Oh mein Gott!«, hauchte Temple, als ihm die ganze Bedeutung der Geschichte bewusst wurde. Forbes fasste ihn beruhigend am Arm und wandte sich noch einmal an den Kellner.

»Wie hat der Mann ausgesehen?«

Der Kellner schien etwas verwirrt zu sein. »Nun, er war etwa so groß wie Sie, Sir – ziemlich gut aussehend«, begann er vage. »Ich glaube, es war noch ein anderer Mann mit ihm in einem Wagen. Mrs. Temple ist mit ihnen weggefahren.«

»Wissen Sie noch, wie der zweite Mann aussah?«

»Ich habe nicht so sehr darauf geachtet, Sir ... er war kleiner, hatte einen eher dunkleren Teint, glaube ich – aber ich bin mir nicht sicher.«

Forbes biss sich auf die Lippe und schien eine weitere Frage stellen zu wollen, doch er wurde durch den unerwarteten Auftritt von Roger Storey unterbrochen. Storey war offensichtlich aufgeregt und machte kaum Anstalten, seine Erregung zu verbergen.

»Was soll die ganze Aufregung, Storey?«, war Forbes ziemlich gereizte Begrüßung.

»Was führt Sie denn hierher, Storey?«, fragte Temple.

»Ich bin gekommen, um Sie und Sir Graham zu sprechen – es ist sehr wichtig ...«

Forbes schickte den Kellner hinaus.

»Nun, was soll das alles?«, fragte Forbes gereizt.

»Ich habe mir Sorgen gemacht – höllische Sorgen«, gestand Storey und ließ sich in einen Stuhl sinken. »Ich wusste, dass Sie hierher kommen würden und ...«

»Wie haben Sie das herausgefunden?«, warf Temple schnell ein.

»Ich habe zufällig eine Bemerkung im Yard mitbekommen«, gab Storey etwas verlegen zu. »Und dann habe ich heute Morgen entdeckt, dass Sir Felix Reybourn hier in der Nähe ein Haus namens Greensea House besitzt ...«

»Und wie sind Sie zu dieser Information gekommen?«, fragte Temple.

Roger lächelte entwaffnend.

»Es war ein ziemlicher Zufall. Ich wollte die Werkstatt anrufen, in die ich meinen Wagen gebracht hatte. Sie heißt ›Reindeer-Garage‹. Dabei stach mir der Name Reybourn zufällig ins Auge, da er auf derselben Seite des Telefonbuchs steht. Also dachte ich, ich fahre hier heraus ...«

»... und stecken Ihre Nase in unsere Angelegenheiten – wie immer«, schnauzte Forbes, den die rasanten Entwicklungen des Tages ziemlich durcheinandergebracht hatten. »Lassen Sie sich gesagt sein, Storey, dass Sie diese Angelegenheit nichts angeht. Wir haben Ihre Einmischung lange genug geduldet ...«

»Einen Moment, Sir Graham«, unterbrach Temple. »Immerhin hat Mr. Storey uns über dieses Haus von Sir Felix Reybourn informiert.«

Er hielt inne, als der Kellner hereinkam und sich unsicher umblickte.

»Würde es dem Herrn etwas ausmachen, seinen Wagen wegzufahren, bitte? Der Brauereiwagen möchte rückwärts an den Keller heranfahren und ...«

»Aber selbstverständlich«, stimmte Roger sofort zu. »Ich komme sofort.«

Als er gegangen war, sahen sich Temple und Forbes einige Augenblicke lang schweigend an.

»Das ist ein seltsamer Vogel. Ich kann ihn nicht ganz durchblicken«, gab Forbes zu. »Rein äußerlich ist er einer dieser schrecklichen Playboys mit ein bisschen zu viel Geld. Und er schafft es immer, im ungünstigsten Momenten aufzutauchen!«

Forbes stopfte sich eine Ladung Tabak in seine Pfeife. »Glauben Sie, dass das mit Sir Felix stimmt?«, fragte er schroff.

Temple schüttelte den Kopf. In seinen Gedanken war er noch immer mit dem Fall der beiden Männer in dem Wagen beschäftigt.

»Wenn es stimmt«, fuhr Forbes fort und spielte mit dem Gedanken, »wenn es stimmt, dann erklärt das eine ganze Menge.«

Temple jedoch machte sich viel mehr Sorgen darüber, was aus Steve geworden war. Sie versicherte ihm ständig, dass sie auf sich selbst aufpassen konnte, wie sie es in ihrer Zeit bei der Zeitung getan hatte. Dabei wurde sie nicht müde, ihn an den Tag zu erinnern, als sie einem gewissen »Catty« Larrabie gegenüberstand, einem verzweifelten Kriminellen, der nach seinem Ausbruch aus Pentonville sieben Wochen lang vor Scotland Yard auf der Flucht gewesen war. Steve war einem Hinweis gefolgt und hatte Catty in der Nähe eines verlassenen Docks im East-End aufgespürt. Etwas in seinen Augen verriet ihr, dass er genauso verängstigt war wie sie selbst, also bot sie ihm ruhig eine Zigarette an und dann eines der Sandwiches, das sie dabei hatte. Catty war fast in Tränen ausgebrochen und hatte Steve eine Schlagzeile beschert, die monatelang das Gesprächsthema in der Fleet Street war.

All das war jedoch lange her und die Realität der Gegenwart erschien immer schrecklicher als die Gefahren der Vergangenheit. Temple ärgerte sich über sich selbst, weil er die Organisation des Marquis unterschätzt hatte. Diese war offenbar in der Lage, ihn und Sir Graham in eine Falle zu locken und gleichzeitig seine Frau zu entführen. Zudem handelte es sich offensichtlich um eine Organisation, die ebenso erbarmungslos wie berechnend agierte.

Forbes zog an seiner Bruyère-Pfeife und grübelte über ähnliche Dinge nach. Er überlegte, wie er am besten vorgehen sollte und kam schließlich zu dem Schluss, dass er die Rückkehr von Ross und Bradley mit seinen Männern abwarten musste. Erst dann war eine etwas umfangreichere Operation möglich.

Temple schritt unruhig im Aufenthaltsraum auf und ab.

»Haben Sie jemanden namens Sergeant Morris bei der Polizei?«, fragte er.

»Ja«, sagte Forbes, »in der Tat, das haben wir. Aber auf ihn trifft die Beschreibung des Kellners nicht zu und außerdem ist er mit dem Selbstmordfall in King's Langley beschäftigt. Er würde nicht mit einer solchen Geschichte hierher kommen. Nein, wir müssen es uns eingestehen, Temple. Es waren zwei Männer des Marquis und wir müssen sie suchen, sobald Ross und Bradley ...«

Er unterbrach sich selbst und rannte zum Fenster, als draußen ein Auto anhielt, gefolgt von einem weiteren. Eine Autotür öffnete sich und als Temple meinte, eine bekannte Stimme gehört zu haben, ging er auch zum Fenster. Seine Ohren hatten ihn nicht getäuscht. Steve stieg seelenruhig aus dem ersten Wagen aus und unterhielt sich mit Ross und Bradley. Wie ein Besessener eilte er nach draußen und traf auf Steve, als sie gerade hineingehen wollte.

»Hallo, Darling«, begrüßte sie ihn. Freust du dich, mich zu sehen?«

»Was soll das alles, Ross?«, fragte Forbes, als der Inspektor hereinkam. »Haben Sie etwas mit diesem mysteriösen Sergeant zu tun, der Mrs. Temple abholen wollte?«

»Nein, Sir«, antwortete Ross in einem verletzten Ton. »Wir haben Mrs. Temple etwa acht Meilen von hier entfernt aufgegriffen. Sie war zu Fuß unterwegs. Anscheinend haben sich ein paar verdammte Idioten als Scotland-Yard-Männer ausgegeben, sie in einem Wagen mitgenommen und sie dann mehr oder weniger ausgesetzt, soweit ich das beurteilen kann. Ich kann mir nicht erklären, was sie vorhatten ...«

»Kannten Sie sie, Steve?«, fragte Forbes.

»Nein, aber ich würde sie überall wiedererkennen.«

»Können Sie sich nicht an irgendetwas Besonderes erinnern?«

»Aber ja – der eine Mann, der sich Gleason nannte, hatte eine sternförmige Narbe über dem rechten Auge.«

»Ein kleiner Mann mit fuchsfarbenem Gesicht und rotbraunem Haar?«, warf Bradley schnell ein.

»Genau! Das ist der Mann.«

»Klingt nach Lannie Dukes«, sagte Bradley. »Vielleicht kommen Sie mit zum Yard, wenn wir zurück sind, Mrs. Temple. Dann zeige ich Ihnen ein paar Fotos von ihm.«

»Aber natürlich, Inspektor«, stimmte sie bereitwillig zu.

»Was ist noch passiert, Steve?«, fragte Temple besorgt.

»Nichts Besonderes, Darling. Sie haben mich einfach zehn Meilen mitgenommen, dann gaben sie mir einen Brief und haben mich zurückgelassen. Der Brief ist übrigens für dich. Ich hoffe, es macht dir nichts aus, dass ich ihn geöffnet habe. Du weißt, dass ich das normalerweise nicht tue, aber diesmal waren die Umstände etwas ungewöhnlich.«

Sie wollte Temple gerade den Brief geben, als Bradley sie zurückhielt.

»Nur eine Minute, Mrs. Temple. Auf dem Umschlag sind vielleicht ein paar nützliche Fingerabdrücke.«

Steve schüttelte den Kopf. »Das glaube ich nicht. Mir ist aufgefallen, dass der kleine Mann ihn mit Lederhandschuhen angefasst hat – und ich nehme an, dass derjenige, der ihn geschrieben hat, das auch so handhabe.«

Temple nahm den Brief und hielt ihn an der linken oberen Ecke fest. Obwohl es sich nur um eine kurze Notiz handelte, überflog er ihn zwei oder drei Minuten lang nachdenklich.

»Was steht drin?«, fragte Forbes schließlich, der seine Neugierde nicht länger zügeln konnte. Temple las laut vor: »Das nächste Mal wird es anders ausgehen – Aber wenn Sie schlau sind, Mr. Temple, und sich nicht einmischen, wird es kein nächstes Mal geben. Der Marquis.«

»Geben Sie ihn gleich Bradley, Temple!«, sagte Forbes und der Superintendent holte eine Pinzette hervor, mit der er den Brief in seine Brieftasche steckte.

»Haben Sie den Dynamo gefunden, Ross?«, fragte Sir Graham darauf bedacht, einen Plan zu entwickeln. Ross nickte.

»Ja, Sir, Bradley und seine Männer haben ihn entdeckt. Er war in einem umgebauten Sommerhaus im Wald – etwa eine Viertelmeile entfernt.«

»War jemand da?«

»Nein, Sir. Es war völlig verlassen und der Strom war abgeschaltet. Der Dynamo war jedoch noch warm.«

»Hm«, sagte Forbes. »Irgendwelche Fingerabdrücke?«

»Nicht die geringste Spur, Sir«, antwortete Bradley. »Ich nehme an, dass sie alle Gummihandschuhe getragen haben. Ich habe ein paar Männer dagelassen, um alles zu durchsuchen, aber ich bezweifle, dass sie etwas finden werden.«

Steve zog ihren Mann zu sich und flüsterte: »Darling, wusstest du, dass Sir Felix Reybourn hier draußen ein Haus hat?«

»Aber ja«, lächelte er. »Mr. Storey ist extra aus der Stadt gekommen, um uns zu besuchen.«

»Storey?«, schien sie erschrocken.

»Richtig, Liebling. Wenn du von der langen Wanderung nicht zu müde bist, dann zieh dir dein bestes Kleid an ...«

»Darling, du meinst doch nicht etwa, dass wir nochmals ausgehen?«

»Ich fürchte doch, Liebling, es ist wirklich sehr wichtig.«

»Aber wohin um alles in der Welt ...«

»Zu einem weiteren begehrenswerten Landsitz ... Greensea House!«

Kapitel 11
Greensea House

Forbes und Temple begannen sofort, Pläne zu schmieden. Es wurde beschlossen, dass Steve und ihr Mann von Forbes, Ross, Bradley und dem unvermeidlichen Storey begleitet werden sollten. Man nahm dafür den größten Wagen, weil darin für alle Platz war. Nach einigen Diskussionen stimmte Sir Graham zu, dass es das Beste sei, wenn Temple und Steve alleine ins Haus gingen und die anderen in abrufbereiter Entfernung warteten. Steve hatte erwähnt, dass Sir Felix sie dazu eingeladen hatte, jederzeit zum Tee vorbeizukommen. Außerdem würde die Anwesenheit von Polizeibeamten Sir Felix mit Sicherheit in Alarmbereitschaft versetzen und möglicherweise dazu führen, dass alle weiteren Versuche der Annäherung scheiterten – unabhängig davon, ob sich der Besuch als erfolglos erwies oder nicht. Es wurde vereinbart, dass Temple für den äußersten Notfall eine Polizeipfeife bei sich tragen sollte und dass die Männer vom Yard in Hörweite warten würden.

Sie folgten der Wegbeschreibung des Wirts und hatten daher kaum Schwierigkeiten, Greensea House vor Einbruch der Dunkelheit zu erreichen. Der Name war auf das große Tor am Eingang geschrieben. Forbes lenkte den Wagen auf den Grünstreifen am Straßenrand und hielt unter ein paar überhängenden Bäumen. Als der Motor schnaufend verstummte, fragte der Chefkommissar: »Wissen Sie schon, was Sie Sir Felix sagen werden?«

»Ja«, verstärkte Storey die Frage. »Sie können schließlich nicht einfach nur sagen, dass Sie auf eine Tasse Tee vorbeikommen.« Er tat sein Bestes, zu unterstützen, denn er ahnte, dass seine Anwesenheit nicht gerade willkommen war. In der

Tat hatte er beträchtliche Überredungskünste aufwenden müssen, um Forbes dazu zu bewegen, ihn mitkommen zu lassen.

»Andererseits«, sagte Steve, »können wir Sir Felix kaum fragen, ob sein Haus zufällig das Hauptquartier des Marquis ist.«

»Überlasst das mir«, sagte Temple, »mir wird schon etwas einfallen.«

»Wie dem auch sei, Steve«, erklärte Sir Graham mit einigem Nachdruck, »falls sie auch nur einen der beiden Männer sehen, die Sie heute Nachmittag entführt haben, dann sagen Sie es Temple sofort und ich lasse Sir Felix festnehmen.«

Sie stiegen aus dem Wagen und sahen sich um. Es lag ein Hauch von Frost in der Luft. Der Mond ging über dem Nebel auf und verlieh ihm ein seltsames Leuchten. Es war jetzt fast dunkel, aber sie konnten gerade noch die schemenhaften Umrisse des Hauses durch die Bäume erkennen.

»Ein ziemlich beeindruckendes Haus«, kommentierte Forbes. »Sir Felix muss ein beachtliches Einkommen haben, um zwei so große Häuser zu unterhalten. Ich wusste nicht, dass sich Ägyptologie derart gut bezahlt macht.«

»Ein Baronet erbt nicht nur den Titel, sondern gelegentlich auch Geld«, erinnerte Temple ihn.

»Hm, ja, Sie haben wohl recht. Tja, wir sollten uns auf den Weg machen. Wir verstecken uns hinter den Lorbeerbäumen in der Einfahrt und bleiben außer Sichtweite. Mr. und Mrs. Temple gehen ganz normal die Auffahrt hinauf.«

»Geben Sie uns eine Viertelstunde, Sir Graham«, sagte Temple, »wenn Sie dann nichts von uns hören ...«

»... dann stürmen wir die Bastille!«, sagte Roger.

»Genau«, lachte Temple. »Aber wenn ich es mir recht überlege, sollten Sie lieber zwanzig Minuten einplanen – die Auffahrt scheint ziemlich lang zu sein und es wird wahrscheinlich fünf Minuten länger dauern, bis wir – hm ... – »Kontakt« aufnehmen.«

»Zwanzig Minuten also«, versprach Forbes. »Viel Glück!«

Paul Temple und Steve machten sich in zügigem Tempo auf den Weg in Richtung Haus. Es gab nur mehr stellenweise Nebel und es gelang ihnen, den Weg zur Haustür zu finden, ohne ihre Taschenlampe zu benutzen. Schließlich mussten sie aber doch leuchten, um die Klingel zu finden.

Während ihrer Suche danach hörten sie ein Geräusch, das Steve dazu veranlasste, kurz innezuhalten und Temple am Arm zu packen. Durch die Stille des Abends drang das seltsame, unheimliche Heulen eines Bluthundes. Es begann mit einem tiefen Bellen und endete mit einem lang anhaltenden Heulton.

»Es scheint, als hätte man an die passende Geräuschkulisse gedacht«, kommentierte Temple« und Steve zwang sich zu einem Lächeln.

Sie lauschten schweigend. Nach ein paar Minuten hörte das Heulen auf und Temple richtete seine Aufmerksamkeit wieder auf die Tür. Der eng gebündelte Lichtstrahl der Taschenlampe flackerte über die Fassade des Hauses.

»Es scheint keinen Türklopfer zu geben, nur einen Briefkasten«, flüsterte er. Auch eine Klingel war nicht zu sehen. Temple war gerade dabei, am Briefkasten zu rütteln und drückte dabei unwillkürlich gegen die Tür.

»Bei Timothy! Sie ist offen!«, rief er erstaunt aus.

Er wollte sie weiter aufstoßen, aber Steve legte ihm eine Hand auf den Arm.

»Darling – wir können nicht hinein!«, hauchte sie.

»Halt deine Taschenlampe bereit«, antwortete er, »und hab keine Angst, Steve!«

»Paul, sei bitte vorsichtig!«

Temple nahm Steves Arm und mit der Taschenlampe vor Augen gingen sie langsam in die mit Steinplatten ausgelegte Eingangshalle. Eine Standuhr tickte bedächtig im Takt und das leise Geräusch des Pendels klang in der tiefen Stille fast ohrenbetäubend.

»Paul, wir sollten besser nicht ...«

Steve wollte gerade protestieren, als Temple sie mit einem Ruf unterbrach: »Hallo! Jemand zu Hause?«

Seine Stimme verhallte in einem Echo. »Hm, scheint niemand da zu sein«, murmelte er.

»Meinst du nicht, wir sollten zurück zu Sir Graham gehen und ...«

»In Ordnung«, stimmte er zu, »aber zuerst, sehen wir uns ein wenig hier um.«

Er öffnete eine Tür auf der linken Seite und leuchtete mit seiner Taschenlampe in den Raum hinein. Er war so eingerichtet, wie Temple es erwartet hatte. Da standen mehrere Hepplewhite-Stühle und eine urige Schreibkommode in der hinteren Ecke.

»Leer«, stellte er lakonisch fest. »Sieht aus wie das Wohnzimmer.«

»Was ist das für ein schönes altes Kaffeeservice in diesem Schrank«, sagte Steve. »Ich bin sicher, es ist von Wedgwood.«

»Als interessierter Laie würde ich sagen, dass du recht hast.«

Temple durchquerte den Raum und ließ Steve nahe der Tür stehen. Er bewegte sich sehr leise auf seinen Schuhen mit Gummisohle und hatte seine Taschenlampe ausgeschaltet. Der Mond schien durch eines der Fenster und warf Licht auf eine Ecke. Die Strahlen fielen schräg durch den Raum und sorgten dafür, dass der Rest des Zimmers in stärkerem Schatten lag.

»Tu das nicht, Darling, du erschreckst mich damit«, sagte Steve plötzlich. Sie stand mit dem Rücken zum Zimmer und versuchte, den Eckschrank zu untersuchen.

Temple drehte sich überrascht um. »Was meinst du?«, fragte er.

»Du hast meine Hand berührt, Liebes.«

Temple machte eine unwillkürliche Bewegung.

»Wie hätte ich das tun können, ich stand dort drüben, ziemlich genau einen Meter entfernt.«

»Aber du berührst sie doch jetzt auch gerade«, protestierte Steve aus der düsteren Ecke, in der sie stand.

Temple schwenkte die Taschenlampe voll auf sie und hatte einige Mühe einen Luftschnapper zu unterdrücken.

»Um Gottes willen, beweg dich nicht!«, sagte er leise.

»Was ist los? Paul, was ist los?«

»Beweg dich nicht, Steve! Beweg dich nicht!«, wiederholte er in gleichmäßigem Ton. Er versuchte, sie nicht zu beunruhigen. Er drehte sich halb von ihr weg, holte seine Automatik heraus und zielte sehr vorsichtig auf zwei Knopfaugen im V-förmigen Kopf der Schlange, die über die Armlehne eines Stuhls glitt.

Steve beobachtete das Geschehen mit großer Angespanntheit. Die Schlange zog plötzlich ihren Kopf zurück und Temple musste sich neu positionieren. Das Licht der Taschenlampe schien das Reptil zu blenden. Er zielte gerade wieder vorsichtig, als der Raum plötzlich von Licht durchflutet wurde und Temple sich abrupt umdrehte. In der Tür stand Sir Felix Reybourn und dahinter war Mrs. Clarence.

»Oh je, schon wieder diese Tina«, sagte die Haushälterin etwas verärgert. Sie ging hinüber zu der Schlange, die unter einem Sofa verschwand.

»Es ist alles in Ordnung, Mrs. Temple«, sagte Reybourn beruhigend. »Tina ist ganz harmlos, auch wenn sie sich an den ungünstigsten Stellen herumtreibt!«

Mit einem Lächeln legte Temple seine automatische Pistole weg.

»Nun komm schon, Tina«, ermahnte Mrs. Clarence. Sie begann, beruhigende Geräusche zu machen und ließ das Reptil schließlich in einer Ecke zu Boden gehen, wo sie es zu Steves Verwunderung ruhig aufhob und aus dem Zimmer trug.

Mit offenem Mund sah Steve ihr nach. Als Mrs. Clarence gegangen war, seufzte Steve hörbar erleichtert auf.

»Es tut mir leid, wenn Tina Sie erschreckt hat, Mrs.

Temple«, entschuldigte sich Sir Felix. »Wissen Sie, ich halte hier draußen viele Haustiere. Die meisten von ihnen sind recht harmlos, aber vielleicht auch ein bisschen furchterregend.«

»Das war doch sicherlich eine Viper«, sagte Temple.

»Oh ja – und eine der gefährlichsten, bis man ihr die Giftzähne gezogen hat. Jetzt ist sie erstaunlich zahm. Und sensibel. Ich wage zu behaupten, dass sie genauso verängstigt war wie Sie!«

Er lachte etwas herablassend.

»Meine Güte, Sie müssen mich ja für einen ziemlich seltsamen Kerl halten! Sie müssen wissen, Mrs. Temple, dass ich mich in meiner Freizeit als Zoologe beschäftigte. Das erklärt diese seltsame Ansammlung von Freunden. Sollen wir in den Salon gehen? Dort gibt es einen Kamin.«

Er zeigte ihnen den Weg und ließ sie vor sich aus dem Zimmer gehen. Als er an der Tür innehielt, um das Licht auszuschalten, kam ihm offensichtlich ein Gedanke in den Sinn.

»Ach, Mr. Temple, verzeihen Sie die Frage, aber wie sind Sie ins Haus gekommen?«

Etwas verblüfft zögerte Temple und es war Steve überlassen, den »Einbruch« zu erklären. Sie lächelte entwaffnend.

»Es war sehr anmaßend von uns, Sir Felix, aber die Haustür stand etwas offen und es schien niemand da zu sein.«

»Offen?«, wiederholte Reybourn erstaunt. »Sind Sie sicher?«

»Selbstverständlich«, sagte Temple. »Sehen Sie doch – sie steht immer noch offen.«

Sir Felix ging zur Tür, spähte einen Moment hinaus und schloss sie dann.

»Das ist sehr ungewöhnlich. Ich weiß nicht, wie das passieren konnte.«

»Waren Sie denn lange fort?«

»Ja, es müssen mindestens eineinhalb Stunden gewesen sein«, rechnete Sir Felix nachdenklich. »Nachdem wir uns im Pub getroffen hatten, Mrs. Temple, kamen wir direkt hierher zurück und fuhren dann weiter nach Ferndale Court, dem Anwesen von Lord Breckton. Er ist ein alter Freund von mir, der etwa eine halbe Meile entfernt wohnt. Wir sind vor etwa einer Viertelstunde dort losgefahren, glaube ich.«

»Ich nehme an, Lord Breckton kann das bestätigen«, legte Temple nahe.

Reybourn schien leicht verärgert. »Natürlich kann er das bestätigen – wenn Sie das für nötig halten«, erwiderte er etwas gereizt.

»Es könnte notwendig werden«, antwortete Temple langsam.

»Was soll das heißen?«, fragte Reybourn, dem die Farbe in die fahlen Gesichtszüge stieg.

Temple deutete auf einen dunklen, feuchten Fleck, den man nahe der Tür sehen konnte.

Reybourn bückte sich und untersuchte ihn. Er berührte ihn mit dem Finger und wich langsam zurück.

»Großer Gott, das ist Blut!«, rief er. Die Panik in seiner Stimme war nicht zu überhören. »Aber... aber wie kann es dort hingekommen sein?«

Temple lehnte sich gegen einen antike Eichentruhe.

»Nun, Sir Felix, sprechen wir ganz offen miteinander. Worauf deutet es denn für Sie hin?«

Sir Felix runzelte die Stirn gedankenvoll.

»Tja«, sagte er schließlich, »für mich sieht es so aus, als wäre jemand schwer verletzt und dann durch die Vordertür aus dem Haus gebracht worden.«

»Genau«, nickte Temple. Er hielt inne, bevor er Reybourn tief in die Augen sah und dabei hinzufügte: »Haben Sie heute Abend jemanden aus dem Haus gebracht, Sir Felix?«

Der Ägyptologe wich erschrocken zurück. »Nein! Nein! Ich schwöre, ich habe nieman...«

Er wurde durch einen plötzlichen Schrei unterbrochen, der sich augenblicklich wiederholte. Dann ertönten Schritte, eine Tür wurde aufgerissen und Mrs. Clarence stürmte in großer

Aufregung in die Eingangshalle.

»Sir Felix!«, schrie sie.

»Meine liebe Mrs. Clarence, was ist denn los?«

Er ging hinüber und stützte sie.

»Ich ... Ich habe die Vorhänge in der Bibliothek zugezogen«, keuchte sie, »und ... und ...«

»Ganz ruhig, Mrs. Clarence. Immer mit der Ruhe!«

»Ich bilde mir wohl Dinge ein, Sir Felix!«, keuchte sie.

»Bitte erzählen Sie uns, was Sie gesehen haben, Mrs. Clarence«, drängte Temple. Sie umklammerte einen Rand ihrer Schürze.

»Ich habe zufällig durch das Bibliotheksfenster geschaut. Draußen scheint jetzt helles Mondlicht und ... oh, Sir Felix, da draußen liegt eine Leiche!«

Sie erlitt einen hysterischen Anfall und brach zusammen.

»Kümmere dich um sie, Steve«, sagte Temple schnell.

»Kommen Sie, Sir Felix! Was ist der schnellste Weg?«

»Durch die Vordertür – es ist nur um die Ecke!«

Ein paar Sekunden später standen sie unter dem Fenster der Bibliothek.

Der Mann lag mit dem Gesicht nach unten.

»Armer Teufel«, murmelte Reybourn, »ist er ...?«

Temple beugte sich vor. »Ja, ich fürchte schon«, sagte er schließlich.

»Oh, mein Gott«, sagte Reybourn leise.

Temple richtete den vollen Lichtstrahl der Taschenlampe auf die Gesichtszüge des toten Mannes.

»Haben Sie diesen Mann schon einmal gesehen, Sir Felix?«

»Nein – ehrlich gesagt nicht«, antwortete der andere in ernstem Ton. »Ich habe ihn noch nie in meinem Leben gesehen.« Er schien sehr bestürzt zu sein, doch dann fragte er: »Haben Sie eine Ahnung, wer das ist, Mr. Temple?«

»Das habe ich«, sagte Temple kurz. Er schaltete die Taschenlampe aus. »Sein Name war Derek Slater.«

136

Kapitel 12
Unfalltod?

Sir Graham Forbes spielte mit einer neuen violetten Mappe herum, die mit ›Derek Slater‹ beschriftet war, öffnete sie und ging ihren spärlichen Inhalt zum zehnten Mal durch. In dem Ordner befanden sich Slaters mit der Schreibmaschine getippte und unterschriebene Aussage, ein paar flüchtige Notizen von Sir Graham und Bradley, der Brief eines Theatermanagers, der sich in Slaters Brieftasche befunden hatte und schließlich die übliche Karte mit der Aufschrift in lila Tinte, die in Slaters Westentasche entdeckt worden war.

Paul Temple saß auf einer Stuhllehne und war vertieft in die Literaturbeilage des *Daily Record*, in der sein neuester Roman für seinen Geschmack viel zu kurz besprochen wurde. Zwar waren die letzten fünf Kapitel fast vollständig auf der Hinreise nach Amerika in weniger als zwei Wochen geschrieben worden, um das Versprechen, dass er seinem Verleger gegeben hatte, zu halten – doch Temple war der Meinung, dass diese Kapitel mehr verdienten als ein halbes Dutzend Zeilen einer zynisch geschriebenen Zusammenfassung der Handlung.

Er ging weiter zu den peinlich langatmigen Buchbesprechungen, die von Politikern, Zeitungsleuten und Emigrierten verfasst worden waren. Schließlich warf er die Zeitung beiseite und begann eine anstrengende Diskussion mit Sir Graham über den Tod von Derek Slater.

Temple bestand darauf, dass alles, was gegen Sir Felix Reybourn sprach, etwas zu genau passte und schlüssig war – ganz so, als ob ein Feind Sir Felix' Vernichtung plane und alles ganz bewusst eingefädelt worden sei.

Forbes wurde immer wütender, bis er schließlich seine

Mappe schloss und mit der Faust darauf schlug.

»Das sehe ich alles überhaupt nicht so, Temple. Sie sind auf dem falschen Dampfer.«

»Ich schlage vor, Sie rauchen eine Ihrer ausgezeichneten Zigarren«, schlug Temple entspannt vor. »Danach werden sie alles viel gelassener sehen und Sie werden erkennen, dass der arme Sir Felix nur ein unschuldiges Opfer eines Genies ist.«

»Zum Teufel, Temple, das ist doch nicht einer Ihrer Kriminalromane«, unterbrach ihn Forbes gereizt.

Temple nahm seine Zeitung in die Hand und faltete sie sorgfältig zusammen. Dabei hatte er einen abwesenden Blick in seinen Augen. »Was dagegen, wenn ich eine Ihrer Zigarren probiere?«

Forbes schob die Kiste zu ihm hinüber.

»Ihr Problem ist, Temple, wenn ich das so sagen darf, dass Sie alles aus der Sichtweise eines Romanautors betrachten. Weil der Verdacht schwer auf Sir Felix lastet, folgern Sie automatisch daraus, dass er unschuldig ist. Das tue ich nicht, Temple. Man muss nur die Zeitungen aufschlagen, um zu lesen, dass solche Fälle sehr oft vorkommen.«

Temple nahm einen üppigen Zug aus seiner Zigarre. »Die hier schmecken noch besser als vor dem Krieg, Sir Graham«, erklärte er beiläufig. »Wirklich, ich bin erstaunt!«

Forbes machte eine ungeduldige Geste.

»Ich habe viel über diese Sache nachgedacht, Temple – und ich bin der Überzeugung, dass Sir Felix Reybourn der Marquis ist.«

»Wenn das so ist«, sagte Temple und blies einen großen Ring blauen Rauchs in die Luft, »warum verhaften Sie ihn dann nicht, Sir Graham?«

»Ich habe bereits einen Haftbefehl ausgestellt«, antwortete Forbes. Temple ließ seine Zeitung fallen und schien sich zum ersten Mal seit seiner Ankunft im Yard wirklich für das Geschehen zu interessieren.

»Ich habe Bradley gleich heute Morgen nach Bevensey

geschickt«, fuhr Forbes fort. »Er hatte einen Haftbefehl wegen des Mordes an Derek Slater bei sich.«

»Wegen des Mordes an Derek Slater?«, wiederholte Temple skeptisch.

»Warum denn nicht?«, schnappte Forbes. »Mein Gott, ob Reybourn nun der Marquis ist oder nicht, Sie werden mir nicht erzählen, dass er Derek Slater nicht ermordet hat!«

Inspektor Ross blickte von seinem Bericht auf, den er an einem Schreibtisch in einer hinteren Ecke schrieb.

»Er hat Slater auf jeden Fall ermordet. Es gibt nichts, das sicherer wäre, als das«, erklärte er selbstbewusst.

Temple wandte sich an den Kriminalbeamten.

»Ach wirklich, Inspektor?«, murmelte er selbstgefällig. »Wie kommen Sie darauf?«

Ross stützte sein Kinn auf die Hand.

»Ach, kommen Sie, Mr. Temple«, wandte er ein. »Nachdem Sie und Sir Graham Kellaway Manor verlassen hatten, machten wir uns auf die Suche nach dem Häuschen im Wald, in dem der Dynamo versteckt war. Als wir es fanden, war es menschenleer.«

»Und?«, sagte Temple.

»Während dieser Suche – Sie wissen, dass es ziemlich neblig war – haben wir Slater verloren.«

»Großer Gott!«, rief Temple. »Weshalb haben Sie das nicht erzählt, als Sie zurückkamen?«

»Wegen all der Aufregung um Mrs. Temples Entführung und des Plans, Reybourn aufzusuchen, hatten wir nicht so viel Zeit«, erinnerte ihn Ross.

»Ich habe mit Bradley darüber gesprochen«, erklärte er reumütig mit einem Blick zu Sir Graham, »aber wir nahmen an, dass der arme Teufel Muffensausen bekommen hatte und in die Stadt zurückgefahren war. Was tatsächlich geschehen ist, ist ja wohl ziemlich offensichtlich.«

»Wie wäre es, wenn Sie uns sagten, was tatsächlich geschehen ist?«, schlug Temple vor.

»Nun, Sir, meiner Meinung nach war Sir Felix in dem Häuschen mit dem Dynamo. Er hatte viel Zeit, dorthin zu gelangen, nachdem er den ›Silbernen Schwan‹ verlassen hatte. Nachdem die Mine hochgegangen war, machte er sich auf den Weg dorthin und stieß zufällig oder absichtlich mit Slater zusammen. Vielleicht hat er ihm befohlen, zum Häuschen zu gehen – vielleicht ist Slater aber auch nur zufällig in diese Richtung gelaufen. Reybourn schlug Slater nieder, packte ihn in seinen Wagen und brachte ihn zurück nach Greensea House.«

»Wäre es nicht eine ziemlich große Strapaze für einen alten Gentleman wie ihn, einen bewusstlosen Mann den ganzen Weg zu tragen?«

»Er hatte wahrscheinlich Helfer«, antwortete Ross. »Bis zum Einbruch der Dunkelheit wurde die Leiche in Greensea House versteckt, dann wurde sie mit ein wenig Hilfe von Mrs. Clarence – oder wer auch immer in der Nähe war – im Gebüsch entsorgt. Ich behaupte, dass sie das gerade taten, als Sie und Mrs. Temple ankamen.«

»Hm ...«, murmelte Temple unverbindlich, aber Forbes war enthusiastischer.

»Da stimme ich Ihnen zu, Ross! Ich stimme hundertprozentig zu!«

»Sehen Sie, Mr. Temple«, fuhr Ross fort und gewann an Zuversicht, »es passt alles wie bei einem Puzzle zusammen.«

»Ich habe jedoch das Gefühl, dass ein paar Teile davon übrig bleiben werden«, grübelte Temple. »Aber gut, machen Sie weiter, Inspektor.«

»Als Sie und Mrs. Temple ankamen, stand die Tür offen«, fuhr Ross fort. »Wenn Sir Felix und Mrs. Clarence hinter dem Haus waren, wie ich vermute, dann haben sie die Tür wahrscheinlich offen stehen lassen. Das wäre nur allzu natürlich.«

»Ja, aber einen Moment, Ross«, warf der Chefkommissar ein. »Wir haben sein Alibi überprüft. Sowohl Sir Felix als auch Mrs. Clarence waren bis halb sieben in Lord Brecktons

Haus.«

Einen Moment lang war Ross verdutzt.

»Wenn ich eine alternative Theorie vorschlagen dürfte«, sagte Temple zurückhaltend. »Angenommen, Ross hat recht und die Person, die aus dem Häuschen im Wald flüchtete, stieß mit Slater zusammen und schlug ihn bewusstlos. Nehmen wir nun an, dass diese Person nicht Sir Felix war, sondern jemand, der den Verdacht auf Sir Felix lenken wollte – oder sagen wir besser, weiterhin lenken will ...«

Forbes blickte mit scharfem Blick hoch.

»Was dann?«, fragte er neugierig.

»Nun, sie brachten Slater nach Greensea House. Als sie das Haus leer vorfanden – Sir Felix und Mrs. Clarence waren bei Lord Breckton –, öffneten sie die Haustür mit einem Dietrich und legten Slater in der Eingangshalle ab.«

»Aber er wurde doch im Gebüsch gefunden.«

»Natürlich wurde er das! Aus dem einfachen Grund, dass Slater, als er im Haus zurückgelassen wurde, noch nicht tot war. Er schaffte es, aufzustehen und die Haustür zu öffnen. Instinktiv ließ er sie offen und taumelte dann hinaus auf die Einfahrt. Es wurde dunkel. Der arme Teufel war verängstigt und wusste kaum noch, was er tat. Er stolperte um die Hauswand herum und fiel in das Gebüsch.«

»Hm«, nickte Forbes. »Auf jeden Fall eine interessante Theorie.«

Doch Ross war offenkundig skeptisch. »Übertreiben Sie es nicht ein wenig, Mr. Temple, wenn Sie zu dem Schluss kommen, dass Slater so einfach in Sir Felix' Haus gelangen konnte?«

»Warum nicht? Entweder er hatte einen Dietrich oder einen Generalschlüssel. Jemand, der darauf aus ist, Sir Felix konsequent in Verdacht zu bringen, dürfte sich erhebliche Mühe geben, ein Duplikat aller seiner Schlüssel zu beschaffen. Sie wären für eine solche Person praktisch unverzichtbar«, betonte Temple.

Forbes lachte. »Nein, nein, Temple! Schreiben Sie lieber einen Roman darüber. Das ist das Beste, was Sie aus dieser Idee machen können – und es ist auch schon alles, wofür Ihre Theorie gut ist.«

»Es gibt nur eine Person, die einen Schlüssel zu Greensea House hat«, erklärte Ross dogmatisch, »und das ist Sir Felix selbst. Ich bin fest davon überzeugt, dass er der Mann ist, der Slater ermordet hat.«

Temple zuckte mit den Schultern.

»Ich freue mich, dass Sie das sagen, Inspektor, denn es gibt nichts, was ich lieber höre, als wenn ein Mann sagt, er sei von etwas absolut überzeugt.« Er hielt inne, dann fuhr er mit etwas gleichgültigem Tonfall fort. »Sir Felix verließ also das Häuschen im Wald, stieß mit Slater zusammen und schlug ihn nieder. Anstatt ihn im Wald zurückzulassen, nahm er ihn den ganzen Weg zurück nach Greensea House mit, wo er ihn mehr oder weniger in seinem *eigenen* Haus absetzte.«

Er wandte sich an Forbes.

»Wenn ich *diese* Geschichte schreiben würde, Sir Graham, hätte ich wohl Schwierigkeiten, einen Verleger zu finden!«

Ein Sergeant unterbrach sie mit der Nachricht, dass Roger Storey draußen darauf wartete, Temple zu sehen.

»Wenn es Ihnen nichts ausmacht, Sir Graham, dann bitten wir ihn herein. Vielleicht ist er über eine weitere Spur gestolpert«, sagte Temple.

Forbes stimmte zu, und ein paar Sekunden später trat Roger ein. Mit einem schwarzen Seidenschal um den Arm schien der junge Mann etwas von seiner alten Lässigkeit zurückgewonnen zu haben. Er kam zügig herein, nickte Ross zu und lächelte Forbes und Temple einnehmend an. Beiden fiel dabei auf, dass er einen äußerst gut sitzenden Anzug trug, der aussah, als käme er nagelneu aus der Schneiderei. Tatsächlich erinnerte sich Temple daran, dass Storey seit ihrer ersten Begegnung drei verschiedene Anzüge getragen hatte – alle aus teurem Material und Schnitt. Der Garderobe des jungen Mannes schienen keine Grenzen gesetzt zu sein.

Er schien sich darüber bewusst zu sein, dass er gut gekleidet war und trat an Forbes' Schreibtisch heran.

»Ich hoffe, ich störe nicht allzu sehr, Sir Graham«, entschuldigte er sich.

»Sie sehen viel besser aus, Storey«, sagte Temple. »Und Sie verleiten mich fast dazu, Sie zu um den Namen Ihres Schneiders zu bitten.«

»Solange Sie mich nicht bitten, zu verraten, wie viel ich ihm schulde ...«, grinste Storey.

Forbes beäugte den jungen Mann scharfsinnig.

»Ich nehme an, Sie wollen mit Temple allein sprechen«, sagte er und erhob sich von seinem Stuhl, doch Storey hob die Hand.

»Nein, nein – bitte, Sir Graham. Sie müssen alle bleiben. Ich habe versucht, Sie anzurufen, Temple, aber Ihr Diener sagte, Sie seien hier. Ich dachte, wir haben keine Zeit zu verlieren ...«

Mit der freien Hand holte er einen Brief aus einer ungeschickt platzierten Innentasche. »Das wird erklären, warum es so eilig ist.« Er reichte den Brief an Temple weiter, der ihn öffnete und las, was darin stand:

DEM EHRENWERTEN CHARLES SERFLANE,
284B PARK LANE, W1

SEHR GEEHRTER HERR,
ICH BIN IM BESITZ VON VIER BRIEFEN, DIE SIE AM SIEBENTEN, ZEHNTEN, VIERZEHNTEN UND SIEBZEHNTEN AUGUST DES VERGANGENEN JAHRES AN MISS LARAINE CURTIS GESCHRIEBEN HABEN. MEINER MEINUNG NACH SIND DIESE BRIEFE GENAU SIEBENTAUSEND PFUND WERT. ICH SCHLAGE DAHER VOR, DASS SIE DIE NOTWENDIGEN SCHRITTE UNTERNEHMEN, UM DIESEN BETRAG ZU BESORGEN. PACKEN SIE DAS GELD IN EINEN KLEINEN LEDERKOFFER UND ÜBERGEBEN SIE IHN EINER JUNGEN DAME, DIE SIE

MORGEN ABEND UM HALB SIEBEN AM EINGANG DER U-BAHN-STATION OXFORD CIRCUS TREFFEN WIRD. ES IST ZWINGEND ERFORDERLICH, DASS SIE DIESE ANWEISUNGEN PERSÖNLICH AUSFÜHREN.

DER MARQUIS.

Temple gab den Brief an Forbes weiter, der ihn las und dann an Ross weiterreichte.

»Wann ist diese Nachricht angekommen?«, fragte Temple.

»Gestern Morgen«, antwortete Storey. »Der arme Teufel war in einem fürchterlichen Zustand. Er wusste nicht, an wen er sich wenden sollte und kam in seiner Verzweiflung zu mir.«

»Warum zu Ihnen?«, fragte Ross verdutzt. »Warum ist er nicht zu Scotland Yard gekommen?«

»Weil er Angst hatte. Allein der Gedanke an einen Skandal hätte schon beinahe zu einem Herzanfall bei ihm geführt. Er steht im Moment nicht besonders gut mit seiner Familie. Sie hat sein Techtelmechtel mit dieser Laraine Curtis noch nicht vergessen und er will nicht riskieren, dass die Sache an die Öffentlichkeit kommt.« Er zögerte, dann fügte er zur Erklärung hinzu: »Wissen Sie, Charles und ich waren zusammen in Oxford.«

Forbes fuhr mit seinem Papiermesser die Muster auf seiner Schreibunterlage nach. »Diese Laraine Curtis«, sagte er, »wer ist das?«

»Eine der Showgirls im ›Highstepper Club‹. Charles war eine Zeit lang verrückt nach ihr, aber die Affäre hat sich abgekühlt. Wegen der Briefe habe ich sie schon angerufen.«

»Und was hat sie gesagt?«

»Offenbar wurden sie aus ihrer Wohnung gestohlen. Da sonst nichts fehlte, beschloss sie, Charles zuliebe kein Aufhebens um die Angelegenheit zu machen. Sie mochte ihn sehr, müssen Sie wissen.«

»Hm«, überlegte Forbes. »Wahrscheinlich.« Der Ton, in

dem er sprach, klang jedoch mehr als nur ein wenig skeptisch. »Sie glauben doch nicht, dass sie in diese Affäre verwickelt ist, Storey? Könnte sie eine Verbindung zum Marquis haben?«

»Das ist natürlich möglich«, räumte Roger ein. »Sie ist ein typisch hartgesottenes Cabaret-Girl, das sich mit allen möglichen Männern einlässt, solange diese die Rechnung bezahlen. Das letzte, was ich über sie gehört habe, war jedoch, dass sie sich verlobt hat und kurz vor der Hochzeit steht.«

»Klingt nicht danach, als ob sie in diesem Stadium an einer Erpressung interessiert wäre«, sagte Ross. »Diese Mädchen bekommen einen Zehner pro Woche und die meisten ihrer Mahlzeiten kosten sie nichts.«

Temple, der den Umschlag sorgfältig untersucht hatte, sagte ihnen, dass der Brief in Wimbledon aufgegeben worden war.

»Da bin ich doch zu Hause«, sagte Ross und blickte von dem Bericht auf, den er noch immer schrieb. »Vielleicht wohnt dieser Mistkerl auch noch bei mir um die Ecke.«

»Wimbledon ist sehr groß«, sagte Temple.

Ross grinste. »Als ob ich das nicht wüsste! Ich bin über sieben Jahre lang in jeder verdammten Seitengasse auf Streife gewesen. Die meisten Leute außerhalb Wimbledons scheinen zu glauben, es bestehe lediglich aus einem Dutzend Tennisplätzen.«

Forbes wandte sich an Storey.

»Wann treffen Sie Serflane?«, fragte er.

»Heute, Sir Graham. Wir essen zusammen zu Mittag.«

Der Chefkommissar strich sich nachdenklich über das Kinn.

»In Ordnung. Sagen Sie ihm, er soll sich keine Sorgen machen – wir werden uns um ihn kümmern. Er muss genau das tun, was in dem Brief steht.« Er ignorierte den überraschten Ausruf von Storey. »Die siebentausend Pfund braucht er nicht – er kann einen leeren Koffer benutzen, aber er muss dieses Mädchen treffen. Das ist absolut erforderlich! Verstehen Sie das, Storey?«

»Ja, Sir Graham.«

Forbes wandte sich an Ross. »Das Beste wäre, wenn Sie ein halbes Dutzend Männer mitnehmen«, entschied er. »Auf dem Weg dorthin können Sie Serflane abholen. So wissen Sie auch gleich, wie er aussieht und können ihn in der U-Bahn-Station wiedererkennen. Aber halten Sie sich dort gut versteckt.«

Er wurde durch das plötzliche Erscheinen von Superintendent Bradley unterbrochen.

»Sie waren aber schnell, Bradley«, sagte Forbes etwas verblüfft.

»Stimmt etwas nicht? Haben Sie Sir Felix festgenommen?«

Bradley zögerte einen Moment lang. Er war offensichtlich aufgeregt.

»Er war schon mit Mrs. Clarence weg, bevor ich hinkam«, verkündete er.

»Sie meinen, Sie haben sie aus den Augen verloren?«

Bradley schüttelte den Kopf. »Sie haben Bevensey kurz nach neun mit dem Auto verlassen. Kurz vor Barking geriet der Wagen ins Schleudern und überschlug sich.«

»Puh!«, pfiff Ross.

»Mrs. Clarence kam mit dem Schrecken davon, es ist ein absolutes Wunder«, fuhr Bradley fort. Es gab eine Pause, dann fragte Forbes: »Und Sir Felix?«

»Sir Felix«, sagte Bradley langsam, »ist tot.«

Die Männer blickten sich an.

»Mein Gott, das kann ich nicht glauben«, sagte Roger schließlich.

»Wer hat die Leiche identifiziert?«, fragte Forbes.

Es gab eine weitere Pause, ehe Bradley antwortete: »Ich, Sir Graham!«

Kapitel 13
Paul Temple
hält eine Verabredung ein

Den Rest des Tages war Paul Temple seltsam unruhig. Er bestand darauf, Steve zum Mittagessen einzuladen und im reich geschmückten Speisesaal des ›Cosmopolitan Grill‹ erzählte er ihr, dass in seinem Kopf eine Idee herumgeisterte. Er war sich sicher, dass eine Geräuschkulisse die richtige Begleitung für die richtige Entwicklung der Idee war.

»Aber Darling, wie kannst du bei all dem Lärm überhaupt denken?«, protestierte die verdutzte Steve.

»In deiner Zeit bei der Zeitung«, erinnerte er sie, »hast du mir erzählt, dass du deine Artikel oft geschrieben hast, während die Telefone klingelten, die Redakteure durch die Gegend hetzten und die Jungs nach Textmaterial schrien.«

»Ja, aber das würde man kaum als kreative Arbeit bezeichnen«, gab sie zu bedenken.

»Keine Diskussion, Liebling«, bat er. »Iss einfach und unterbreche mich, wenn ich eine Bemerkung mache, die nicht ganz vernünftig erscheint. Und jetzt lass uns tratschen, was das Zeug hält – so wie alle anderen auch. Sag mir, was hast du heute Morgen gemacht?«

Steve lächelte, als sie antworte: »Ich war bei Scotland Yard.«

Er blickte verwundert hoch. »Ach – warum denn bei Scotland Yard?«

»Erinnere dich doch, Darling. Superintendent Bradley hatte mich gebeten, mir ein paar Fotos von diesem Gleason anzusehen.«

»Ah, ja! Und war es der Mann, den sie verdächtigten?«

Sie nickte.

»Ja, es war tatsächlich Lannie Dukes, aber laut Bradley, scheint er wohl untergetaucht zu sein. Ross sucht schon seit einigen Tagen nach ihm, aber nach dem Überfall auf das Haus in der Bombay Road ist er in keinem seiner Stammlokale mehr aufgetaucht.«

»Nun ja«, sagte Temple und blickte stirnrunzelnd auf die Speisekarte, »ich wage zu behaupten, dass es nur eine Frage der Zeit ist ...«

Nachdem er sein Mittagessen bestellt hatte, beugte sich Steve plötzlich vor und sagte: »Paul, du hast mir das mit Sir Felix gar nicht erzählt.«

»Und wer hat es dir erzählt?«

»Superintendent Bradley.«

Temple antwortete etwas abrupt: »Reg dich nicht so darüber auf, Steve.«

»Aber Darling, Sir Felix schien so ein harmloser alter Mann zu sein.«

»Forbes hat den starken Verdacht, dass er der Marquis ist. Jedenfalls ist er sich ziemlich sicher, dass er Slater ermordet hat.«

»Slater ermordet?«, erwiderte Steve ungläubig, denn sie hatte begonnen, Sir Felix mit seiner trockenen, rauen Stimme, seinen charmanten Manieren und seinem schrägen Humor zu mögen. »Wenn er ein Mörder wäre, hätte er uns sicher schon längst umgebracht – oder es zumindest versucht. Er hatte reichlich Gelegenheit dazu und wir hätten es auch ein wenig herausgefordert.«

Temple schüttelte den Kopf: »Wie auch immer, über eine Sache werden wir uns recht bald im Klaren sein.«

»Und über welche?«

»Ob Forbes recht hat, dass Sir Felix der Marquis ist.«

Sie verfielen wieder in Schweigen und dachten über diese Theorie laut nach. Beim Kaffee bemerkte Steve, dass Temple mit seinen Gedanken weit weg war und so warf sie einen

Blick auf die Mittagsausgabe der Abendzeitung, die sie draußen gekauft hatte. In der *Stop Press* war ein sehr reißerischer Bericht über Sir Felix' Unfall abgedruckt. Dieser war wohl vom Lokalreporter der Zeitung verfasst und von einem Redakteur mit Hilfe des *Who is Who* um einige Informationen erweitert worden.

Steve las den Artikel aufmerksam durch, legte dann die Zeitung beiseite und erinnerte sich an einige ihrer jüngsten Begegnungen mit Sir Felix. Temples Vorschlag, den Nachmittag im Kino zu verbringen, riss sie aus ihren Gedanken. Sie wollten den neuen Film der Marx Brothers ansehen, der gerade im West End angelaufen war.

Eine Stunde später, nachdem sie sich erfolgreich durch zwei Informationsstreifen des Ministeriums für Kommunikation, ein paar Wochenschauen und einen Dokumentarfilm über das irische Dorfleben gedöst hatten, wachte Steve auf und lachte maßlos über die Possen der Marx Brothers. Dann ging das Licht an und sie blickte in die benommenen, ziemlich leeren Gesichter der anderen Gäste. Plötzlich packte Steve Temple am Ärmel.

»Paul, sieh dir den Mann an, der da drüben allein sitzt!«

Temple folgte ihrer Aufforderung.

»Und?«

»Es ist ... Es ist dieser Sergeant Morris, der mich im ›Silbernen Schwan‹ abgeholt hat.«

Temple starrte sie aufmerksam an und wollte gerade aufstehen, als die Lichter wieder ausgingen. Er zog die kleine Taschenlampe heraus, die er immer in einer Innentasche aufbewahrte und bahnte sich den Weg durch den Zuschauerraum. Doch als er das andere Ende erreichte, war der Mann bereits durch einen der drei Ausgänge auf dieser Seite des Kinos verschwunden.

Temple wartete darauf, dass Steve zu ihm in das Foyer kam.

»Paul«, sagte sie besorgt, »du glaubst doch nicht, dass er

uns verfolgt, oder?«

»Wenn er das tut, dann soll er seine Freude dabei haben«, antwortete er grimmig. »Komm, lass uns in die Wohnung zurückgehen. Wir bitten Pryce, uns ganz viele Pfannkuchen zu machen.«

Vor dem Kino hielt Temple ein Taxi an. Als sie drinnen waren, konnte Steve ihrer Eingebung nicht nachgeben, durch das hintere Fenster zu spähen, um zu sehen, ob sie jemand verfolgte. Es war jedoch fast unmöglich, in dem gewaltigen Verkehrsstrom, der hinter ihnen war, ein verdächtiges Fahrzeug zu entdecken.

Nach dem Tee lehnte sich Temple in seinem Sessel zurück und erzählte ausführlich die Handlung eines neuen Kriminalromans, der ihm seit zwei Wochen im Kopf herumschwirrte.

Steve sah ihn bewundernd an.

»Ich weiß wirklich nicht, wie du das machst«, gestand sie. »Ich dachte, dass dich dieser Marquis-Fall ganz in Mitleidenschaft ziehen und jede Minute deiner Zeit in Anspruch nehmen würde.«

»Ich befolge nur den Rat des Chefkommissars, nach Hause zu gehen und einen Roman zu schreiben«, lachte er. »Jedenfalls ist es manchmal eine ziemliche Wohltat, von den Tatsachen in die Fiktion flüchten zu können. Andersherum ist es oft wieder heilsam, von der Fiktion zu den kalten, harten Fakten zu wechseln.«

»Ich wusste gar nicht, dass Sir Felix neunundsechzig ist«, sagte Steve plötzlich und ohne ersichtlichen Grund.

»Ach nein?«, antwortete Temple gleichgültig.

»Für mich sah er immer wie zwei- oder dreiundsiebzig aus.«

Steve bemerkte, dass Temple nicht sonderlich erpicht darauf war, über Sir Felix zu sprechen und dass er ihn auch den ganzen Nachmittag über nicht erwähnte. Es war, als ob er die

150

ganze Kraft seines Denkvermögens auf eine andere Sache konzentrieren würde.

»Ich finde, dass er in seinem Alter keinen Wagen mehr hätte lenken sollen«, beharrte Steve. »Wenn er sich zwei so große Häuser leisten konnte, hätte er sich doch sicher auch einen Chauffeur leisten können und ...«

Temple gähnte und drückte seine Zigarette aus.

»Liebling, weißt du zufällig, ob ich ein vorzeigbares Jackett habe? Heute Abend brauche ich wohl eines.«

»Natürlich, Darling. Gestern kamen zwei aus der Reinigung zurück. Ich habe sie Pryce zum Wegräumen gegeben. Soll ich ihm sagen, dass ...?«

Sie erhob sich halb von ihrem Stuhl, aber er winkte sie zurück. »Nein, nein, das werde ich selbst tun.«

Temple ging auf den Flur hinaus, rief Pryce und gab ihm seine Anweisungen, dann führte er zwei kurze Telefongespräche, von denen Steve nur bedeutungslose Fetzen aufschnappen konnte.

»Paul«, begann sie, als er zurückkam. »Glaubst du, dass es wirklich ein Unfall war?«

Er holte seine Uhr heraus und verglich sie mit der Uhr auf dem Kaminsims.

»Oh ja, es war wirklich ein Unfall«, antwortete er beiläufig. »Stimmt diese Uhr?«

»Sie geht zwei Minuten vor.«

»Hm, wir haben nicht viel Zeit. Wie lange brauchst du, um dich umzuziehen?«

»Ich hatte ja keine Ahnung, dass ich mit dir ausgehen soll«, protestierte sie. »Ich dachte, es wäre nur eines deiner Abendessen im Club.«

»Du kommst natürlich mit mir – es ist ein gesellschaftlicher Anlass«, informierte er sie. »Ich habe gerade am Telefon die Verabredung getroffen – und glaube mir, es ist etwas ganz Besonderes.«

»Aber Paul, wo gehen wir denn hin?«

»Du könntest das taubenblaue Kleid anziehen«, antwortete er. »Das wäre sehr passend.«

»Das kann ich mir vorstellen, Paul, aber ...«

»Wir haben nicht viel Zeit, Liebling. Du wirst dich beeilen müssen.«

Steves Proteste wurden durch das Läuten an der Türglocke unterbrochen und Pryce führte Sir Graham Forbes herein.

Als Pryce gegangen war, erzählte der Chefkommissar, dass er gerade vom Oxford Circus kam. Er hatte sich entschlossen, selbst dorthin zu fahren.

»Und, was ist passiert?«, fragte Temple. Forbes zuckte ungeduldig mit den Schultern.

»Überhaupt nichts.«

»Ist der Ehrenwerte Charles Serflane aufgetaucht?«

»Aber ja«, schnaubte Forbes, »er war tatsächlich da, mitsamt Koffer! Der arme Teufel sah aus, als ob er sich in einem Alptraum befände! Er hat fast eine Stunde auf die junge Frau gewartet.«

»Und sie ist nicht aufgetaucht?«

»Nein«, sagte Forbes. Der Chefkommissar war sichtlich angespannt und hatte Mühe, seine Aufregung zu unterdrücken. »Und wissen Sie, was ich glaube, Temple?«, rief er erregt. »Ich denke, das beweist ohne den geringsten Zweifel, dass Sir Felix Reybourn der Marquis war.«

Während er sprach, drehte er sich plötzlich um und stand mit dem Rücken zum Feuer.

Temple sagte kein Wort.

»Nun, wenn Sir Felix der Marquis war, sind Sie Ihre Sorgen los, Sir Graham«, sagte Steve leichthin. »Und wenn Sie mich jetzt entschuldigen wollen, ich muss mich umziehen.«

Forbes blickte mit kaum verhohlener Neugierde von Temple zu Steve.

»Ach – wollen Sie beide noch irgendwo hin?«, fragte er.

»In der Tat«, antwortete Steve, »aber wohin genau, weiß ich auch nicht.«

Als sie allein waren, bot Temple Forbes eine Zigarette an und zündete sich selbst ebenfalls eine an.

»Es tut mir leid, dass ich gehen muss, Sir Graham, aber ich weiß, dass Sie es verstehen werden. Ich muss mich jetzt auch in Schale werfen. Aber bleiben Sie doch hier und nehmen Sie sich einen Drink!«

»Danke«, murmelte Forbes und schüttete eine großzügige Menge Whisky in ein Glas. »Wo wollen Sie zwei denn hin, wenn ich fragen darf?«

Temple drehte sich an der Tür um.

»Das würde Sie überraschen, Sir Graham«, antwortete er mit einem amüsierten Lächeln. »Bei Timothy, das würde Sie überraschen!«

Einige Stunden zuvor saß Forbes in seinem Wagen und erteilte dem Ehrenwerten Charles Serflane Anweisungen in letzter Minute. Charles Serflane war ein dünner, blasser junger Mann mit fast weißem Haar.

»In dem Brief stand nicht, welcher Eingang zur U-Bahn-Station«, sagte Serflane in etwas klagendem Ton. Er hatte sich seit Mittag auf diese unangenehme Sache vorbereitet und drei Brandys getrunken, bevor er sich auf den Weg gemacht hatte. Dafür empfand er jetzt ein angenehmes inneres Glühen. Eigentlich hatte er sogar begonnen, sich einzureden, dass er, Charles Serflane, den gefürchteten Marquis zur Strecke bringen würde. Jetzt, nach einer sehr durchwachsenen Karriere in zwielichtigen West-End-Kreisen, würde er endlich etwas Positives erreichen.

Er umklammerte seinen kleinen, mit alten Zeitungen gefüllten Aktenkoffer. Insgeheim hatte er beschlossen, alle Anweisungen von Forbes zu ignorieren und die Situation selbst in die Hand zu nehmen, sobald das Mädchen auftauchte. Immerhin war es möglich, dass die Kriminalbeamten zu spät kamen und das Zielobjekt in der Menge übersahen. Es ging doch nichts darüber, an Ort und Stelle die Sache selbst in die

Hand zu nehmen, entschied der Ehrenwerte Charles. Warum sollte Scotland Yard den ganzen Ruhm für sich alleine beanspruchen, während er als bloßer Empfänger des Erpresserbriefs in den Hintergrund gedrängt wurde?

»Ich würde es zuerst am Eingang der Oxford Street versuchen«, schlug Forbes vor und warf einen Blick auf die Uhr am Armaturenbrett. »Es ist schon nach halb. Gehen Sie lieber – und denken Sie daran, was ich Ihnen gesagt habe.«

Serflane nickte und stieg langsam aus dem Wagen. Inmitten der wogenden Menschenmassen der Oxford Street fühlte er sich nicht allzu sicher. Der Marquis könnte in jedem der Hauseingänge lauern. Er ging die etwa fünfzig Meter bis zum Eingang der U-Bahn-Station und betrachtete unsicher die Menschenmasse, die an ihm vorbeiströmte. Er hoffte, dass die Kriminalbeamten in Reichweite waren und dass sie auf der Hut sein würden.

Er spekulierte darüber, wie dieses Mädchen wohl aussehen würde. Vielleicht würde er sie wiedererkennen. Wahrscheinlich war er ihr in einem der vielen Nachtclubs begegnet, in denen er in den letzten fünf Jahren verkehrt hatte. In diesem Fall, so beschloss er, würde er der Sache ganz sicher selbst weiter nachgehen. Oder würde er nicht? Er erinnerte sich an die eine oder andere zwielichtige Frau, der er in schlechtem Gemütszustand begegnet war. Ihm schauderte bei dem Gedanken daran.

Eine stämmige Frau rempelte ihn an und er hielt vor Angst den Atem an. Aber sie beachtete ihn nicht weiter und eilte in den Bahnhof hinunter.

Zehn Minuten vergingen und Serflane wurde langsam unruhig. Aus den Augenwinkeln sah er Forbes im Eingang eines großen Geschäfts gegenüber stehen. So wie er dastand und seinen Aktenkoffer umklammerte, fühlte sich der ehrenwerte Charles plötzlich sehr unsicher. Für die vielen Hundert Menschen, die an ihm vorbeiströmten, war er nur ein städtischer Beamter, der auf ein Mädchen wartete und mit jeder

Minute aufgeregter wurde. In der Nähe waren ein halbes Dutzend Polizisten, die auf seinen Einsatz warteten. Eine fremde Frau wollte von ihm, dass er ihr diesen unauffälligen Koffer übergab. Wie war es da möglich, nicht angespannt zu wirken?

Ein anderer Gedanke kam ihm in den Sinn. Angenommen, die Frau war schon da. Angenommen, sie würde ihn von irgendeiner Ecke aus genau beobachten. Der Ehrenwerte Charles fummelte unruhig an seiner Krawatte und sah sich so unauffällig wie möglich um. In der Nähe waren mehrere Frauen, die in die Schaufenster starrten – vielleicht war es eine von ihnen und sie wartete nur darauf, dass die Luft ein war.

Er spürte, dass er die Anspannung nicht länger ertragen konnte. Er musste irgendetwas unternehmen. Er ging die Treppe hinunter und betrat die Schalterhalle. Massen von Menschen schienen ihn unaufhörlich zu umschwirren. Er wurde es langsam müde, in die Gesichter der Frauen zu blicken, um darin ein Zeichen zu erkennen. Nach einer Weile schlenderte er zum Zeitungsstand hinüber und starrte auf das Angebot an Büchern und Zeitschriften ohne die Augen zu bewegen. Jedes Mal, wenn eine U-Bahn in den Bahnhof einfuhr, fegte ein heißer Luftzug aus dem Untergrund an ihm vorbei. Die Masse der Personen, die sich auf dem Heimweg befanden, ließ jetzt etwas nach. Serflane blickte noch einmal auf seine Uhr. Zehn Minuten vor sieben. Er beschloss, die Treppe zum Ausgang in der Regent Street hinaufzugehen, wartete jedoch noch etwa fünf Minuten. Noch immer wurde er von niemandem angesprochen.

Er begann sich zu fragen, ob dies nicht ein dummer Scherz von Laraine gewesen war. Natürlich hatte sie geschworen, dass sie nichts davon wusste und dass die Briefe aus ihrer Wohnung gestohlen worden waren. Aber das hätte sie auch gesagt, wenn sie diesen Schwindel geplant hätte. Während er über diese Möglichkeit nachdachte, runzelte Serflane nachdenklich die Stirn. Früher war er einmal verrückt nach Laraine gewesen. Diese Umstand konnte ihn jedoch nicht darüber hinwegtäuschen, dass sie nicht übermäßig skrupellos mit dem Eigentum oder den Gefühlen anderer Leute umging. Als es im Club einmal eine Razzia gab, fand Laraine ein sündteures ziseliertes goldenes Zigarettenetui, das wohl einer der Gäste bei dem eiligen Verlassen der Räumlichkeiten zurückgelassen hatte. Charles hatte Laraine gesagt, dass das Etui wohl Lady Welland gehörte, aber sie hatte nur mit ihren hübschen Schultern gezuckt und keinen Versuch unternommen, die Sache in Ordnung zu bringen.

Dann war da noch dieser Pelzmantel, für den er ihr einen Scheck über neunhundert Pfund gegeben hatte, obwohl er einen identischen Nerz in einem Geschäft in der Bond Street um sechshundertfünfzig Pfund gesehen hatte. Damals war er einfach zu vernarrt in sie gewesen, um der Sache genauer nachzugehen. Er war sich jedoch nie sicher gewesen ...

Er ging langsam und bedächtig um die Ecke der Regent Street und zum Eingang der U-Bahn-Station in der Oxford Street zurück.

Inspektor Ross, der ihm in die Schalterhalle gefolgt war, hatte sich inzwischen überlegt, dass er in einer Telefonzelle weniger auffallen würde. Von dort aus behielt er Serflane im Auge. Nachdem er im Telefonbuch geblättert hatte, nahm er den Hörer ab und tat so, als würde er telefonieren und dem Gesprächspartner zuhören. Auf diese Weise beobachtete er Serflane etwa fünf Minuten lang, wobei er mit dem Rücken zur rechten Seite der Kabine stand.

Als Serflane die Treppe zum Ausgang in der Regent Street hinaufging, legte Ross den Hörer auf und öffnete die Kabinentür. Dann bemerkte er, dass links von ihm eine Frau die Zelle verließ. Er hatte mit dem Rücken zu ihr gestanden, sonst hätte er sie sofort gesehen.

»Ach was!«, rief er aus. »Was führt Sie denn hierher?«

Sie warf ihm einen kalten Blick zu.

»Ich kümmere mich um meine eigenen Angelegenheiten«,

erwiderte sie frech. »Schade, dass andere Leute das nicht auch tun können.«

Mit dieser spitzen Bemerkung huschte Dolly Fraser an Ross vorbei, drängte sich durch die Absperrung und verschwand die Rolltreppe hinunter.

Temple nannte dem Taxifahrer mit ein paar zur Seite gesprochenen diskreten Worten ihr Ziel. Erst als sie eine gewisse Strecke zurückgelegt hatten, fand Steve die Gelegenheit, das heitere Geplapper ihres Mannes zu unterbrechen und zu fragen: »Paul, wohin fahren wir?«

»Ach, nur in einen Nachtclub, Liebling!«

»Mir kommt es vor, als ob wir schon Stunden unterwegs sind.«

Steve spähte durch das Fenster in die Dunkelheit. Irgendwie hatte sie den Eindruck, dass sie sich am nördlichen Ende der Baker Street befanden.

»Paul«, rief sie verzweifelt, »wenn du mir nicht sagst, wohin wir fahren, steige ich aus und gehe zu Fuß.«

»Dann weiß ich aber nicht, wie du dort jemals hinkommen willst«, erwiderte er höflich. »Ich habe dir doch bereits gesagt, dass wir in einen Nachtclub fahren.«

»Kenne ich ihn?«

»Ich glaube nicht – obwohl ich den Umfang deines Allgemeinwissens nie ganz erahnen kann. Er heißt ›The Clockwise‹.«

»Davon habe ich noch nie gehört«, sagte Steve. »Ist das einer dieser zugigen Keller, in denen man für Essen und Trinken so gut wie nichts bezahlt?«

»Ja, die Preise sind lächerlich, aber ein Keller ist es ganz bestimmt nicht. Vor ein paar Jahren hieß es noch ›The Oriental‹ und davor ›The Madagascar‹. Damals hatte es einen ganz zwielichtigen Ruf und wurde von einem Mann namens Arnaud Perriolia geführt. Perriolia war es auch, der die angrenzenden Räumlichkeiten aufkaufte, um das Lokal zu erweitern und Aufzüge einzubauen. Er machte daraus einen riesigen, mehrgeschossigen Nachtclub. Heutzutage ist er hochseriös und wird von jungen Leuten dementsprechend gemieden. Ich erinnere mich daran, dass ich – kurz bevor ich dich kennenlernte – eines Abends dort war ...«

»Das kann ich mir vorstellen, Darling«, unterbrach Steve ihn eindringlich. »Aber warum gehen wir denn jetzt dorthin?«

Temple zündete sich ganz bewusst eine Zigarette an.

»Weil ich eine Verabredung habe«, antwortete er ruhig. »Eine ziemlich wichtige.«

»Wäre es indiskret zu fragen, mit wem?«

Temple legte einen Fuß auf den gegenüberliegenden Sitz und lächelte in der Dunkelheit. »Es bringt nichts, es dir zu sagen, Steve. Du würdest es mir nicht glauben.«

»Warum versuchst du es nicht einfach?«, schlug sie mit einem Ton in der Stimme vor, aus dem hervorging, dass ihre Geduld fast am Ende war.

Temple blies eine Rauchwolke in die Luft.

»Also gut«, nickte er wie jemand, der ein großzügiges Zugeständnis macht. »Ich habe eine Verabredung mit Sir Felix Reybourn.«

Kapitel 14

Das ›The Clockwise‹

Steve war noch immer verdutzt und fassungslos, als das Taxi keuchend zum Stillstand kam.

»Wir sind da«, sagte Temple und öffnete die Tür, ehe der Fahrer es um den Wagen herum geschafft hatte, und trat auf den Bürgersteig.

»Aber Paul, Sir Felix ist doch ...«

»Jetzt keine weiteren Fragen mehr, Liebling! Deine Freunde könnten uns immer noch verfolgen.«

Er drehte sich um, um den Fahrer zu bezahlen. Dann gingen sie in Richtung des schwachblauen Lichts, das der einzige Hinweis darauf war, wo sich der Eingang des Clubs befand. Steve hielt Pauls Arm fest und blinzelte, als sie in das grelle Licht der Empfangshalle traten. Mehrere Leute, die alle teuer gekleidet waren, unterhielten sich angeregt, während sie auf ihre Freunde warteten. Aus der Ferne ertönte der gleichmäßige Takt eines Schlagzeugs und der sanfte Klang eines Saxophons. Die Musik wurde lauter, als sich eine Glastür öffnete und ein dunkelhäutiger Mann mittleren Alters Temple mit ausgebreiteten Armen empfing.

»Hallo Gus, wie geht es Ihnen?«, lächelte der Detektiv. Gus rieb sich die Hände.

»Mir geht es gut, Mr. Temple! Es ist heute das erste Mal, dass Sie uns die Ehre erweisen, Mrs. Temple mitzubringen.«

»Das hatte ich doch versprochen. Es ist auch ein ziemlich wichtiger Anlass.«

Temple drehte sich um und stellte Steve vor. Gus verneigte sich vor ihr.

»Ich fühle mich geehrt, Mrs. Temple. Das ›The Clockwise‹ fühlt sich geehrt!«

»Ist schon gut, Gus«, unterbrach Temple. »Meine Frau war früher Reporterin, daher weiß sie, was solche Begrüßungen bedeuten.«

Er übergab dem lächelnden Garderobier seinen Hut und seinen Mantel.

»Sie werden feststellen, Mr. Temple, dass alles so arrangiert wurde, wie Sie es gewünscht haben«, sagte Gus.

»Ist Maisie hier?«

Bevor Gus antworten konnte, schwang die getäfelte Tür wieder auf und gab den Blick auf eine temperamentvolle Blondine von knapp unterdurchschnittlicher Größe frei. Sie trug ein smaragdgrünes Chiffonkleid und ihr gesamtes Wesen und ihre Bewegungen strahlten großes Selbstvertrauen aus.

»Hallo Paul!«, rief sie in überschwänglichem Ton und schlang ihre Arme um ihn ohne Rücksicht auf etwaige Zuschauer. Temple löste sich gleich von ihr.

»Mensch Maisie! Schön, dich wiederzusehen!«, lachte er.

»Ich nehme an, das ist Mrs. Temple«, antwortete sie und deutete auf Steve. »Ich habe dir doch immer gesagt, Paul, dass du dich eines Tages in eine dunkeläugige, charmante Schönheit verlieben würdest!«

»Steve, das ist Maisie Delaway, eine alte Freundin von mir«, sagte Temple. Maisie nahm Steves Hand und musterte sie abwägend.

»Da hattest du das richtige Händchen, Junge!«, entschied sie. »Freut mich, Sie kennenzulernen, Mrs. Temple. Ich habe schon viel von Ihnen gehört. Wissen Sie, Paul und ich sind alte Freunde.«

Sie ließ ihre Zähne so aufblitzen, dass es in einer Zahnpastareklame nicht besser ausgesehen hätte.

»Ja, das merke ich«, sagte Steve ein wenig verwirrt und fragte sich, was wohl als Nächstes kommen würde.

»Zuletzt haben wir uns vor langer Zeit in Chicago – oder war es Kansas City? – gesehen, im Jahr 1931«, fuhr Maisie mit ihrer attraktiven heiseren Stimme fort. »Das waren noch

Zeiten!«

»Oh«, sagte Steve, die plötzlich wusste, wer sie war. »Sie sind *diese* Maisie! Paul hat mir von Ihnen erzählt, als wir in Chicago waren. Aber hat er nicht gesagt, Ihr Name sei Maisie Kelvin?«

»Das war er auch mal. Seitdem habe ich ihn zweimal geändert«, lachte Maisie. »Das hat an meinem Glück aber nicht viel geändert.«

»Paul hat mir erzählt, wie viel Glück Sie hatten«, sagte Steve und erinnerte sich an einige Etappen aus Maisies bewegender Karriere, von denen Temple bei einigen Gelegenheiten erzählt hatte.

Maisie hatte als Tänzerin in einer Jugendtruppe begonnen, die an fünftklassige Varietés gebunden war. Unter allen plappernden frühreifen Jugendlichen war sie immer der Star gewesen. Diese Tatsache war ihr nicht entgangen. So drohte sie im Alter von zehn Jahren damit, zu kündigen und mit einer eigenen Solonummer zu starten, wenn ihre Gage nicht auf acht Dollar pro Woche erhöht würde. Die ehemalige Balletttänzerin, die die Truppe leitete, hätte Maisie am liebsten umgebracht, aber sie musste schließlich nachgeben. Sie wusste nämlich, dass die meisten ihrer Buchungen von den leichten komödiantischen Einlagen abhingen, die Maisie mit einzigartigen Bewegungen darbot.

Maisie lernte neue Nummern wie ein Zirkusterrier neue Tricks und war auf dem besten Weg, sich zu einer erstklassigen Komödiantin zu entwickeln, als sie im Alter von zwölf Jahren in einem Hinterhof-Varieté-Theater in Los Angeles auftrat und den Verlockungen Hollywoods erlag. Sechs einsame, herzzerreißende Monate lang trieb sie sich bei Agenten und Studios herum. Am Ende wurde ihr jedoch klar, dass Hollywood keine Verwendung für sie hatte! In ihrer Verzweiflung schloss sie sich einer kleinen familiären Truppe an, spielte fünf Shows pro Tag, Woche für Woche, und brauchte alle zwei Monate ein Paar neue Tanzschuhe.

So war es nicht verwunderlich, dass Maisie im Alter von achtzehn Jahren wie fünfundzwanzig aussah und mehr Erfahrung in der Welt hatte als die meisten Frauen um die vierzig. Kurz nach ihrem achtzehnten Geburtstag trat die Prohibition in Kraft, die ein unvermeidliches Heer an Schwarzbrennern und Gefolgsmännern mit sich brachte. Zu letzteren gehörte ein gewisser Luke Zwar, mit dem Maisie Bekanntschaft schloss. Luke hatte Ambitionen. Er hatte die Absicht, sich den Schmugglerkönigen anzuschließen – und zwar so schnell, wie ihn sein flinker Verstand an die Spitze dieses seltsamen Berufsstandes katapultieren würde. Außerdem war Luke stolz darauf, die Fähigkeit zu besitzen, eine Sache als gut zu erkennen, wenn sie es war. Und das war so bei Maisie!

Noch vor Kriegsende war ›Maisie's Craze‹ auf dem Weg dazu, in Chicago eine der beliebtesten Bars zu werden, in denen illegal Alkohol ausgeschenkt wurde. Maisie, die Sophie-Tucker-Lieder sang und als Conférencière auftrat, war weithin als bedeutende Persönlichkeit bekannt. Der Alkohol in ihrem Lokal wurde natürlich ausschließlich von Luke Zwar geliefert, mit einem durchschnittlichen Gewinn von tausend Dollar pro Woche.

»Nicht schlecht für den Anfang, Kleine«, sagte Luke Zwar eines Abends in ihrer Wohnung, »aber wir werden das Ganze jetzt im großen Stil machen. Nächsten Monat eröffnen wir ein ›Maisie's Craze‹ in Pittsburg und ein weiteres in Toledo. Innerhalb eines Jahres werde ich in allen Staaten eine ganze Kette an Lokalen besitzen. Ich schätze, du wirst mit der Organisation der Varietévorstellungen ganz schön zu tun haben.«

Es stellte sich jedoch heraus, dass Zwar zu ehrgeizig war. Auch wenn er ein Dutzend derartiger Kneipen eröffnete, so gab es nur eine Maisie. Während das Lokal in Chicago steigende Gewinne verzeichnete, wurden diese durch Verluste der anderen Kneipen zunichte gemacht.

Die Lage wurde erst besser, als Zwar in einer Auseinandersetzung mit einer rivalisierenden Bande, die in sein Gebiet eindringen wollte, getötet wurde. Maisies Ruf als Nachtclub-Königin war inzwischen jedoch so gefestigt, dass es um sie einen starken Konkurrenzkampf gab. Maisie beschloss, sich von Chicago und all ihren Verbindungen zu lösen und nahm das Angebot an, einen neuen Club in Kansas City zu eröffnen. Dort war ihr Paul Temple zum zweiten Mal begegnet, nachdem ihn ein befreundeter Polizeibeamter dort unnötigerweise eingeführt hatte. Damals hatten die Nachtclubbetreiberin und der junge Kriminalschriftsteller ihre seltsame Freundschaft erneuert. Eine Nacht lang waren sie bis vier Uhr morgens aufgeblieben, damit Maisie Paul berichten konnte, was sich in den beiden Jahren seit ihrer ersten Begegnung ereignet hatte.

Obwohl sie noch nicht einmal ein Jahr in Kansas City war, kannte Maisie jeden, der etwas auf sich hielt. Ihr gefiel es, den Engländer, der einen so lebhaften Sinn für Humor hatte, über die lokalen Zustände aufzuklären. Jetzt, in ihren Zwanzigern, begann sie, sich für die verschiedensten Aspekte des Lebens zu interessieren und wurde nicht müde, Temple Fragen zu allen möglichen Themen zu stellen. Sie hatte immer noch viel Ehrfurcht vor der Tatsache, dass er studiert hatte und seinen Lebensunterhalt mit dem Schreiben von Büchern verdiente. Temple seinerseits war wiederum fasziniert von den naiven Fragen dieser erstaunlichen jungen Frau, die in so kurzer Zeit so viel von der Schattenseite des Lebens gesehen hatte. Ihr tat es sehr leid, als er nach New York zurückkehren musste. Sie rang ihm jedoch das Versprechen ab, sie stets zu besuchen, wenn er in Amerika war. Das war nicht immer möglich gewesen, aber es war ihm gelungen, sie bei zwei weiteren Gelegenheiten zu sehen: einmal in Baltimore und dann in New York, wo ihr Ruf als Varietéstar dem von Dwight Fiske überlegen war.

»Denk daran, wenn du jemals nach England kommst, ruf mich an, sobald du den Boden betreten hast«, hatte er zum

Abschied gesagt und Maisie hatte versprochen, dies zu tun. Sie hatte aber nicht mehr daran gedacht und so war sie schon eine ganze Weile in London, ehe Paul Temple kurz nach seiner Rückkehr aus Amerika bemerkte, dass die leitende Kraft im ›The Clockwise‹ niemand anderer war, als seine alte Freundin Maisie Delaway. Nachdem ihm dies klar geworden war, hatte Temple nicht gezögert, sie zu bitten, ihm aus einer Schwierigkeit zu helfen. Eine Schwierigkeit, die er grob erklärt und umrissen hatte, ohne ins Detail zu gehen.

»Nun, wie geht es dem Ehrengast?«, fragte er sie, während sie liebevoll seinen Arm drückte.

»Oh, es geht ihm prächtig«, antwortete sie mit einem Lächeln. »Ein komischer alter Vogel. Wir scheinen ziemlich unterschiedlicher Natur zu sein, aber ich glaube, wir verstehen uns trotzdem.«

»Dann hast du also mit ihm geplaudert?«

»Ja, das habe ich. Über Tanznummern und Alkoholschmuggler – und er erzählte mir vom alten Ägypten. Es war nicht langweilig, wie man so schön sagt!«

Sie hörte kurz auf zu sprechen, sah Temple neugierig an und fragte: »Sag mal, im Vertrauen, Paul, worum geht es bei dieser ganzen Sache?«

Er brachte sein Gesicht nahe an das ihre und flüsterte: »Das ist vertraulich, Maisie, vertraulich!«

Maisie zuckte mit ihren wohlgeformten Schultern.

»Verstanden! Du findest ihn im zweiten Stock, erste Tür rechts.«

Sie drückte einen Knopf, worauf der Aufzug lautlos herunterkam.

Kaum waren sie oben, wandte sich Steve an ihren Mann.

»Du scheinst mit Maisie noch enger befreundet zu sein, als ich dachte.«

»Sie ist wie eine Schwester«, versicherte Temple ihr. »Und dieses Mal ist sie eine Freundin in der Not.«

»Sag, Paul, jetzt aber im Ernst: Ist Sir Felix wirklich am

Leben?«

»Wie du gleich sehen wirst, ist er das.«

Sie fanden die Tür, die Maisie erwähnt hatte. Als Paul sie öffnete, war Steve überrascht, die Stimmen von Sir Felix und Superintendent Bradley zu hören. Noch überraschter war sie, als sie die beiden in bequemen Sesseln zu beiden Seiten des elektrischen Kaminofens in einem modern eingerichteten kleinen Wohnzimmer sitzen sah.

Sie erhoben sich und wünschten der verblüfften Steve einen höflichen guten Abend. Sir Felix wirkte ganz entspannt, als er ihr die Hand schüttelte und sie bat, sich einen Stuhl zu nehmen.

»Geht es Ihnen gut, Sir Felix? Fühlen Sie sich hier wohl?«, erkundigte sich Temple, während sie sich setzten.

Sir Felix bot jedem eine Praline aus einer großen Schachtel an, dann nahm er selbst eine.

»Ja, mir geht es gut«, antwortete er. »Vorausgesetzt, ich muss nicht zu lange hier bleiben.« Er sah sich im Zimmer um und betrachtete die vielen signierten Porträts an der Wand. »Ich war schon an einigen seltsamen Orten, aber ich werde langsam zu alt für solche Abenteuer.«

»Das kann ich gut verstehen, Sir Felix«, sagte Temple ernst. »Ich habe Miss Delaway ausdrücklich gebeten, dafür zu sorgen, dass Sie alles bekommen, was Sie brauchen.«

»Oh, Miss Delaway kümmert sich sehr gut um mich«, sagte Sir Felix. »Sie scheint ein Typ zum Pferdestehlen zu sein!« Er kicherte gedankenversunken.

Bradley kam schließlich zum Punkt und fragte Temple besorgt: »Haben Sie mit Sir Graham darüber gesprochen, Mr. Temple?«

»Sie brauchen sich keine Sorgen zu machen, Bradley. Ich habe Ihnen diesbezüglich mein Wort gegeben und sie können sich auf mich verlassen.«

»Das weiß ich, Sir, aber ich bin dennoch ein wenig beunruhigt. Ich bin es nicht gewohnt, so zu arbeiten, und wenn irgendetwas schief gehen sollte ...«

»Ich verstehe Ihre Bedenken sehr gut, Bradley«, sagte Temple und klopfte ihm auf die Schulter. »Aber was auch immer passiert, ich werde die volle Verantwortung dafür übernehmen.«

»Ja, Sir, ich weiß, dass Sie tun werden, was Sie können. Aber Sie gehören schließlich nicht zum Yard und das hier verstößt gegen alle Regeln.«

»Ich fürchte, Bradley, wir müssen die Regeln genauso ungestraft brechen wie der Marquis, wenn wir ihn zur Strecke bringen wollen.«

»Aber war das alles nötig, Temple?«, warf Sir Felix ein. »Wenn ich es mal so sagen darf, dann scheint das hier doch eine ziemlich dramatische Vorsichtsmaßnahme zu sein.«

»Da stimme ich Ihnen zu«, sagte Temple ernst, »aber seien Sie versichert, Sir Felix, dass es dennoch von höchster Wichtigkeit ist.«

»Ich wünschte, jemand würde mir sagen, was eigentlich passiert ist!«, rief Steve fassungslos.

Temple bot den anderen eine Zigarette an und wandte sich dann an Steve.

»Ich werde dir sagen, was passiert ist, Liebling«, begann er in einem beruhigenden Ton. »Eine Reihe von höchst belastenden Fakten haben zweifelsfrei ergeben, dass Sir Felix der Marquis ist. Dementsprechend hat Sir Graham einen Haftbefehl gegen ihn ausgestellt und Bradley geschickt, um diesen zu vollstrecken. Ich wusste, dass dies unweigerlich geschehen würde und ich sagte Bradley, dass Sir Felix unter keinen Umständen verhaftet werden dürfe.«

Er klopfte eine Zigarette aus seinem Etui und fügte kühl hinzu: »Der Unfall war deshalb fingiert.«

»Aber Darling, auf Dauer kann das doch nicht geheim bleiben«, rief Steve erstaunt.

»Ich hoffe nicht, dass es das auf Dauer tun muss. Alles, was ich brauche, sind vierundzwanzig Stunden Gnadenfrist –

vielleicht auch achtundvierzig Stunden. In dieser Zeit kann eine Menge passieren, Steve. Revolutionen haben schon in geringerer Zeit stattgefunden.«

Er zündete sich die Zigarette an, stieß zwei ordentliche Rauchwolken aus und wiederholte: »Ja, in achtundvierzig Stunden kann eine Menge passieren.«

»Das hoffe ich, Mr. Temple«, erklärte Bradley inbrünstig, »das hoffe ich aufrichtig!«

Kapitel 15

Über jeden Verdacht erhaben

Als Sir Graham am nächsten Morgen im Büro ankam, war er überrascht zu hören, dass Temple seit neun Uhr auf ihn gewartet hatte. Schließlich fand er ihn beim Erkennungsdienst, wo er mit Hilfe einer Lupe Schriftproben verglich und gleichzeitig ein zwangloses Gespräch mit einem jungen Sergeant führte.

»Guten Morgen, Sir Graham«, sagte Temple lebhaft, schob einen kleinen Stapel Karteikarten in eine Ecke und gab die Lupe ihrem Besitzer zurück.

»Hallo, Temple«, sagte Forbes schroff. »Sie sind ein Frühaufsteher, nicht wahr?«

»Tja, ich nehme an, Sie kennen die Legende vom frühen Vogel ...«, lächelte Temple.

»Hm«, murmelte Forbes skeptisch.

»Die stimmt natürlich nicht immer«, fuhr Temple fröhlich fort. »Sie haben doch sicherlich auch schon bemerkt, dass viele Männer umso mehr Geld verdienen, je später sie im Büro erscheinen. Und wahrscheinlich wissen auch Sie nicht, Sir Graham, weshalb das so ist.«

»Nein«, grunzte Forbes, zog eine Zeitung unter seinem Arm hervor und faltete sie auf. »Es gibt eine Menge Fragen, die ich gerne beantwortet hätte. Haben Sie den *Morning Express* schon gesehen?«

»Leider war das frühe Aufstehen so anstrengend, dass ich noch keine Kraft hatte, in eine Zeitung zu blicken.«

»Tja, dann sehen Sie sich das mal an ...«

Er zeigte auf eine zwei Zentimeter große Schlagzeile auf der letzten Seite.

RÄTSELHAFT:
SIR FELIX REYBOURN VERMUTLICH AM LEBEN
– EIN WEITERES GEHEIMNIS VON SCOTLAND YARD

Temple überflog die in großen Lettern gedruckte Zusammenfassung der Geschichte.

»Hm, das klingt für die Leserschaft wirklich nach einem Knüller«, murmelte er in unverbindlichem Ton.

»Aber es ist ein Haufen verdammter Unsinn. Kein einziges Wort davon ist wahr!«, schnauzte Sir Graham. »Bradley hat die Leiche identifiziert und ich habe noch niemals erlebt, dass er sich je geirrt hat.«

»Wenn Sie wollen, dann rufe ich Castleton, den Redakteur, an. Er ist ein guter Freund von mir«, bot Temple an. »Es würde mich interessieren, wie sie an diese Geschichte gekommen sind.«

»Diese verdammten Redakteure geben doch nie etwas preis«, schnauzte Forbes. »Ich habe es schon selbst versucht.«

»Ich glaube, ich kann das mit Castleton klären«, sagte Temple. »Wir sind alte Freunde und er weiß, dass ich alles für mich behalte, was er mir im Vertrauen sagt. Außerdem habe ich ihm schon den einen oder anderen Knüller verschafft.«

»Hm, es kann wohl nicht schaden, wenn Sie es versuchen. Sie können ihn von meinem Büro aus anrufen. Ich bin in zehn Minuten bei Ihnen – in der Zwischenzeit kann ich hier auch noch ein oder zwei Dinge überprüfen, wenn ich schon mal hier bin.«

Als Sir Graham in sein Büro zurückkehrte, las Temple gerade nochmals sorgfältig den Zeitungsbericht. Er war in einem geschickten, modernen Stil abgefasst. Der Reporter hatte den wenigen Fakten, die ihm zur Verfügung standen, genau das richtige Maß an Phantasie hinzugefügt.

»Und, schon Erfolg gehabt?«, fragte Forbes. Temple legte die Zeitung weg.

»In gewisser Weise«, antwortete er. »Castleton war hocherfreut über meinen Anruf, denn der Bericht kam anscheinend auf recht geheimnisvolle Art zustande. Einer der Nachtreporter fand ihn auf seinem Schreibtisch, als er von einem Snack in der Kantine zurückkam. Der Text kam gerade noch rechtzeitig für den Druck, war mit Schreibmaschine getippt und mit den Initialen eines ihrer zuverlässigsten Reporter unterschrieben. Der Chefredakteur hat ihn sofort genehmigt.«

»Und wer ist dieser Reporter?«

»Ein Kerl namens Jimmy Fane.«

»Ach ja, ich kenne Fane sehr gut«, sagte Forbes.

»Das Problem ist jedoch, dass Fane anscheinend nichts über den Bericht weiß«, fuhr Temple fort. »Er hat diese Woche Tagschicht und gestern Abend einen geselligen Abend im ›Cheshire Cheese‹ verbracht. Er kann sich kaum an etwas erinnern. Als er heute Morgen gegen 8.30 Uhr ins Büro kam, ließ ihn Castleton zu einer Nachbesprechung über die Reybourn-Story holen. Allerdings musste er feststellen, dass Jimmy nicht die geringste Ahnung hatte, worum es ging.«

Forbes schnaubte. »Dann ist das alles nur ein verdammter Schwindel! Warum zum Teufel haben sie nicht hier im Yard angerufen, um die Sache zu überprüfen, bevor sie den Bericht druckten? Jetzt wird das Innenministerium wieder Zeter und Mordio schreien«, fügte er grimmig hinzu.

»Sie können ihnen immer noch die alte Geschichte von der Pressefreiheit erzählen«, grinste Temple.

Forbes setzte sich an seinen Schreibtisch und begann, seine Briefe durchzusehen. »Nun gut, wir können das Ganze auch einfach vergessen und mit der Arbeit weitermachen«, knurrte er.

»Nicht so schnell, Sir Graham«, sagte Temple und setzte sich auf die Ecke des Schreibtischs. »Jemand hatte doch offensichtlich größtes Interesse daran, alle Mühe und jedes Risiko auf sich zu nehmen, damit diese Geschichte im *Morning Express* gebracht wird.«

»Sie meinen den Marquis?«

»Wen sonst?«

»Aber warum sollte er?«

»Das ist doch ziemlich offensichtlich, Sir Graham. Dem Mann, hinter dem wir her sind, ist es gelungen, Sir Felix Reybourn unter erheblichen Verdacht zu bringen. Wenn er seine ruchlosen Aktivitäten fortsetzen will, ist es natürlich von Vorteil, den Verdacht weiter auf Sir Felix zu lenken, indem er behauptet, dass er gar nicht tot ist und immer noch von einem versteckten Ort aus operiert.«

»Da könnte etwas dran sein«, räumte der Chefkommissar ein. »Aber es bringt uns wohl auch nicht viel weiter.«

Temple lächelte. »Aber es erklärt das Rätsel um den Bericht im *Morning Express*.« Er nahm die Zeitung wieder in die Hand, die Tür öffnete sich und Ross erschien.

»Es tut mir leid, Sir«, entschuldigte sich Ross. »Ich wusste nicht, dass Sie Besuch haben.«

»Ist schon in Ordnung, Inspektor. Was gibt es?«

»Nur meinen Rohentwurf für den Bericht über die Sache in Bevensey. Ich dachte, Sie möchten ihn vielleicht sehen, ehe ich ihn zum Abtippen schicke.«

»Gut«, sagte Sir Graham und schob seine Post beiseite, »ich werde ihn kurz überfliegen.« Er nahm die säuberlich geschriebenen Blätter und während er sie durchblätterte, blickte Ross zu Temple hinüber.

»Steht etwas Interessantes in der Zeitung, Mr. Temple?«

»Haben Sie denn den *Morning Express* noch nicht gelesen?«, erwiderte Temple und reichte die Zeitung weiter.

»Nein, Sir, heute noch nicht.«

»Sie vermuten offensichtlich, dass Reybourn noch lebt«, sagte Temple trocken und deutete auf die betreffende Meldung.

Ross las die Schlagzeilen und stieß einen leisen Pfiff aus.

»Aber das ist doch alles Unsinn, Mr. Temple«, protestierte er. »Bradley hat die Leiche doch identifiziert und es ist unwahrscheinlich, dass ihm ein solcher Fehler unterlaufen würde.«

Temple nickte.

»Dennoch«, betonte er ruhig, »wäre es doch eine gute Nachricht, wenn Reybourn nicht tot wäre – oder, Inspektor?«

»Natürlich«, überlegte Ross. »Ja, doch! Das wäre es schon, Mr. Temple.«

Forbes blickte von seinen Papieren auf.

»Lassen Sie Ihren Bericht bei mir, Ross. Es gibt da noch ein oder zwei Kleinigkeiten, die ich mir ansehen möchte. Ich werde ihn Ihnen noch vor dem Mittagessen zurückschicken.«

»In Ordnung, Sir.«

Ross zog sich diskret zurück.

Temple ging tief in Gedanken versunken zu dem großen Erkerfenster hinüber. Er blieb einen Moment lang stehen und blickte auf den Platz hinunter. Schließlich sagte er: »Sir Graham, erinnern Sie sich an den Umschlag, den wir bei Roddy Carson gefunden haben? Der Umschlag mit der Adresse von Sir Felix Reybourn?«

Forbes blickte schnell auf. »Aber ja, ich habe ihn hier!«

Er öffnete eine Schublade und holte einige seiner farbigen Akten heraus. Schließlich stieß er auf den etwas schmutzigen Umschlag.

»Ich habe Ihren Sinn für Ordnung schon immer sehr bewundert, Sir Graham«, erklärte Temple feierlich und hatte den Hauch eines Zwinkerns in den Augen.

»Und was ist mit dem Umschlag?«, hakte Forbes nach, der das Kompliment gelassen ignorierte.

Temple ließ sich nicht aus der Ruhe bringen.

»Nun, Sir Graham, Sie erinnern sich doch an den Brief, den Storey uns gebracht hat – den Brief des Marquis an den ehrenwerten Charles Serflane?«

»Natürlich erinnere ich mich. Wir haben die Handschrift überprüft – es ist die gleiche wie die auf diesem Umschlag hier.«

»Das ist sehr interessant«, murmelte Temple nachdenklich.

»Worauf wollen Sie hinaus, Temple?«, fragte Forbes misstrauisch.

»Nichts weiter, Sir Graham. Ich frage mich nur, ob Sie nicht die Schrift auf dem Umschlag mit jener auf dem Bericht, der vor Ihnen liegt, vergleichen könnten.«

»Aber ... aber das ist doch der Bericht von Inspektor Ross«, stotterte Forbes skeptisch.

»Vergleichen Sie sie, Sir Graham«, sagte Temple nachdrücklich mit dem sanften Ton, den man normalerweise widerspenstigen Kindern gegenüber anwendet.

Forbes blinzelte, dann sah er auf den Bericht. Der rote Sekundenzeiger der elektrischen Wanduhr drehte sich fast einmal herum, ehe der Chefkommissar wieder sprach.

»Großer Gott! Das ist doch nicht möglich!«

»Ist es die gleiche Schrift?«, fragte Temple zaghaft.

»Ganz genau!« Forbes war völlig fassungslos. »Temple! Was zum Teufel hat das zu bedeuten?«

»Ich werde Ihnen sagen, was das bedeutet, Sir Graham«, sagte Temple sehr bedächtig. Er ging quer durch den Raum und schloss vorsichtig die Tür, die Inspektor Ross einen Spalt breit offen gelassen hatte.

Während Temple an diesem Abend im Bad war, wurde Roger Storey angekündigt und Steve empfing ihn im Wohnzimmer. Storey hatte inzwischen seine Schlinge abgelegt und schien mehr Farbe auf den Wangen zu haben, als Steve je zuvor an ihm bemerkt hatte.

»Mr. Temple sagte, er wolle mich wegen etwas Wichtigem sprechen«, sagte er zu Steve. »Aber wenn ich nicht gelegen komme, dann kann ich später auch gerne anrufen.«

»Nein, nein, setzen Sie sich doch, Mr. Storey«, forderte ihn Steve auf. »Ich bin sicher, dass Paul in ein paar Minuten fertig ist. Kann ich Ihnen etwas zu trinken bringen?«

Er schüttelte den Kopf. »Nein, danke. Ich weiß, es klingt

ein bisschen kühn, aber im Moment trinke ich keinen Alkohol.« Er lächelte etwas abwertend.

»Dann setzen Sie sich zum Kamin«, lud Steve ein. »Hier ist die Abendzeitung. Wenn Sie mich bitte entschuldigen wollen, dann gehe ich schnell zu Paul.«

Storey hielt seine Füße in Richtung der Flammen und schlug die Zeitung auf.

Temple betrat den Raum ein paar Minuten später in einem Morgenmantel, der aussah wie aus einer hektischen Noël-Coward-Komödie.

Roger Storey blickte von seiner Zeitung hoch und sprang dann auf. »Guten Abend, Mr. Temple. Ich habe Ihre telefonische Nachricht erhalten – tut mir leid, dass ich nicht da war, als Sie anriefen.«

Temple bemerkte, dass er schon wieder einen neuen Anzug trug.

»Das ist schon in Ordnung«, sagte Temple. »Entschuldigen Sie diesen exotischen Morgenmantel. Meine Frau meint, dass ein populärer Schriftsteller so etwas tragen sollte. Eigentlich war ich noch nie in China!«

Roger lachte, dann lehnte er neuerlich einen Drink ab. Temple mischte sich einen kleinen Whisky mit Soda und nahm ihn zum Kamin mit. Er schaute einige Augenblicke lang nachdenklich ins Feuer, ehe er sprach.

»Ich habe Sie gebeten, auf ein Gespräch vorbeizukommen«, begann er, »weil ... nun ja, es ist so, dass ich Sie um einen Gefallen bitten möchte.«

»Aber selbstverständlich«, antwortete Roger eifrig, seine Augen leuchteten vor Neugier.

Temple nippte an seinem Whisky. Er schien sich nicht sicher zu sein, wie er das Gespräch angehen sollte.

»Ich glaube ...«, sagte er langsam, »... Sie kennen doch Inspektor Ross – zumindest vom Sehen.«

Roger schien leicht überrascht zu sein.

»Ja, natürlich kenne ich Ross«, antwortete er.

Temple schien offenbar etwas sagen zu wollen, dann hielt er inne und fragte: »Was halten Sie von ihm?«

»Er scheint ein angenehmer Kerl zu sein«, antwortete Roger etwas ratlos. »Weshalb fragen Sie?«

Temple probierte seinen Whisky mit Soda.

»Storey«, sagte er leise, »ich möchte, dass Sie Ross überwachen.« Es gab eine kurze Pause, bevor Temple fortfuhr: »Ich möchte, dass Sie mir täglich Bericht erstatten, wo Ross sich aufhält. Ich will alles wissen, was er tut, welche Leute er trifft! Werden Sie das für mich tun?«

»Einen Kriminalinspektor *überwachen*?«, griff Storey die Worte Temples verdutzt auf.

»Genau.«

Storey blickte etwas verlegen weg. »Aber Ross ist doch über jeden Verdacht erhaben«, warf er ein.

»Niemand ist über jeden Verdacht erhaben, Storey«, sagte Temple und blickte ihn über sein Glas hinweg an. »Nicht einmal Sie oder Ross oder Bradley oder Mrs. Clarence – oder sogar Sir Graham, falls es dazu kommen sollte. Wir müssen jeden verdächtigen.«

»Sind Sie sich da ganz sicher?«, fragte Roger nach einem Moment des Zögerns.

»Sonst hätte ich Sie wohl kaum gebeten, hierher zu kommen.« Storey schien die Sache abzuwägen.

»In Ordnung«, entschied er schließlich. »Ich werde es tun, Temple!«

»Ich bin sicher, dass ich mich auf Sie verlassen kann«, sagte Temple mit ernster Miene. »Besonders nach den Erfahrungen, die Sie in den letzten Monaten gemacht haben.«

»Ich bin bereit, alles zu tun, wenn das Schwein, das Alice getötet hat, zur Rechenschaft gezogen wird«, sagte Roger mit plötzlicher Entschlossenheit. »Wissen Sie, wo Ross wohnt?«

Temple nahm ein Notizbuch aus dem Regal und las vor: »Neunundvierzig Birchfield Avenue, Wimbledon.«

Storey lieh sich einen Bleistift, um die Adresse auf einen

Zettel zu kritzeln. Dann fragte er: »Wann soll ich anfangen?«

»Heute Abend, wenn möglich. Je eher Sie damit beginnen können, desto besser. Es kann jeden Moment etwas passieren.«

»In Ordnung«, stimmte Roger zu. »Ich rufe Sie morgen Vormittag gegen zehn Uhr an.«

Er machte seinen Kamelhaarmantel zu, nahm seinen Hut und ging langsam auf die Tür zu. Als er sie öffnete, drehte er sich um.

»Trotzdem, Temple«, murmelte er und schüttelte den Kopf, »das alles kommt mir etwas schräg vor.«

Temple schien beim Frühstück am nächsten Morgen besonders fröhlich zu sein, was Steve sehr verwunderte, denn er hatte ihr nur sehr wenig über die weiteren Entwicklungen in Bezug auf den Marquis erzählt. Selbst ein Stapel Zeitungsausschnitte mit wenig begeisterten Kritiken über seinen neuesten Roman schien ihn nicht sonderlich zu bedrücken.

»Wie ich sehe, bildet sich der *Morning Express* ganz schön was auf seinen Reybourn-Knüller ein«, kommentierte Steve und warf ihm die Zeitung zu.

»Hm. Die Geschichte einfach so ohne offizielle Bestätigung zu drucken, hätte sie ganz schön in ernsthafte Schwierigkeiten bringen können. Jetzt sind sie außer sich vor Freude, weil es so gelaufen ist. Ich wundere mich über Castleton. Ich hätte mir gedacht, dass er vorsichtiger ist.«

»Das Leben in der Fleet Street ist so«, murmelte Steve. »Es ist ein Kampf jeder gegen jeden und keiner gönnt dem anderen etwas. – Ich nehme an, du hast Sir Graham gestern Nachmittag, als du bei ihm warst, über Sir Felix in Kenntnis gesetzt?«

»Da ein Reporter des *Express* bei ihm schon auf der Matte stand, dachte ich, dass dies dringend notwendig sei.«

»Was hat er dazu gesagt?«

Temple musste grinsen, als er sich daran erinnerte. »Ich

muss leider sagen, dass er sich ziemlich heftiger Worte bediente, die mit seiner Würde als Chefkommissar nicht vereinbar waren. Aber alles in allem ist es doch ganz gut gelaufen.«

»Armer Sir Graham«, meinte Steve mitfühlend. »Weißt du, Darling, wenn du einen wirklichen Schwachpunkt hast, dann ist es der, die Leute im Dunkeln zu lassen und sich darüber mächtig zu freuen. Im Moment kann ich mir beim besten Willen nicht vorstellen, was du im Schilde führst.«

Er lachte. »Na, das ist doch schon mal was, Steve!«
»Ja, aber warum so tun, als ob Sir Felix tot ist?«, beharrte sie.

Temple legte die Zeitung weg und begann, Marmelade auf seinen Toast zu streichen.

»Ganz einfach, weil ich wissen wollte, ob Sir Felix der Marquis ist oder nicht.«

»Aber ich dachte, du hättest dich bereits entschieden, dass er nicht der Marquis ist«, sagte sie erstaunt.

»Habe ich das, Liebling?«, antwortete er schlagfertig und wich ihrem direkten Blick aus.

»Hör zu, Paul«, erklärte sie etwas verärgert, »es hat keinen Sinn, mir gegenüber so geheimnisvoll zu tun ...«

»Weil du schon alles weißt, nicht wahr, Liebling?«, lachte er.

»Jedenfalls das meiste«, erwiderte sie und fühlte sich dennoch ein wenig hintergangen. In ihre Freude darüber, dass Sir Felix doch noch am Leben war, mischte sich nun große Neugierde über die Lage seines Verstecks. Doch das Auftauchen von Pryce verhinderte jede weitere Frage.

»Ich bitte um Verzeihung, Madam«, unterbrach der Butler sie sanft, »aber Sir Graham Forbes möchte Mr. Temple sofort sprechen, wenn es möglich ist.«

»Bitten Sie ihn herein, Pryce.«

Forbes entschuldigte sich vielmals: »Ich konnte nicht ahnen, dass Sie beim Frühstück sind, Temple.«

»Heute ist einer jener Vormittage, an denen ich nicht meine Frühaufstehernummer abziehe«, lächelte Temple. »Setzen

Sie sich doch und trinken Sie einen Kaffee mit mir.«

»Danke.«

Sir Graham zog seine Handschuhe aus und knöpfte seinen Mantel auf.

»Probieren Sie doch eine von den Zigaretten hier auf dem Tisch. Es handelt sich dabei um eine neue ägyptische Marke.«

Forbes zögerte, ehe er eine davon nahm.

»Normalerweise rauche ich nicht so früh, aber ich kann niemals widerstehen, eine neue Marke auszuprobieren.« Er zündete die Zigarette an und stellte eine Tasse schwarzen Kaffee auf sein Knie. Fast gleichzeitig legte er die Zigarette ab, nahm einen Schluck Kaffee und stellte die Tasse anschließend auf die Armlehne seines Stuhls.

»Temple, Sie erinnern sich doch an den Brief, den man dem Ehrenwerten Charles Serflane geschickt hat«, begann er.

Temple nahm einen Bissen von seinem Toast und nickte.

»Offenbar«, verkündete Forbes, »hat er einen weiteren erhalten.«

»Woher wissen Sie das?«

»Serflane hat schon auf mich gewartet, als ich heute Morgen in den Yard kam. Er war bei Bradley. Sie hatten den Brief bereits erfolglos auf Fingerabdrücke untersucht. Die Nachricht ist wohl gestern Abend mit der Post gekommen.«

Er nahm einen dünnen Zettel aus seiner Tasche und reichte ihn Temple, der ihn zweimal durchlas und dann in Gedanken versunken schien. Forbes nahm seine Zigarette wieder in die Hand.

»Nun, was halten Sie davon, Temple?«, fragte er schließlich.

Temple faltete den Brief zusammen.

»Ich denke«, antwortete er bedächtig, »dass er es diesmal ernst meint, Sir Graham.«

»Glauben Sie denn, dass er es beim letzten Mal nicht ernst gemeint hat?«, fragte Forbes mit hochgezogenen Augenbrauen.

»Nein«, antwortete Temple knapp.

»Wie kommen Sie darauf?«

»Nun, ganz einfach – es ist niemand in der U-Bahn-Station aufgetaucht«, erinnerte ihn Temple.

Forbes schnippte die Asche von seiner Zigarette.

»Aus dem einfachen Grund, dass der Marquis herausgefunden hat, dass Serflane mit Brief zu Roger Storey gegangen ist und dass Storey ihn zu mir gebracht hat.«

»Was steht in dem neuen Brief, Darling?«, fragte Steve wissbegierig.

Temple reichte ihn ihr und sie las:

SEHR GEEHRTER HERR!

SIE MÜSSEN DIESEN BRIEF ERNSTER NEHMEN, ALS DEN ERSTEN, DEN ICH IHNEN GESCHICKT HABE. AUßERDEM IST ER STRENG VERTRAULICH. DIE BRIEFE, DIE SIE AN MISS LARAINE CURTIS GESCHRIEBEN HABEN, BEFINDEN SICH IMMER NOCH IN MEINEM BESITZ. SIE SIND MEINER BESCHEIDENEN MEINUNG NACH IMMER NOCH GENAU 7.000 PFUND WERT. ICH SCHLAGE DAHER VOR, DASS SIE SICH DEN BETRAG BESCHAFFEN UND MICH MORGEN ABEND KURZ NACH ACHT UHR IM SALON DES ›OCTOBER‹-HOTELS, DALTON STREET, KENSINGTON, PERSÖNLICH TREFFEN.

DER MARQUIS.

Steve legte nachdenklich ihre Stirn in Falten.

»Er wird doch sicherlich nicht persönlich erscheinen«, sagte sie und versuchte, die Sache zu verstehen. Ein seltsames, ersticktes Keuchen von Sir Graham riss sie aus ihren Gedanken.

»Sir Graham, was ist los?«

Forbes umklammerte seinen Kragen, einen Moment lang schien es fast so, als sei er sprachlos. Mit zittriger Hand deutete er auf die Zigarette, die auf den Boden gefallen war. Temple lockerte den Kragen des Chefkommissars, während

Steve etwas Brandy holte.

Einen Augenblick später hob Paul Temple die Zigarette auf. Sie roch genau so, wie man es von einer brennenden ägyptischen Zigarette erwarten würde.

Steve kam mit dem Brandy angerannt und Forbes nahm mühsam ein oder zwei Schlucke, die ihm wieder Leben einhauchen zu schienen. Trotz Temples Versuch, ihn zurückzuhalten, kämpfte er sich auf die Beine.

»Vorsicht, er wird ohnmächtig!«, rief Steve. Sir Graham schwankte unsicher, dann schien er das Bewusstsein völlig zu verlieren. Während er nach vorne kippte, begann das Telefon so eindringlich zu klingeln, dass die Luft zu vibrieren schien.

Kapitel 16
Superintendent Bradley geht ins Kino

Es war Superintendent Bradleys freier Nachmittag, aber er freute sich nicht allzu sehr darüber. Bradley war nämlich in einer besonders gereizten Stimmung. Er war über den Reybourn-Schwindel überhaupt nicht erfreut und hatte die vage Vermutung, dass diese Sache als sehr fragwürdiges Experiment Eingang in die Akten finden würde. Forbes hatte sich bisher noch nicht zu dem Vorfall geäußert, aber Bradley wusste, dass er den vorgetäuschten Unfall nicht guthieß. Fairerweise musste er zugeben, dass er selbst nicht sonderlich begeistert wäre, wenn man die Rollen vertauschen würde. Zudem hatte dieser Schachzug von Temple bisher keinerlei Ergebnisse gebracht. Bradley hegte mittlerweile sogar Zweifel, ob dies jemals der Fall sein würde, aber Forbes äußerte sich vorerst nicht dazu.

Was Bradleys Laune noch mehr verschlechterte, war die Tatsache, dass das Verhältnis zwischen ihm und Ross in den letzten Tagen ausgesprochen angespannt gewesen war – und zwar seitdem man Ross beauftragt hatte, Lannie Dukes zu finden. Bradley hatte ihn jeden Morgen mit der Frage begrüßt, ob er dabei erfolgreich gewesen sei und gleichzeitig mit der Idee geliebäugelt, selbst Nachforschungen diesbezüglich anzustellen. Bekanntermaßen hatte Dukes Befehle des Marquis weitergegeben und konnte daher die Identität des Anführers der Organisation enthüllen.

»Gibt es etwas Neues von Lannie?«, fragte Bradley, als Ross das Büro betrat.

»Nein, nichts Neues!«, schnauzte Ross. »Ich habe mich in allen Kneipen und Verstecken, in denen er verkehrt, umgehört – so oft, dass es mir zum Hals heraushängt.«

»Sind Sie sich sicher, dass er Ihnen dabei nicht doch untergekommen ist?«, fragte Bradley.

In Ross' Augen lag ein gefährlicher Blick.

»Und wie bitte schön sollte er mir doch untergekommen sein?«, fragte er unheilvoll.

»Nun – er könnte verkleidet gewesen sein«, schlug Bradley vor.

Ross war kurz davor, seine Fassung zu verlieren.

»Hören Sie, Bradley, in all den Jahren hier habe ich gelernt, wie man Verkleidungen erkennt«, entgegnete er. »Und wenn Sie so darauf aus sind, dass er dingfest gemacht wird – warum suchen Sie ihn dann nicht selbst?«

Das hausinterne Telefon klingelte und verhinderte Bradleys Antwort, auch wenn es ziemlich fraglich war, ob er der Situation gewachsen gewesen wäre.

Bradley und Ross sprachen an diesem Morgen kaum noch miteinander. Als Bradley um ein Uhr den Bus nahm, war er immer noch missmutig und unzufrieden. Er schwor sich, irgendwie zu beweisen, dass es nicht jenseits der Fähigkeiten eines normal begabten Scotland-Yard-Beamten lag, Lannie Dukes zu fassen. Das einzige Problem war, dass er nicht so recht wusste, wie er es anstellen sollte. Lannie war aus seinem gewohnten Umfeld verschwunden und ging anscheinend auf Nummer sicher, indem er in der Millionenmetropole irgendwo untergetaucht war. Natürlich hätte Bradley seine Personenbeschreibung an alle Polizeistationen schicken können, aber damit hätte er auch gleichzeitig seine Niederlage eingestanden. Aus mehreren Gründen wollte Bradley, dass die Suche so geheim wie möglich gehalten wurde. Er hatte nämlich den starken Verdacht, dass der Marquis davon erfahren könnte, wenn man Dukes Beschreibung in Umlauf brächte. Außerdem wollte er sich so viel wie möglich zu seinen Gunsten gutschreiben lassen, für den Fall, dass man ihm Reybourns »Unfall« zur Last legen würde. Bradley war allerdings noch immer pessimistisch, was die Mittel und Wege betraf, den schwer fassbaren Lannie Dukes aufzuspüren.

Als er die schmucke moderne Doppelhaushälfte gleich hinter Denmark Hill erreichte, war Bradley immer noch damit beschäftigt, sich den Kopf darüber zu zerbrechen, wie er auf die richtige Fährte kommen könnte. Als er die Eingangspforte öffnete, hörte er die unverwechselbar schrille Stimme der siebenjährigen April Bradley. Noch während er seinen Schlüssel in die Haustür steckte, kam sie mit der unvermeidlichen Frage den Flur entlang gerannt: »Was hast du mir mitgebracht, Daddy?«

Obwohl es Aprils Geburtstag war, war diese Frage ihm so vertraut, dass Bradley sie überhörte. Er musste zugeben, dass er diesen bedeutsamen Anlass vergessen hatte, obwohl ihn seine Frau im morgendlichen Stress beim Verlassen des Hauses mit einem Zuflüstern daran erinnert hatte.

April zeigte ihren Unmut auf die übliche Weise und zwar indem sie sich mitten auf den Küchenboden setzte und schrie, bis sie rot im Gesicht war. Erst das Versprechen von Mrs. Bradley, dass Daddy noch am selben Nachmittag mit ihr ins Kino gehen würde, konnte sie besänftigen. Bradley wollte sie zur Rede stellen, aber ein grimmiger, drohender Blick seiner Frau ließ ihn verstummen. Er wusste, dass es reine Zeitverschwendung war, sich zu streiten.

Obwohl sie nur rund einen Meter sechzig groß war und gerade einmal 50 Kilogramm wog, pflegte Mrs. Bradley sich bei ihrem Mann durchzusetzen. Sie hatte eine flinke Zunge, die scharf war, ohne übermäßig spitz zu sein, und ihre ruhigen braunen Augen hatten eine Durchschlagskraft, der ihr Mann nur schwer widerstehen konnte. Sie war es, die darauf bestanden hatte, ihr einziges Kind April zu nennen. Bradley hatte ohne Widerspruch zugestimmt, obwohl er diesen Namen insgeheim für affektiert hielt und ihn nie benutzte, ohne sich peinlich berührt zu fühlen.

Unter dem beherrschenden Einfluss ihrer Mutter hatte sich April schnell zu einem verzogenen Kind entwickelt.

Ständig teilte sie allen und jedem mit, dass sie eine kleine Prinzessin sei und unterließ es auch nicht, den wenigen Spielkameradinnen, die sich ihre Anmaßung noch gefallen ließen, Befehle zu erteilen. Dennoch machte April mit ihrem strohblonden Haar, den tiefbraunen Augen und dem perfekt geformten Mund immer einen guten Eindruck auf Fremde.

Superintendent Bradley hatte wenig Ahnung von den berechnenden Gedanken, die in diesem schlauen Kopf kreisten. Er war gewöhnlich viel zu sehr einen Fall vertieft, um zu bemerken, wie ihm Geschenke und Gefälligkeiten auf die Art und Weise abgerungen wurden, wie es sonst nur ein Schwindler bei seinem Opfer macht.

Während er sein Mittagessen aß, plauderte April fröhlich über die Filme, die sie sehen würden und sprach von dem, was ihr geliebter Daddy ihr in den Geschäften kaufen würde. Unbeeindruckt von dem Ausbleiben einer Antwort begann sie einen detaillierten Bericht über eine große Puppe, die sie am Vortag gesehen hatte.

»Du bist so still«, kommentierte Mrs. Bradley ein wenig beleidigt hinsichtlich der nichtvorhandenden Kommunikation mit dem gemeinsamen Sprössling.

»Hm«, brummte ihr Mann mit vollem Mund.

»Warum kannst du nicht einmal an ihrem Geburtstag nett zu ihr sein?«, fragte Mrs. Bradley in forderndem Ton.

»Ich unternehme doch gleich etwas mit ihr, oder nicht?«, fragte er mürrisch, denn er genoss die Ausflüge mit der rücksichtslosen April nicht besonders. Dabei hatte er sich eigentlich darauf gefreut, an diesem Nachmittag bis zum Dulwich Park zu spazieren und dabei den Fall Marquis ohne die ständigen Unterbrechungen Aprils in Gedanken nochmals durchzugehen. Er fühlte sich jedoch seiner Tochter gegenüber verpflichtet und da er sie in vielerlei Hinsicht gern hatte, wäre es ihm im Traum nicht eingefallen, ihr diese Geburtstagsfreude nicht zu bereiten.

Nach dem Mittagessen machte er es sich in einem Sessel

bequem, während seine Frau damit beschäftigt war, die unverbesserliche April in ein zierliches Engelchen zu verwandeln – mit Locken, blauen Schleifen und vordergründiger Treuherzigkeit.

Es war schwer zu sagen, ob sich Mutter oder Tochter mehr über das Ergebnis dieser Arbeit freuten.

Während April entschlossen seine Hand umklammerte, hielt Bradley einen Bus der Linie 68 an und hievte seinen kostbaren Schützling an Bord. Dabei bemerkte er die Damen mittleren Alters kaum, die dem Kind liebevolle Blicke zuwarfen und sich gegenseitig anerkennende Kommentare zuflüsterten. April hingegen entging davon nichts, sie saß aufrecht auf ihrem Sitz mit der Anmut einer Herrscherin auf dem Thron und plapperte weiter von der Puppe, die sie gesehen hatte und die ihr Papa ihr unbedingt noch heute kaufen sollte. Nachdem Bradley allerdings von seiner Frau erfahren hatte, dass die Puppe vier Pfund und fünf Schillinge kostete, war er ebenso entschlossen gewesen, einmal ein Machtwort zu sprechen.

Sie stiegen in Camberwell Green aus dem Bus und begannen einen Kinorundgang. Bradley interessierte sich für ein Kino, in dem eine Wiederaufführung von *Trader Horn* gezeigt wurde, aber April erklärte mit Nachdruck, dass sie das nicht interessierte. Schließlich führte sie ihn in eine Seitenstraße zu einem Lichtspielhaus, das er bisher nicht kannte, das sie aber zweimal mit ihren Schulfreunden besucht hatte. Den reißerischen Plakaten vor dem Gebäude zufolge war die aktuelle Attraktion ein atemberaubender Western mit dem Titel *Die Teufelsreiter von Mesa City*. Dieser fand offenbar Aprils uneingeschränktes Interesse.

Bradley fragte an der schmuddeligen Kinokasse nach zwei Galerieplätzen. Sie stiegen die schmutzige Treppe mit dem abgewetzten Teppich hinauf und betraten den muffig riechenden Kinosaal, wo sie von einem plötzlichen Aufschrei begrüßt wurden, als hundert fröhliche junge Zuseher einem Mann zujubelten, der auf einem Pferd über die Leinwand ritt, als ob sein Leben davon abhinge. Mit eindringlicher Stimme befahl April ihrem Vater, ihr bei einem Kinoangestellten Schokoladepralinen zu kaufen und zerrte ihn dann hinter sich her zu einem Platz in der ersten Reihe, wobei sie sich an einem halben Dutzend murrender Gäste wie eine Königin, die ihre Sklaven missachtet, vorbeiquetschte. Dann machte sie sich über die Pralinen her und bot ihrem gefälligen Elternteil nachträglich eine an. Sie machten es sich bequem, um den Taten der berüchtigten Teufelsreiter beizuwohnen, was zumindest den Zweck erfüllte, April für jeweils etwa fünf Minuten zum Schweigen zu bringen und Bradley die Möglichkeit gab, über seine eigenen Probleme nachzudenken. Der ununterbrochene Lärm, den der jüngere Teil des Publikums verursachte, steigerte sich jedoch zu einem regelrechten Toben, als der Hauptfilm endete und eine sehr altmodische Serie folgte: *Der Furchtlose schlägt wieder zu.*

Bradley verfolgte die reißerischen Abenteuer des unerschrockenen Protagonisten mit eher mäßigem Interesse. April hingegen schien sich sehr gut zu amüsieren.

Es dämmerte bereits, als sie das stickige kleine Kino verließen und zurück auf die Hauptstraße gingen. Dort wurde Aprils Aufmerksamkeit sofort von der Musik und den hellen Lichtern einer Spielhalle erregt, in die sie ihren Vater gegen seinen Willen hineinzerrte. Ihre Mutter hatte ihr das Betreten des Ladens verboten, aber April wusste, dass ihr Vater davon keine Kenntnis hatte. Sie beherrschte nur zu gut die Kunst, einen Elternteil gegen den anderen zu ihrem eigenen Vorteil auszuspielen.

Die Spielhalle war ziemlich voll, vor allem mit Jugendlichen, die ihr Glück an Flippern und anderen Glücksspielautomaten versuchten. Diese waren nur aufgestellt worden, damit diese Halbgebildeten ihr hart verdientes Geld dafür ausgaben. April steuerte geradewegs auf eine große Glasvitrine zu, in der sich Süßigkeiten und kleine Spielzeuge stapelten, die von einem Miniaturkran erfasst und in die wartende Hand eines jeden gelegt wurden, der einen Penny riskieren wollte. Dass das meiste von der Schaufel rutschte, bevor es die Erwartungsfrohen erreichte, schien die jugendlichen Glücksspieler nicht abzuschrecken.

Bradley gab seiner Tochter vier Pence in Münzen und sah sich nachdenklich um, während sie sich amüsierte. Er fragte sich, wann man das Gesetz anpassen würde, um die Aktivitäten in derartigen Lokalen einzuschränken. Er blickte die Spielhalle entlang bis zum hinteren Ende, wo zwei oder drei Jugendliche bang mit Luftgewehren auf eine Reihe von Gegenständen zielten, die sich auf der Hinterseite des Schießstandes hin und her bewegten.

»Hierher, Herrschaften – hier entlang! Macht euch zum Schießen bereit!«, bellte eine heisere Stimme in Abständen. Zum ersten Mal glaubte Bradley, einen vertrauten Ton in dieser Stimme zu erkennen. Er sah den Mann fragend an und blinzelte dann so, als ob er seinen Augen nicht trauen konnte. Aber es gab keinen Zweifel. Der auffällig gekleidete Mann mit dem fuchsfarbenen Gesicht hinter dem Schießstand war Lannie Dukes.

Bradley stand einige Sekunden lang ganz still und überlegte, wie er am besten vorgehen sollte. Dann ergriff eine kleine Hand die seinige.

»Mehr Pennys, Daddy«, forderte Miss Bradley und stopfte sich gleich zwei sehr seltsam aussehende Süßigkeiten in den Mund. Bradley reichte ihr mechanisch zwei Pence und sah zu, wie sie sie ausgab. Dann gelang es ihm, sie zu überreden, ihn zur Tür zu begleiten.

»Ich möchte, dass du ein braves Mädchen bist und allein mit dem Taxi nach Hause fährst, April«, sagte Bradley. April jedoch schien der Meinung zu sein, dass die Show noch ein wenig länger dauern sollte. Die Aussicht auf zuhause und ihr Bett waren nicht besonders verlockend.

»Jetzt hör mal zu, April«, fuhr Bradley etwas verzweifelt fort, »wenn du jetzt nach Hause fährst, kaufe ich dir die Puppe.«

»Morgen?«, beharrte die unerbittliche April.

Bradley stimmte zu und April war zufrieden. Sie wusste, dass sie sich auf ein Versprechen ihres Vaters verlassen konnte. Er führte sie ein Stück die Straße entlang zu einem Taxistand, gab einem Fahrer seine Adresse, setzte April in den Wagen und kritzelte eine kurze Notiz an seine Frau auf einen alten Umschlag. April fuhr los und stellte sich vor, wie sie als Prinzessin einen Triumphzug durch eine ihr ergebene Stadt anführte.

Bradley kehrte in die Spielhalle zurück und schob sich langsam bis zum anderen Ende durch. Er war bis auf zehn Meter an Dukes herangekommen, als dieser ihn erkannte, mitten im Gespräch mit jemanden abbrach, sich abrupt umdrehte und zu einer Tür im hinteren Teil der Halle eilte.

Bradley verlor keine Zeit und folgte ihm. Er konnte gerade noch sehen, wie er einen Raum am Ende eines kurzen Ganges betrat. Bradley stürzte auf die Tür zu und erreichte diese, bevor Lannie sie zuschlagen konnte. Der Superintendent stürmte gerade noch rechtzeitig in den Raum, um zu sehen, wie Lannie an einer zweiten Tür hantierte, die offensichtlich ein Notausgang aus dem Gebäude war.

Bradley packte Dukes in jenem Moment, als dieser die Tür aufriss.

»He, lassen Sie mich los – Sie haben nichts gegen mich in der Hand!«, erklärte Lannie heiser, während er versuchte, sich aus Bradleys fachmännischem Griff zu befreien.

Bradley warf ihn auf einen Stuhl und baute sich drohend vor ihm auf.

»Wir haben eine Menge gegen dich in der Hand, Lannie, und das weißt du auch! Du bist in die Affäre um die Bombay Road verwickelt und du warst einer der Männer, die Mrs. Temple entführt haben! Oh ja, wir haben viel gegen dich in der Hand, Lannie. Und es sieht so aus, als würdest du dieses Mal eine längere Haftstrafe bekommen als alle anderen bisherigen zusammen – es sei denn, du machst den Mund auf«, fügte er in einem bedeutungsvollen Ton hinzu.

»Aus mir kriegen Sie nichts raus.«

»Dann wirst du wohl fünf Jahre Urlaub machen, vielleicht auch mehr, wenn wir beweisen, dass du definitiv mit den Marquis-Morden in Verbindung stehst.«

»Ich sag' Ihnen doch, ich werde nicht ...«

»Na gut«, sagte Bradley knapp, »es wird nur noch schlimmer für dich, wenn wir eindeutige Beweise haben. Und ich kann dir sagen, Lannie, dass es nur noch eine Frage von ein oder zwei Tagen ist, bis Mr. Temple diese Angelegenheit geregelt hat.«

Die Erwähnung von Temples Namen schien mehr Wirkung auf Lannie zu haben, als jede der vorherigen Drohungen. Er leckte sich nervös über die Lippen, rutschte unbehaglich auf seinem Stuhl hin und her und sah sich nach einer möglichen Fluchtmöglichkeit um, schien aber keine zu finden.

»Wenn ich den Mund aufmache«, schlug er vor, »woher weiß ich dann, dass Sie mich ungeschoren davonkommen lassen?«

Bradley zuckte mit den Schultern. »Sie können sich nur auf mein Wort verlassen. Aber es wird auf jeden Fall Ärger geben, Lannie, also denke ich, du solltest es einfach mal versuchen.«

Lannie sah sich wieder im Zimmer um, als hätte er Angst, belauscht zu werden.

»Was wollen Sie wissen?«, fragte er mit einer fast flüsternden Stimme.

»Wer hat dich geschickt, um Mrs. Temple abzuholen?«, fragte Bradley schnell.

Lannie leckte sich erneut über die Lippen und zögerte, bevor er murmelte: »Das war der Marquis.«

»Und der Laden in der Bombay Road – hat er ihn geleitet?«

Lannie nickte.

»Ich habe nur getan, was er mir aufgetragen hat. Wir haben alle so gearbeitet: Er hat uns alle zwei Tage unsere Aufträge gegeben. Er hat uns gesagt, wo wir das Zeug abholen und wo wir es abliefern sollen. Er war nie länger als zehn Minuten da, wir haben ihn kaum gesehen.«

»Wer hat Rita Cartwright getötet?«

»Das war auch der Marquis.«

Lannie wischte sich mit dem Handrücken die Schweißperlen von der Stirn.

»Dann nehme ich auch an, dass es der Marquis war, der dir den Hinweis darauf gab, dass wir dich suchen. Und er hat dir gleichzeitig auch gesagt, dass du untertauchen sollst«, fragte Bradley nachdenklich.

Lannie nickte, sagte aber nichts.

Bradley hielt inne, bevor er weitersprach. »Da ist nur noch eine Frage, die ich dir stellen möchte, Lannie.«

»Ja, Sir, ich glaube, ich weiß welche ...«

»Hast du den Marquis gesehen? Hast du ihn erkannt? Weißt du, wer er wirklich ist?«

»Ja«, antwortete Lannie langsam. »Ich kenne ihn sehr gut, und Sie würden nie erraten, wer er ist – nicht in hundert Jahren.«

Noch einmal blickte er sich ängstlich um, dann flüsterte er: »Der Marquis ist ...«

Doch bevor er seinen Satz beenden konnte, ging das Licht aus, der dumpfe Schuss eines Revolvers ertönte und Bradley sah, wie Dukes Körper vor ihm zusammensackte. Eine Tür schlug zu. Bradley tastete nach der kleinen Taschenlampe, die er immer bei sich trug und rannte zur nächstgelegenen Tür. Er glaubte, Schritte auf dem Korridor zu hören, dann war es bis auf die lauten Klänge aus den Lautsprechern in der Spielhalle still.

Kapitel 17
Betreff: Inspektor Ross

Während Steve und Temple sich bemühten, Sir Graham in einen Sessel zu heben, klingelte das Telefon noch zwei Minuten weiter. Sie stellten dabei fest, dass das Heben eines trägen Körpers von etwa neunzig Kilo ein gewisses Maß an Fachwissen und nicht wenig Kraft erforderte. Schließlich fuhr Temple mit seinen Händen unter Forbes' Achseln und forderte Steve auf, Sir Grahams Füße zu ergreifen. Mit vereinten Kräften gelang es ihnen, den Chefkommissar in den Sessel zu hieven.

Einen Augenblick später ging Steve zum Telefon hinüber und hob den Hörer ab.

»Hallo? Ach, Mr. Storey – einen Moment, bitte!«

Sie legte eine Hand auf den Hörer.

»Sag ihm, er soll mich um halb eins hier treffen«, rief Temple ihr zu. Steve übermittelte die Nachricht, während Temple die Zigarette von Sir Graham in die Hand nahm und sie noch einmal misstrauisch musterte. Sie war inzwischen erloschen. Temple nahm allerdings einen schwachen Geruch wahr, der ihm bekannt vorkam. Er schenkte eine Tasse starken schwarzen Kaffee ein und brachte sie dem Chefkommissar, der sich aufsetzte und damit Anzeichen zeigte, dass er wieder zu sich kam.

»Trinken Sie das, Sir Graham«, drängte Temple. Forbes bewegte sich leicht, als die heiße Tasse seine Lippen berührte. Mit kleinen Schlucken trank er langsam etwa die Hälfte des Tasseninhalts hinunter. Dann holte er zu einem tiefen Atemzug aus, setzte sich auf und sah sich um.

»Es geht mir wieder gut«, verkündete er. Temple bemerkte, dass Sir Graham wieder leichter atmete und dass seine normale rötliche Gesichtsfarbe zurückgekehrt war.

»Das war vielleicht ein böser Schreck. Ich frage mich nur, wie ...«, begann er, aber Temple unterbrach ihn.

»Trinken Sie lieber den Kaffee aus«, riet er. Forbes leerte die Tasse, während seine Gastgeber ihn sorgenvoll beobachteten. Schließlich stellte er die Tasse samt Untertasse ab und schloss den Kragen wieder, den Temple gelockert hatte.

»Ich bekam plötzlich keine Luft mehr«, sagte er. »Es war ein ganz seltsames Gefühl, schlimmer als ein gewöhnliches Würgen.« Vorsichtig tastete er seine Halsmuskulatur ab.

»Gleich geht es Ihnen wieder gut«, versicherte ihm Temple.

»Ja sicher, aber was zum Teufel war die Ursache, Temple?«, beharrte der Chefkommissar.

»Wie Sie schon vor Ihrer Bewusstlosigkeit festgestellt hatten, Sir Graham, war es die Zigarette.«

Temple hob sie auf und reichte sie ihm. Forbes schnupperte daran, legte die Stirn in Falten, schien aber kaum schlau daraus zu werden.

»Woher haben Sie sie, Temple?«

»Aus meinem gewohnten Tabakladen in der Regent Street.«

»Zum Teufel noch mal, dann sollten wir aber besser dort anrufen! Wenn diese Marke vergiftet ist, dann ...«

»Beruhigen Sie sich, Sir Graham. Das ist sie nicht. Nur diese spezielle Zigarette wurde vergiftet und für mich oder Steve bestimmt.«

»Aber wer zum Kuckuck sollte so etwas tun?«, fragte Forbes etwas verwundert.

Temple lächelte rätselhaft. Er fand eine kleine Dose und legte die Zigarette hinein.

»Mir fallen da ein oder zwei Leute ein, die glauben, sich an mir rächen zu müssen«, murmelte er. »Wie dem auch sei, es war gut, dass Sie den Kaffee getrunken haben, Sir Graham. Das Mittel in der Zigarette ist eher selten. Es heißt Lokai. Ich glaube, seine Geschichte reicht bis in das alte Ägypten zurück.«

»Ägypten?«, wiederholte Forbes scharf.

»Nein, nein, Sir Graham, fangen Sie nicht schon wieder damit an. Ich kann Ihnen versichern, dass Sir Felix Reybourn nicht mehr hier war, seit ich die Zigaretten gekauft habe.«

»Hm. Sie können aber unmöglich jeden bemerken, der sich hereinschleicht, während Sie weg sind«, erwiderte Sir Graham. »Aber warum war es gut, den Kaffee zu trinken?«

»Weil schwarzer Kaffee merkwürdigerweise so ziemlich das einzige Gegenmittel gegen Lokai ist«, erklärte Temple.

»Wenn das so ist«, sagte Sir Graham etwas hastig, »dann trinke ich noch eine Tasse, wenn es Ihnen nichts ausmacht. Nur um ganz sicher zu gehen.«

Er reichte seine Tasse an Steve weiter, die sie wieder auffüllte.

»Hat Storey bestätigt, dass er um halb eins hier sein würde?«, fragte Temple, der ebenfalls beschloss, noch eine Tasse Kaffee zu trinken.

»Ja«, antwortete Steve. »Er war so gutgelaunt wie immer.«

Forbes sah zu Temple hinüber. »Haben Sie mit Storey die Vereinbarung getroffen, die Sie erwähnten?«, fragte er.

»Ja, wie wir es besprochen hatten, Sir Graham«, antwortete Temple diplomatisch.

Forbes schüttelte zweifelnd den Kopf.

»Nun, Ross ist kein Narr, Temple. Er hat immer wieder ziemlich gute Arbeit für die Sonderkommission geleistet. Es wird nicht lange dauern, bis er bemerkt, dass Storey ihm auf den Fersen ist.« Er zog die Augenbrauen ratlos zusammen. »Ich weiß nicht, warum Sie ausgerechnet einen Amateur wie Storey auswählen mussten. Wenn Sie Ross beschatten lassen wollen, dann hätte ich ein halbes Dutzend erstklassiger Männer dafür ...«

»Ist schon gut, Sir Graham«, sagte Temple ruhig. »Man

kann auch zwei Fliegen mit einer Klappe schlagen.«

Forbes zuckte mit den Schultern. »Tja, es ist Ihre Idee und ich hoffe, dass sie funktioniert. Zumindest haben wir Storey damit für eine Weile vom Hals.«

»Armer Mr. Storey«, sagte Steve. »Er gibt sich so viel Mühe und ich bin sicher, er meint es gut.«

»Nur zu schade, dass er keiner regulären Arbeit nachgeht, die ihn beschäftigt«, schnaubte Sir Graham, der von Storeys hartnäckigen Methoden langsam die Nase voll hatte. »Was kann er gegen einen erfahrenen Mann wie Ross ausrichten?«

»Wie lange kennen Sie Inspektor Ross schon?«, fragte Temple.

Forbes überlegte einen Moment. »Mal sehen. Er kam um 1930 zum Yard. Es muss vierzehn Jahre oder noch länger her sein, als ich ihn zum ersten Mal getroffen habe. Ursprünglich stammt er aus Wimbledon. Er begann bei der dortigen Polizei und ging dann nach Liverpool. Bei der Klärung der Lascar-Mordfälle in Bootle hat er sich sehr gut angestellt.«

»Wie alt ist er?«

»Das habe ich gestern nachgesehen. Er ist siebenundvierzig.«

»Verheiratet?«

»Ja.«

»Wissen Sie etwas über sein Privatleben?«

Forbes schüttelte den Kopf. »Nein, in dieser Hinsicht ist er eher verschlossen. Er bleibt gern für sich, wenn er nicht im Büro ist.« Er zündete sich eine seiner Zigarren an.

»Entspannen Sie sich lieber noch ein wenig, bevor Sie zum Yard zurückfahren, Sir Graham«, riet Temple. Er wandte sich an Steve.

»Ich fahre heute Vormittag zu Sir Felix«, sagte er zu ihr. »Ich werde gegen zwölf zurück sein. Falls ich mich etwas verspäten sollte, dann versuche Storey hier festzuhalten.«

»In Ordnung, Darling«, stimmte Steve zu.

»Apropos Sir Felix«, sagte Forbes, »wie ich sehe, machen

die Zeitungen immer noch einen Riesenwirbel.«

»Das wird sich legen«, versicherte ihm Temple. »Die Zeitungen können es sich nicht leisten, ständig ein totes Pferd zu reiten – selbst wenn es wieder lebendig wird!«

Forbes runzelte die Stirn.

»Ich wünschte, Sie könnten das mit dem Innenminister ausmachen. Ich hatte gestern Abend fünf unangenehme Minuten am Telefon mit ihm. Anscheinend haben ein oder zwei Abgeordnete damit gedroht, eine Anfrage über die unorthodoxen Methoden von Scotland Yard zu stellen.«

»Warum erinnern Sie ihn nicht daran, dass jede Anfrage eines Abgeordneten das Land fünf Pfund kostet?«, lachte Temple.

»Hm ... na ja, solange wir Ergebnisse liefern können«, schnaubte Forbes etwas zweifelnd. »Also, was ist mit diesem Brief an Serflane? Ich nehme an, Sie nehmen ihn ernst?«

»Das ist richtig, Sir Graham. Wir müssen unsere Pläne diesbezüglich sorgfältig ausarbeiten. Außerdem müssen die Einzelheiten geheim gehalten werden.«

Forbes saß ein paar Minuten lang mit einem gedankenverlorenen Blick in den Augen da, so als ob er über einen Einsatzplan nachdenken würde. Plötzlich setzte er sich auf.

»Ich muss los«, beschloss er und erhob sich rasch von seinem Stuhl.

»Ich habe einen anstrengenden Tag vor mir, um diese Sache zu planen. Ich werde Sie später über die Vorkehrungen für heute Abend informieren.«

Forbes ging ein wenig unsicher zur Tür, blieb dann stehen und erkundigte sich: »Ach übrigens, wo ist Sir Felix eigentlich? Das haben Sie mir nie gesagt.«

»Er ist im ›The Clockwise‹. Sie wissen schon, in dem Nachtclub.«

»Das ›The Clockwise‹?«, wiederholte Forbes völlig erstaunt.

»Aber doch nicht in Maisie Delaways Laden?«

»Doch, ganz genau in dem.«

»Gütiger Himmel«, gluckste Forbes. »Dort hätten wir ihn in tausend Jahren nicht gefunden!«

Der Chefkommissar, der immer schon dazu geneigt hatte, die schlüpfrigen Eigenschaften von Maisies Unterhaltung überzubewerten, schien die Situation mit Humor zu nehmen.

»Das muss aber eine ganz schöne Erfahrung für den alten Knaben sein«, grübelte er mit einem frostigen Lächeln.

Ein Nachtclub im kalten, harten Licht des Morgens ist kaum ein erbaulicher Anblick und würde wahrscheinlich mindestens fünfzig Prozent seiner Besucher abschrecken. Das ›The Clockwise‹ bildete keine Ausnahme von dieser Regel, als ihn Temple kurz nach elf Uhr vormittags betrat.

Die Tische waren noch nicht abgeräumt, im Raum hingen viele Luftschlangen umher. Die vorangegangene Nacht war eine Galanacht gewesen. Zwei uralte Putzfrauen bemühten sich, etwas Ordnung in das Chaos zu bringen, während in einer entfernten Ecke vier sehr müde Tänzerinnen zu einer stakkatoartigen Klavierbegleitung eine neue Nummer probten. Immer und immer wieder wiederholten sie dieselbe Stelle, bis sie sie wie Maschinen beherrschten.

Temple ging durch den Tanzsaal in das Büro, wo er Gus vorfand, der mühsam und mit lauter Stimme einen riesigen Stapel Banknoten und einen Haufen Münzen zählte. Er blickte misstrauisch auf, als sich die Tür öffnete, und lächelte dann herzlich, als er seinen Besucher erkannte.

»Aber hallo, Mr. Temple, das ist ja eine Überraschung.« Er schob die Notizen beiseite, als wäre er froh darüber, seine Berechnungen verschieben zu können.

»Wo ist Maisie?«, fragte Temple, nachdem er die Begrüßung erwidert hatte.

»Vielleicht ist sie schon auf, vielleicht auch nicht. Es ist noch früh für sie«, sagte Gus. »Wollen Sie sie sehen?«

»Wenn möglich.«

Gus drückte einen Knopf und als ein winziger Page erschien, schickte er ihn hinaus, um Maisie zu holen. Dann setzte er das Zählen mit einem Seufzer fort.

»Es macht Ihnen doch nichts aus, wenn ich das hier fertig mache?«, fragte er Temple. »Wenn ich kann, dann möchte ich es vor zwölf zur Bank bringen.«

Temple nickte und ließ sich auf der Armlehne eines Stuhls nieder.

Als Maisie kam, führte Gus sie in ein kleines privates Wohnzimmer hinter dem Büro.

Sie nahm eine Zigarette an, ließ sich in einen Sessel sinken und legte ihre sehr gepflegten Füße auf einen anderen Stuhl.

»Nun, Paul«, lächelte sie, »was ist los?«

»Nichts ist los, Maisie«, versicherte er ihr freundlich. »Ich bin nur gekommen, um deinen Gast zu sehen. Wie geht es ihm?«

Die humorvollen Augen funkelten.

»Oh, es geht ihm gut. Er ist immer noch der perfekte Gentleman und macht überhaupt keine Schwierigkeiten. Er fängt an, den Laden zu mögen. Es würde mich nicht wundern, wenn er Stammgast wird. Er ist auch sehr aufgeschlossen und findet mein Lied über die beiden Elefanten einfach nur niedlich – auch wenn er meint, dass das mit echten Elefanten nicht passieren könnte.«

Sie hielt inne und ein nachdenklicher Ausdruck huschte über ihre wohlgeformten Züge.

»Sag mal, Paul, warum hast du mich nicht in diese Ägyptologie eingeführt? Ich glaube, dass das hochinteressant ist.«

Temple lachte. »Du hast noch viel Zeit vor dir, um alle Geheimnisse der Pharaonen zu erforschen.«

Sie schüttelte den Kopf.

»Du wirst lachen, studierter Mr. Temple, aber Sir Felix hat so gut wie zugesagt, mich auf seine nächste kleine Reise mitzunehmen – ob du es glaubst oder nicht!«

»Dann muss ich dem wohl einen Riegel vorschieben«, ermahnte Temple sie. »Ich kann doch nicht zulassen, dass bezaubernde Rothaarige unsere Experten von ihren Ausgrabungen abhalten.«

»Meinst du!«, erwiderte besagte Rothaarige mit einer Grimasse.

»Wo ist der alte Knabe?«, fragte Temple.

»Er ist immer noch im selben Zimmer. Willst du ihn jetzt sehen?«

Sie sprang auf. Sie stellten fest, dass Gus das Vorzimmer verlassen hatte, vermutlich um seine kostbare Last zur Bank zu bringen. Mit der Hand auf der Türklinke hielt Temple inne. Nachdem er sich vergewissert hatte, dass sich niemand in Hörweite befand, murmelte er: »Bevor ich es vergesse, Maisie ... Ich möchte, dass du versuchst, für mich etwas über ein Mädchen namens Lydia Staines herauszufinden. Sie war Tänzerin, ging um 1929 nach Amerika und arbeitete einige Monate lang im ›Miami-Club‹ in der zweiundvierzigsten Straße.«

Maisie spitzte nachdenklich die Lippen.

»Das ›Miami‹? Das war damals das Lokal von Harry Van Delson«, rief sie. »Sieht so aus, als hättest du Glück ...«

»Warum?«

»Harry ist hier bei uns, er arbeitet in der Sanderson-Abteilung.«

»Die Frage ist, ob er etwas über Lydia Staines weiß«, sagte Temple.

»Wenn es um Frauen geht, dann hat Harry alle Telefonnummern«, informierte sie ihn mit ihrem ausladenden Lächeln.

»Ja, aber hast du auch seine Telefonnummer?«

»Nein«, sagte Maisie, »aber er hat meine!«

»Wer könnte ihm das verdenken?«

Sie warf ihre berühmte rotblonde Lockenmähne nach hinten. »Ich schätze, dass ich ihn dir noch heute aufspüren kann«, versicherte sie überzeugt.

Sie verabschiedeten sich an Sir Felix' Tür.

Als Temple eintrat, war der Ägyptologe in höchstem Maße darum bemüht, die offensichtlich wütende Mrs. Clarence zu beruhigen.

»Es hat keinen Zweck, sich zu streiten, Sir Felix«, kam es mit tiefer, durchdringender Stimme, »Sie werden wieder ihre Leberprobleme bekommen, wenn Sie an einem so unwirtlichen Ort wie diesem bleiben. Als ich hereinkam, sah ich eine Menge junger Flittchen, die nichts anhatten außer ... Keine Widerrede, ab nach Hause mit Ihnen!«

Mrs. Clarence klopfte mit ihrem großen Regenschirm auf den Boden, um ihrem Satz Nachdruck zu verleihen. Sir Felix hingegen lächelte so, als ob er sich über einen Witz amüsieren würde.

»Da ist ja Mr. Temple. Er wird alle Ihre Fragen beantworten, Mrs. Clarence.«

Temple kam herein und schloss die Tür.

»Guten Tag, Sir Felix. Hallo, Mrs. Clarence, was ist denn los?«

»Genug ist los, wenn Sie mich fragen, Mr. Temple«, antwortete die gute Frau entrüstet. »Das ist kein Ort, an den man jemanden wie Sir Felix bringen sollte und das würde ich sogar dem König persönlich sagen.«

»Das ist schon in Ordnung, Mrs. Clarence«, beruhigte sie Temple. »Sir Felix muss nicht länger hier bleiben. Sobald Sie bereit sind, können Sie gehen, Sir Felix.«

»Nun, ich hoffe, das wird Mrs. Clarence beruhigen«, sagte Reybourn leicht amüsiert. »Bei Gott, einige Leute werden ganz schön überrascht sein, wenn sie erfahren, dass ich noch lebe und auf den Beinen bin. Ich habe gehört, dass man im Ausschuss des Ägyptologischen Instituts meinen Nachfolger bereits ernannt hat.«

»Das hat man dank Mrs. Clarence schnell wieder rückgängig gemacht, Sir Felix«, erklärte Temple vielsagend.

»Wie? Ich fürchte, ich kann Ihnen nicht ganz folgen.«

»Nun, leider hat Mrs. Clarence den Plan hier von Anfang an missbilligt. Außerdem hielt sie es für ihre Pflicht, ihn im Interesse Ihrer Leber zu durchkreuzen, Sir Felix.«

»Ich verstehe immer noch nicht.«

»Mrs. Clarence hat einen jungen Neffen namens Ernest Wingby, der als Laufbursche beim *Morning Express* arbeitet«, fuhr Temple mit monotoner Stimme fort. »Der junge Ernie ist ein sehr ehrgeiziger Bursche, er will einmal Reporter werden. Sein Idol ist ein gewisser Jimmy Fane, der Starreporter des *Express*. Der junge Ernie versucht, jede von Jimmys typischen Floskeln nachzuahmen und ich muss sagen, dass ihm das sehr gut gelingt. Er hat es sogar so gut gemacht, dass er es schaffte, den Chefredakteur zu täuschen – und das will schon was heißen!«

»Gut, aber wie ...«

»Mrs. Clarence hat ihrem Neffen die Geschichte von Ihrem vorgetäuschten Unfall erzählt«, verkündete Temple ruhig.

Die dralle Dame verschloss ihre Lippen zu einer festen Linie und machte keinen Versuch, die Anschuldigung zu bestreiten.

»Der junge Ernie wusste genau, dass ihm der Nachrichtenredakteur so eine Geschichte nicht überlassen würde. Aber wenn die Geschichte von dem Respekt einflößenden Jimmy Fane käme, wäre das etwas anderes. Also fälschte Ernie die Initialen seines Idols und hoffte, dass der Nachrichtenredakteur einlenken würde, wenn er feststellte, dass er einen echten Knüller gelandet hatte.«

Temple winkte Mrs. Clarence warnend zu.

»Das war sehr ungehörig von Ihnen, Mrs. Clarence. Ich musste einige wertvolle Stunden damit verschwenden, um diese Nachforschungen im Büro des *Morning Express* anzustellen. Und gerade im Augenblick ist die Zeit sehr knapp.«

Mrs. Clarence hingegen war nicht reumütig.

»Ich habe nie verstanden, warum Sir Felix sich verstecken und so tun musste, als sei er tot«, erklärte sie hartnäckig. »Alles Unsinn, wenn Sie mich fragen!«

Reybourn lächelte etwas amüsiert. »Es war Temples Idee, nicht meine«, erinnerte er sie.

»Und weiter?«, beharrte sie. »Wozu war das alles gut?«

»Es hat einen sehr nützlichen Zweck erfüllt – obwohl Sie unsere Pläne fast kaputt gemacht hätten«, sagte Temple leise. »Ehrlich gesagt war das alles eine absolute Notwendigkeit.«

Reybourn blickte schnell auf. »Was wollen Sie damit sagen, Mr. Temple?«

»Damit will ich sagen«, antwortete Temple bedächtig, »dass ich jetzt ohne den geringsten Zweifel weiß, wer der Marquis ist.«

Temple fand Roger Storey im Wohnzimmer vor, wo er angeregt mit Steve über ein neues Theaterstück diskutierte.

»Es tut mir furchtbar leid, dass ich zu spät bin, Storey«, entschuldigte er sich. »Haben wir noch einen Sherry, Steve?«

»Tut mir leid«, sagte Steve.

»Dann mixe mir einen Gin Tonic, Darling.«

Als sie gegangen war, um eine frische Flasche Gin zu holen, wandte sich Temple an Storey.

»Nun, was war letzte Nacht los?«

»Leider nichts Besonderes«, antwortete Roger, der einen sehr teuren Raglanmantel trug.

»Konnten Sie ihn finden?«

»Ja, ich habe Ross' Spur in Wimbledon aufgenommen und bin ihm dann zu einem Haus in Stepney gefolgt. Anscheinend hat er dort eine verheiratete Schwester.«

»Wie lange ist er geblieben?«

»Ungefähr eineinhalb Stunden. Beim Warten bin ich halb erfroren. Auf dem Rückweg nach Wimbledon ging er noch in ein ›Lyons‹-Café und aß dort etwas. Übrigens habe ich das Gefühl, dass er mich gesehen hat. Er ist ziemlich gerissen, wie Sie sicherlich wissen.«

»Ja«, sagte Temple nachdenklich, »er ist wirklich gerissen.«

In diesem Moment kam Steve mit dem Drink für Temple herein. Er nahm einen Schluck und fragte dann: »Hast du Storey von dem Brief erzählt, Steve? Den, den Sir Graham erwähnt hat?«

Steve schüttelte den Kopf. »Nein, wir waren zu sehr damit beschäftigt, über das neue Stück im ›Lyric‹ zu sprechen.«

»Was für ein Brief?«, warf Storey ziemlich eifrig ein.

Temple stellte sein Glas auf den Tisch.

»Offenbar hat Ihr Freund Serflane eine weitere Nachricht vom Marquis erhalten. Ich bin überrascht, dass er sich nicht mit Ihnen darüber in Verbindung gesetzt hat.«

Roger wirkte ziemlich erschrocken.

»Man hat mir ausgerichtet, dass es während meiner Abwesenheit mehrere Anrufe von einem Mann gab, der weder seinen Namen noch eine Nachricht hinterlassen hat. Das war, während ich hinter Ross her war«, erzählte er ihnen. »Ich dachte, die ganze Sache sei nur ein Scherz und nahm an, dass sich da jemand lustig machte und sich aus Jux und Tollerei ›Der Marquis‹ nannte.«

Temple nippte genießerisch an seinem Gin Tonic. »Ganz im Gegenteil«, erklärte er, »der Marquis hat versprochen, heute Abend um acht Uhr im Salon des ›October‹-Hotels in Kensington persönlich zu erscheinen.«

Rogers Staunen wurde immer größer. »Ach was, Temple, Sie nehmen mich auf den Arm«, warf er ein.

»Ganz und gar nicht«, antwortete Temple leise.

»Aber verdammt noch mal, der Marquis würde doch nicht einfach so geradewegs in dieses Hotel kommen.«

»Warum nicht?«, fragte Temple sanft. »Wenn er annimmt, dass Serflane dort die einzige Person ist, würde er kein großes Risiko eingehen. Schon gar nicht, wenn er siebentausend Pfund dafür kriegt.«

»Und selbst, wenn es riskant wäre«, fügte Steve hinzu, »könnte er doch zu denjenigen Leuten gehören, denen so etwas Spaß macht.«

Sie wurde durch das Telefon unterbrochen. Temple stellte sein Glas ab und ging zum Apparat hinüber. Es war ein Anruf von Sir Graham Forbes, der das Vorgehen an jenem Abend in allen Einzelheiten erläuterte. Noch während er sprach, spürte Temple, wie Roger ihn an seinem Ellbogen berührte und flüsterte: »Fragen Sie ihn, ob ich heute Abend mitkommen kann.«

In seinen Augen lag ein so dringender Appell, dass Temple nickte und in den Hörer sprach: »Sir Graham, Storey ist hier. Ja, er ist sehr daran interessiert, mitzukommen.«

Im Hörer war eine kleine Explosion zu hören. »In Ordnung, Sir Graham«, sagte Temple beruhigend, »ich garantiere Ihnen, dass er nicht stören wird. Gut, ich übernehme persönlich die Verantwortung dafür. Auf Wiederhören!«

Er legte den Hörer vorsichtig auf und wandte sich dann an Roger.

»Er wird kurz nach sieben hier sein, um den Plan nochmals durchzugehen. Am besten kommen Sie dann auch hierher. Ich habe gehört, dass Ross dabei sein wird, also können Sie ihn gleich unter Beobachtung halten.«

»In Ordnung«, sagte Roger und griff nach seinem Hut. »Dann gehe ich jetzt wohl besser. Ich habe eine Verabredung zum Mittagessen und danach kann ich Ross vor dem Yard abpassen. Diese Woche verlässt er ihn gegen zwei Uhr.«

»Nein«, entschied Temple, »lassen Sie Ross heute Nachmittag auf jeden Fall in Ruhe. Ich weiß zufällig, dass er damit beschäftigt sein wird, einige Protokolle in der Bow Street zu überprüfen.«

Storey fingerte etwas unbehaglich an seinem Hut herum.

»Sagen Sie, Temple ... Sie verdächtigen Ross doch nicht ernsthaft, oder? Ich meine ... na ja, genauso gut könnten Sie Superintendent Bradley verdächtigen.«

»Das tue ich auch«, erwiderte Temple mit Nachdruck. »Wie ich Ihnen schon sagte, verdächtige ich jeden. Ich bin von Natur aus sehr misstrauisch, nicht wahr, Steve?«

»Ja, ich denke, so kann man es sagen«, entschied Steve.

Temple nahm einen Schluck von seinem Drink und verzog das Gesicht. »Hm – da war aber nicht viel Gin drin!«

Als Storey gegangen war, öffnete Temple seine Brieftasche und reichte Steve einen grünen Zettel.

»Bevor ich es vergesse, Steve«, sagte er in einem geschäftsmäßigen Ton, »hier ist deine Eintrittskarte für heute Abend.«

»Was für eine Eintrittskarte?«, fragte Steve verwundert.

»Für das Theater, mein Schatz. Du hast gesagt, du willst die Show im ›Savoy‹ sehen.«

»Aber heute Abend kann ich da doch nicht hingehen«, unterbrach sie ihn.

»Und warum nicht?«

»Weil«, verkündete sie entschlossen, »ich mit dir nach Kensington fahre.«

»Oh nein, das wirst du nicht!«, schnappte Temple.

Ihre Augen weiteten sich. »Darling, das ist wohl nicht dein Ernst«, protestierte sie mit verletzter Miene.

»Doch, vollkommen!«

Mit einigem Widerwillen nahm sie das Ticket und betrachtete es skeptisch.

Er setzte sich an einen kleinen Tisch und machte sich einige Notizen in dem kleinen schwarzen Buch, das er immer bei sich trug. Steve zündete sich eine Zigarette an und schwirrte im Zimmer umher, indem sie hier eine Vase und dort ein Schmuckstück verschob. Schließlich fragte sie: »Paul, was wird heute Abend im Hotel passieren?«

Er schüttelte mit dem Kopf.

»Ich habe genauso wenig Ahnung wie du«, antwortete er ernst. »Aber ich kann mir vorstellen, dass es selbst die hartgesottenste Reporterin aus der Fassung bringen wird.« Er trank seinen Drink aus und legte ihr eine Hand auf die Schulter.

»Glaub mir, Liebling, im Theater wirst du dich viel wohler fühlen.«

Kapitel 18
Das ›October‹-Hotel

Kensington nach Einbruch der Dunkelheit wirkte auf Temple ein wenig unheimlich. Er überlegte, was sich für Tragödien hinter diesen kargen, dem Untergang geweihten viktorianischen Fassaden mit ihren hohen Fenstern, massiven Veranden und dem abblätternden Putz abspielten. Eine Straße hatte mit der nächsten so viel Ähnlichkeit, dass es beinahe beängstigend war. Temple fragte sich oft, wie die Bewohner inmitten dieser kargen Mauern den Weg zurück zum richtigen Haus fanden. Oberflächlich betrachtet war jedoch alles sehr ansehnlich, sogar vornehm.

Das ›October‹-Hotel hingegen versuchte krampfhaft, aus der Tradition von Kensington auszubrechen und die Jugend von heute zu bedienen. Es war aus leuchtend roten Ziegeln an jener Stelle erbaut worden, wo früher ein Gasthaus namens ›The Bear and Staff‹ gestanden hatte. Die Fenster waren massiv, die Türen verchromt und die Möbel mit auffallend rotem Leder bezogen. Die Bardamen waren ausnahmslos platinblond und von der umwerfenden Sorte. Anders als die angrenzende Konkurrenz, hatte das Hotel nur wenige Stammgäste. Das ›October‹ machte seinen Umsatz, indem man aus den Shortdrinks, die man der jungen Generation servierte, einen zweihundertprozentigen Gewinn zog. Diese Kundschaft machte viel Lärm, leerte jedoch gleichzeitig ihre Taschen, als ob es kein Morgen gäbe. In letzter Zeit war der Ruf des Hotels ein- oder zweimal in Frage gestellt worden, aber bisher hatte die Polizei nichts Konkretes gegen die Leitung in der Hand.

Als der Polizeiwagen vor dem Hotel vorfuhr, hörte man Musik aus einer Box plärren. Dazu ertönte schrilles Gelächter.

Ehe man losgefahren war, hatte man das bekannte blaue Polizeischild von diesem Wagen und allen anderen Autos, die folgten, entfernt.

»Sollen wir reingehen?«, fragte Forbes, der ungeduldig war, die Lage zu erkunden.

»Nein, wir warten hier noch ein bisschen«, entschied Temple und zündete sich eine Zigarette an.

»In Ordnung«, stimmte Forbes mit einigem Zögern zu, als der Fahrer den Motor abstellte. »Halten Sie den Motor warm, Johnson«, riet er, »vielleicht müssen wir wieder schnell von hier weg.«

»Jawohl, Sir«, nickte der Fahrer.

»Wollte Storey nicht mitkommen?«, fragte Forbes gleichzeitig.

»Ja, er hat angerufen und gesagt, dass er nicht in die Wohnung kommen könne, aber gleich nachkommen würde«, sagte Temple.

»Hm«, schnaubte Forbes ohne große Begeisterung, »ich glaube, wir kommen auch ohne ihn aus. Wo ist Steve heute Abend?«

»Sie ist ins Theater gegangen.«

»Das ist auch gut so«, stimmte Forbes zu. »Es würde mich nicht wundern, wenn es heute brenzlig würde. Ich habe so das bestimmte Gefühl, dass es der Marquis heute Abend darauf anlegen wird.«

Sie schwiegen einige Augenblicke lang, jeder dachte über die Ereignisse nach, die die Nacht bringen würde.

»Vorsicht mit der Zigarette«, sagte Forbes plötzlich, als das Glimmen das Innere des Wagens erhellte. »Wir wollen nicht unnötig auf uns aufmerksam machen. Man weiß ja nie, ob uns jemand beobachtet. Wenn man an seine früheren Unternehmungen denkt und diese ein Maßstab sind, dann muss der Marquis ziemlich gründliche Vorsichtsmaßnahmen getroffen haben.«

Eine Gestalt tauchte in der Dunkelheit auf und wechselte

ein paar Worte mit dem Fahrer.

»Wer sind Sie?«, fragte Forbes scharf.

»Sergeant O'Brien, Sir«, sagte der Mann draußen mit einem herzhaften irischen Akzent.

»Gibt es etwas zu berichten?«, fragte Forbes.

»Ja, Sir.«

»Dann steigen Sie lieber kurz in den Wagen ein«, schlug Forbes vor und öffnete die Tür.

Die bullige Gestalt von Sergeant O'Brien breitete sich auf dem Rücksitz merkbar aus.

»Ich habe ein paar Nachforschungen angestellt, Sir«, verkündete er großspurig, »und Sie werden es kaum glauben, aber der Portier dieses Hauses ist ein Kerl namens Bertram Carter.«

»Der Name kommt mir bekannt vor«, murmelte Temple.

»Ja«, sagte Forbes schnell, denn er besaß ein bemerkenswertes Gedächtnis für Namen von Männern mit einer kriminellen Vergangenheit. »Es gab einen Bertram Carter in diesem großen Brandstiftungsfall in Birkenhead vor vier Jahren.«

»Das ist der Mann, Sir«, stimmte O'Brien zu. »In diesem Fall war er nur einer der Handlanger, wie man so sagt. Mehr konnten wir nicht beweisen und er kam mit ein paar Jahren Strafe davon. Ich habe beim Erfassungsdienst angerufen und sie haben das überprüft.«

Plötzlich blitzte eine Taschenlampe in der Nähe des Bordsteins auf.

»Wer zum Teufel ist das?«, schnappte Forbes gereizt. Dann erkannte er die stämmige Gestalt. »Ach, Sie sind es, Bradley.« Er ließ das Fenster herunter und Bradleys Kopf kam zum Vorschein.

»Haben Sie O'Brien gesehen, Sir?«

»Ja, er ist hier bei mir.« Forbes wandte sich an O'Brien. »Ist das alles, was Sie zu berichten haben, Sergeant?«

»Das ist alles, Sir«, versicherte ihm O'Brien herzhaft.

»In Ordnung, Sie können gehen.«

O'Brien kletterte schwerfällig aus dem Auto und ging zu Bradley auf den Bürgersteig.

»Turner wartet auf Sie«, sagte der Superintendent. »Wissen Sie, wo er ist?«

»Ja, Sir.«

»In Ordnung, Sie kennen die Instruktionen. Und halten Sie die Augen offen.«

O'Brien salutierte und verschwand in der Dunkelheit.

Bradley lehnte sich durch das offene Fenster auf Forbes' Seite und sprach mit leiser Stimme.

»Hat O'Brien Ihnen von dem Portier erzählt?«, fragte er.

»Ja«, sagte Forbes. »Was halten Sie davon?«

»Eigentlich gefällt es mir ganz und gar nicht«, gab Bradley zu. »Er ist ein gefährlicher Kerl. Brandstiftung ist sein bevorzugtes Metier. Das war schon der vierte Fall, in den er verwickelt war, aber wir konnten ihm nie etwas wirklich Konkretes nachweisen. Vor ein paar hundert Jahren hätte man ihn sofort gehängt. Wenn Sie mich fragen, war das damals die einfachste Lösung.« Dann verfiel Bradley in ein trauriges Schweigen. Er war nämlich enttäuscht, dass es ihm nicht gelungen war, aus Lannie Dukes die Identität des Marquis herauszubringen. Zudem freute er sich ganz und gar nicht auf die Untersuchung im Fall Dukes, denn er war der einzige Zeuge des Mordes und würde, so wie er den Südlondoner Untersuchungsrichter kannte, einige äußerst unangenehme Fragen beantworten müssen.

»Wann wird Ross hier sein?«, fragte Temple, der seit einigen Minuten nicht mehr gesprochen hatte.

»Ach, das habe ich Ihnen ja gar nicht gesagt«, sagte Forbes. »Wir haben vergessen, dass heute sein freier Abend ist. Er hat die Bow Street gegen vier Uhr verlassen. Stimmt's, Bradley?«

»Ja, Sir. Ich habe um vier Uhr fünfzehn angerufen und da war er gerade weg.«

Der Mond ging hinter einer schweren schwarzen Wolke

auf, und ein kühler Ostwind fegte über die Straße. Der Superintendent fröstelte und schlug den Kragen seines Mantels hoch.

»Wie viele Männer haben Sie eingesetzt, Bradley?«, fragte Forbes.

»Alle Eingänge sind gut bewacht, Sir«, versicherte Bradley ihm. »Diesbezüglich können Sie unbesorgt sein.«

Der Mond kam für ein oder zwei Augenblicke hinter der Wolke hervor und verschwand dann wieder.

»Wenn Sie mich entschuldigen, Sir, dann würde ich jetzt eine Runde drehen«, sagte Bradley und griff nach der schweren Automatik, die fest in seiner Manteltasche steckte. Mit gemächlichem Schritt bewegte er sich auf den Hintereingang des Hotels zu. Es vergingen kaum zwei Minuten, als plötzlich das Geräusch laufender Schritte zu hören war. Sir Graham, der gerade das Fenster hochgekurbelt hatte, ließ es rasch wieder herunter.

»Halten Sie sich bereit, Johnson«, rief er und blickte in die Richtung der Schritte. Er wollte gerade die Tür öffnen, als er die Anspannung löste und in einem enttäuschten Ton sagte: »Ach, Sie sind es, Storey! Ich hätte wissen müssen, dass keiner unserer Männer so herumläuft.«

Storey war offenbar ein Stück weit zu Fuß gegangen, denn er war ganz außer Atem. Er trug keinen Hut und sein Haar war vom Wind zerzaust. Temple stellte dies fest, als er sein Feuerzeug anzündete, um eine weitere Zigarette zu rauchen.

»Tut mir leid, dass ich nicht zu Ihnen gekommen bin, Temple«, keuchte Roger, »aber Ross fuhr in einem Auto an mir vorbei, als ich auf dem Weg in Ihre Wohnung war. Ich sprang sofort in ein Taxi und folgte ihm. Irgendwie hatte ich das Gefühl, dass er etwas im Schilde führt – und ich hatte recht.« Er hielt inne, um wieder zu Atem zu kommen.

»Und wo zum Teufel ist Ross jetzt?«, fragte Forbes misstrauisch.

»Er ist hier, Sir. Er fuhr zum Seiteneingang hoch, parkte seinen Wagen und ...«

Er wurde von mehreren Polizeipfeifen und dem Klang aufgeregter Stimmen unterbrochen. Offensichtlich fand nicht weit entfernt eine Art Auseinandersetzung statt. Kurzerhand eilten Forbes und Temple in die Richtung, aus der die Geräusche kamen. Sie sahen Ross, der von O'Brien und einem Zivilbeamten festgehalten wurde.

»Nehmen Sie Ihre Hände von mir!«, brüllte Ross.

»Ganz ruhig, Sir«, sagte O'Brien entschuldigend, seine ehrlichen irischen Gesichtszüge waren ein wenig verwirrt, aber durchaus entschlossen. »Tut mir leid, Mr. Ross, aber mein Befehl lautet, jeden an diesem Eingang aufzuhalten, selbst wenn es der König persönlich ist!«

»Zum Teufel mit Ihren Befehlen!«, tobte Ross. »Ich bin derjenige, der Ihnen Befehle gibt und Sie befolgen diese oder Sie verlieren Ihre Uniform.«

»Ich habe meine Befehle vom Superintendent«, beharrte O'Brien hartnäckig, als Schritte zu hören waren und Männer aus zwei verschiedenen Richtungen auf sie zukamen. Einen Moment später trafen Forbes und Temple ein.

»Was ist los, O'Brien?«, fragte Forbes und leuchtete mit seiner Taschenlampe auf die Gruppe.

»Ich sage Ihnen, was los ist«, rief Ross und versuchte, sich aus dem Griff des Sergeants zu befreien. »Bei Gott, wenn Sie glauben, dass ...«

»Sie sind verhaftet, Ross«, schnauzte Forbes barsch. »Und ich warne Sie, dass alles, was Sie sagen ...«

Das laute Klingeln eines Feueralarms im hinteren Teil des Hotels übertönte seine Stimme völlig.

»Großer Gott!«, rief Storey, der hinter ihnen aufgetaucht war. »Sehen Sie doch!«

Sie drehten sich alle um und starrten in die Richtung, in die sein Finger zeigte. Im obersten Stockwerk des Hotels sahen sie hinter zwei Fenstern einen unheilvollen Lichtschein flackern. Noch während sie zuschauten, fingen die Vorhänge an einem Fenster Feuer. Die Alarmglocke ertönte weiterhin ohrenbetäubend und die Menschen rannten in alle Richtungen, sodass es für die diensthabenden Polizisten völlig aussichtslos war, angesichts dieses Durcheinanders ihren Anweisungen Folge zu leisten.

»Bringen Sie Ross zurück zum Wagen, Sergeant«, befahl Forbes mit Nachdruck. Als O'Brien und sein Kollege dem nachgehen wollten, begann Ross erneut zu zappeln. Als Temple erkannte, dass der Inspektor einen gewissen Grad an Verzweiflung erreicht hatte und wahrscheinlich eine Handlung begehen würde, die er später bereuen würde, trat er vor und wandte sich abrupt an Ross.

»Seien Sie kein Narr«, sagte er. »Gehen Sie zurück zum Wagen.«

Ross knurrte eine unverständliche Antwort. Temple legte ihm eine Hand auf die Schulter.

»Gehen Sie zurück zum Wagen, Inspektor. Wenn ich Zeit habe, werde ich Ihnen mehr über Lydia Staines erzählen. Alles, was Sie jetzt wissen müssen, ist die Tatsache, dass sie tot ist. Sie starb am 9. Oktober 1935.«

Ross stand wie versteinert da, unfähig, etwas zu erwidern.

»Gehen Sie jetzt um Himmels willen und setzen Sie sich ins Auto«, drängte Temple. »Wir sprechen uns später.«

Als ob er sich in einem Traum befände, drehte sich Ross um und ging mit O'Brien mit.

»Wer zum Teufel ist Lydia Staines?«, knurrte Forbes, als sie auf den Eingang des Hotels zusteuerten.

»Das ist eine lange Geschichte, Sir Graham, und wir haben jetzt keine Zeit dafür«, lautete die Antwort. »Gehen wir auf die andere Seite, wenn wir können, und sehen wir nach, was los ist.«

Ein Feuerwehrwagen kam ratternd die Straße herunter und hielt mit quietschenden Bremsen. Inzwischen hatte das Dach Feuer gefangen. Es dauerte ein wenig, bis man den nächstgelegenen Hydranten fand, aber umso rascher wurden die schlangenförmigen Schläuche daran angeschlossen.

»Sieht so aus, als ob es außer Kontrolle gerät«, kommentierte Forbes und rief seinen Männern die Anweisung zu, die Fläche frei von Zuschauern zu halten. In diesem Moment löste sich ein riesiges Stück Mauerwerk aus dem Giebel und stürzte nur wenige Meter entfernt in die Tiefe.

»Eine ganz üble Sache«, sagte Temple, als sie in den Innenhof des Hotels gingen. Ein weiterer Feuerwehrwagen traf ein und die Einsatzkräfte machten sich fieberhaft an die Arbeit.

Sir Graham und Temple trafen auf einen von Forbes' Männern, der damit beschäftigt war, eine größere Menschenmenge zurückzudrängen, die aus den umliegenden Häusern strömte.

»Was ist hier los, Turner?«, fragte Sir Graham.

»Die Lage ist ernst, Sir«, keuchte Turner. »Mehrere Menschen sind im dritten Stock eingeschlossen! Das Feuer scheint an zwei oder drei Stellen gleichzeitig ausgebrochen zu sein und ein oder zwei Leute sind in Panik geraten ...«

Temple und Forbes sahen sich an und hatten denselben Gedanken: Brandstiftung!

Forbes war der erste, der handelte.

»Halten Sie scharf Ausschau nach dem Portier, Turner. Sie wissen, wen ich meine?«

»Ja, Sir, Superintendent Bradley hat uns informiert. Aber der Mann scheint verschwunden zu sein.«

»Wenn Sie ihn finden, müssen Sie ihn festnehmen.«

»Jawohl, Sir.«

Turner nahm seine unangenehme Aufgabe wieder auf.

Inzwischen war das Feuer bis zu den Außenmauern vorgedrungen und die heftigen Flammen erhellten die Umgebung über eine gewisse Entfernung hinweg. In diesem seltsamen Lichtschein erkannten sie Bradley, der umherlief, als würde er jemanden suchen.

»Bradley!«, rief Forbes scharf. »Was ist los?«

Der Superintendent kam herbeigelaufen und erkannte Temple mit einiger Erleichterung,

»Gott sei Dank, ich habe Sie gefunden!«, keuchte er.

»Aber ich bin doch schon die ganze Zeit hier«, sagte Temple. »Ist irgendetwas nicht in Ordnung?«

»Ich dachte, Sie hätten mir gesagt, Mrs. Temple sei im Theater«, keuchte Bradley.

»Das ist sie auch.«

Bradley schluckte, sagte aber einen Moment lang nichts.

Temple bemerkte seinen verstörten Gesichtsausdruck und ergriff seinen Arm.

»Bradley! Was ist los?«

Bradley schaffte es schließlich zu sprechen, langsam und mechanisch, wie ein Mann, der aus einer Narkose erwacht.

»Sie ist im Hotel«, sagte er. »Wir sind an ihr vorbeigegangen, zehn Minuten bevor das Feuer ausbrach.«

Eine Sekunde lang schienen der Lärm, das Durcheinander und der grelle Schein des Feuers wie ein ohrenbetäubender flüssiger Lavastrom durch Temples Kopf zu fließen. Er spürte, wie Forbes ihn am Ellbogen packte und ihn von den anderen wegzog, wobei er einen schroffen Befehl an Bradley gab. »Lassen Sie uns nach hinten gehen. Von dort aus können wir die Situation besser überblicken«, sagte Forbes. »Machen Sie sich keine Sorgen, Temple. Die Fluchtwege sind jetzt alle frei und das Löschen läuft gut. Wir werden alle ohne größere Schwierigkeiten aus dem Hotel herausholen können.«

Er ging voraus in einen schmalen Durchgang, der in einen teilweise überdachten Hof führte. Hier waren die Feuerwehrmänner Hart und Banks voll damit beschäftigt, Ordnung in den Strom bestehend aus Angestellten und Gästen zu bringen, die mit allen möglichen Koffern und Taschen aus dem Hotel hinausliefen und diese auf einem riesigen Haufen am Ende des Hofes stapelten.

Forbes hatte einige Schwierigkeiten, Temple davon abzuhalten in das Hotel zu stürzen. Nur ein plötzlicher durch das Feuer ausgelöster Hitzeschwall konnte ihn davon abhalten. Forbes, der Temple immer noch am Arm festhielt, trat ein paar Schritte zurück und betrachtete diese Seite des Gebäudes. Aus den Fenstern des mittleren Stockwerks drang Rauch und in einigen darunter liegenden Fenstern spiegelte sich das Feuer. Direkt unterhalb sah Forbes plötzlich, wie eine Tür mit erheblicher Kraft aufgestoßen wurde, als ob sie klemmte und nach außen gedrückt würde. Sein Griff um Temples Arm wurde fester.

»Temple! Da ist Steve!«

Temple schaute hin und sah, wie Steve auf den kleinen eisernen Treppenabsatz trat und eine Sekunde später seelenruhig die Feuerleiter des Hotels hinunterstieg, die anscheinend niemand sonst zu benutzen gedachte.

»Gott sei Dank!«, seufzte Temple erleichtert. »Hoffentlich hält die Treppe!«

»Sie ist aus Eisen und an die Wände genietet«, beruhigte ihn Sir Graham.

»Aber die Wände! Im Inneren muss es wie im Schmelzofen sein, wenn sie ...«

Bevor er jedoch weitere Vermutungen anstellen konnte, lief Steve schon über die letzte Windung der Treppe und winkte ihnen fröhlich zu. Temple rannte ihr entgegen und trug sie beinahe über die letzten paar Stufen hinunter.

»Hallo, Darling«, sagte Steve lässig und zog ihren Hut ein Stück nach vorne.

»Steve, du kleines Teufelchen!«, rief Temple und stellte sie auf die Füße. Steve öffnete ihre Tasche, nahm einen Spiegel heraus und entfernte im Schein des Feuers ein paar Flecken aus ihrem Gesicht.

»Das *musste* ja passieren«, murmelte sie. »Gerade als ich auf die Spur von ...« Sie hielt inne und rief besorgt: »Ach Paul, du siehst krank aus. Du bist ja leichenblass!«

»Bei Timothy, ich fühle mich noch viel schlimmer!«,

erwiderte ihr Mann. »In brennende Gebäude stürzen, um Mädchen in Not zu retten ... Und das in meinem Alter!«

»Du bist nicht in das Gebäude gerannt«, wies ihn Steve hin.

»Das hatte ich aber vor!«

»Da bin ich mir nicht so sicher.«

»Wenn ich es mir recht überlege«, lächelte Temple, der sich inzwischen wieder einigermaßen gefangen hatte, »dann bin ich mir auch nicht so sicher.«

»Der Einzige, der das bestätigen kann, bin ich«, sagte Forbes grimmig. »Ich habe mich ganz schön damit abgemüht, ihn davon abzuhalten, Steve. Sie haben uns einen ganz schönen Schrecken eingejagt.«

Drei Männer kamen mit einem aufgerollten Schlauch auf sie zugerannt. Sie hatten es offensichtlich sehr eilig. Unter ihnen war Sergeant Banks, der auf seinen Chef zuging.

»Es tut mir leid, dass ich Sie störe, Sir«, entschuldigte er sich, »aber die Feuerwehrleute wollen hier arbeiten. Könnten Sie ein wenig weiter zurückgehen?«

Als sie sich zum Gehen umwandten, hörte man das Geräusch von fallendem Mauerwerk und ein Teil des Daches stürzte ein paar Meter weiter ein. Inmitten von Staub und Rauch schafften sie es hustend und sich die Augen reibend zurück zum Wagen. Als sie sich in das Auto gesetzt hatten, schaute sich Forbes um.

»He, wo haben Sie Ross hingebracht?«, fragte er. Die fröhlichen Gesichtszüge von Sergeant O'Brien erschienen am Fenster, um ihn zu beruhigen.

»Ross sitzt bei mir im nächsten Wagen, Sir«, verkündete er. »Fellows ist bei ihm. Ross ist lammfromm.«

»In Ordnung, O'Brien, melden Sie sich noch einmal bei mir, bevor wir zurückfahren.« Der Sergeant salutierte und kehrte zu seinem Wagen zurück. Nachdem er gegangen war, wandte sich Temple an Steve.

»Nun, Steve, was sollte das Ganze? Ich habe dir gesagt,

du sollst ins Theater gehen! Ich habe dir eine Eintrittskarte für das Theater gekauft! Ich habe dir sogar angeboten, deiner Mutter eine Karte zu kaufen!«

»Ja, ich weiß«, lächelte Steve gleichmütig. »Aber ich wollte meine Neugierde befriedigen. Jedenfalls habe ich etwas herausgefunden.«

»Tatsächlich?«

»Ja, der Portier im Hotel ist der Mann, der mich in Bevensey abholte und der sich Morris nannte.«

»Warum haben Sie ihn dann nicht verhaften lassen? Sie wussten doch, dass es hier von Polizisten nur so wimmelt.«

»Leichter gesagt als getan. Sobald er bemerkte, dass ich ihn erkannt hatte, raste er wie ein Blitz die Treppe hinauf. Kurz darauf ging der Feueralarm los. Auch wenn der Marquis nicht aufgetaucht ist, so habe ich immerhin etwas herausgefunden.«

»Aber der Marquis ist doch aufgetaucht«, warf Temple in sanftem, protestierendem Ton ein.

Steve setzte sich mit einem Ruck auf. Es war schwer zu sagen, ob sie oder Sir Graham überraschter war.

»Er ist aufgetaucht?«, fragte Forbes ungläubig.

»Das habe ich doch gesagt«, murmelte Temple und blickte nachdenklich nach draußen auf das Feuer.

»Ich kann dir nicht folgen, Paul«, warf Steve verblüfft ein. »Ich habe dir doch gesagt, dass ich eine Viertelstunde lang in der Hotelhalle saß und dass niemand ...«

»Temple!«, mischte sich Forbes mit dringlichem Ton ein. »Wollen Sie damit sagen, dass Sie wissen, wer der Marquis ist?«

Temple nickte seelenruhig. »Das tue ich. Und mehr noch, ich werde ihn Ihnen vorstellen, Sir Graham, bei der nächsten passenden Gelegenheit.«

»Wann?«, fragte Forbes unverblümt.

Temple überlegte einen Moment und verkündete dann: »Morgen Abend. Wir könnten sogar eine Party daraus machen, ein nettes, freundliches Fest. Nur die Leute, die den Marquis gejagt haben, und ein oder zwei andere, wie zum Beispiel ...«

»Ja?«

»Wie zum Beispiel Sir Felix Reybourn. Und natürlich Mrs. Clarence – die gute Dame dürfen wir nicht vergessen. Sie müssen sie kennenlernen, Sir Graham. Sie hat nämlich beträchtlichen Einfluss auf den *Morning Express*«, kicherte Temple. Er wandte sich an seine Frau. »Was hältst du davon, Steve? Bist du den Strapazen einer Party gewachsen?«

»Selbstverständlich, Darling. Was immer du auch vorschlägst.«

»Also gut. Leider haben wir keine Zeit, um Einladungen drucken zu lassen, aber« – er wandte sich an den Chefkommissar – »Mr. und Mrs. Temple bitten um die Anwesenheit von Sir Graham Forbes bei einer informellen Party am Mittwoch. Cocktails um sieben ...« Er hielt inne, dann machte er leise die Nachbemerkung: »... um den Marquis zu treffen.« Als er Forbes' grimmigen Gesichtsausdruck bemerkte, fügte er mit einem Lächeln hinzu: »Keine Sorge, Sir Graham. Wir spielen nicht das Mörderspiel ... Hoffentlich!«

Kapitel 19
Der Marquis wird vorgestellt!

In einem Südlondoner Polizeigericht, das eher wie ein Universitätshörsaal eingerichtet war, blickte der Untersuchungsrichter über seinen Zwicker zu Superintendent Bradley und runzelte nachdenklich die Stirn.

»Ich nehme an, wir müssen uns auf Ihr Wort verlassen, was die recht bemerkenswerte Art und Weise betrifft, in der der Verstorbene zu Tode kam, Superintendent. Ich muss jedoch sagen, dass ich in meiner zehnjährigen Berufserfahrung noch nie auf einen Polizeibericht gestoßen bin, der so unbefriedigend war.«

»Es tut mir leid, Sir«, antwortete Bradley in einem fast kämpferischen Ton.

»Mir tut es auch leid, Superintendent!«

Der Untersuchungsrichter überflog seine Notizen und nahm eine kleine Korrektur vor. Dann sah er wieder auf.

»Sie haben mir berichtet, dass der Verstorbene ein Vorstrafenregister hatte. Wie weit reicht das zurück?«

»Ungefähr zwölf Jahre, Sir. Ich habe seine Akte hier, Sir, wenn Sie sie sehen wollen.«

Bradley reichte ihm ein Blatt Papier.

»Hm, ja ...«, murmelte der Untersuchungsrichter, als er es sich ansah, »nicht gerade ein vorbildlicher Bürger.«

»Er hat uns eine Menge Ärger bereitet, Sir«, erklärte Bradley mit einigem Nachdruck.

»Zugegeben. Aber das ändert leider nichts an der Tatsache, dass dieser Mann offenbar kaltblütig ermordet wurde.«

»Ich war da, um ihn zu verhaften«, erklärte Bradley geduldig. »Wir hatten Beweise, dass er in den Kokainhandel verwickelt war.«

»Warum haben Sie ihn dann nicht sofort abgeführt?«

»Ich wollte ihm die Möglichkeit geben, mir ein oder zwei Dinge unter der Hand zu erzählen.«

»Ist das nicht eine ziemlich unorthodoxe Vorgehensweise?«

»In diesem Fall«, antwortete Bradley entschieden, »war es notwendig, unorthodoxe Methoden anzuwenden. Es ging um einige wichtige Fragen und ich wollte so viel Zeit wie möglich sparen.«

Diese Antwort klang beeindruckend, führte aber nur dazu, allgemeine Neugier zu wecken und stellte den Untersuchungsrichter nicht zufrieden.

»Sie müssen verstehen, Superintendent, dass wir diesen Fall aus unterschiedlichen Blickwinkeln betrachten«, betonte er. »Ich bin lediglich bestrebt, die genaue Ursache für den Tod dieses Lannie Dukes festzustellen.«

»Ich sagte Ihnen doch, Sir, dass er von jemandem an der Tür erschossen wurde, der ...«

»Ja, ja«, unterbrach ihn der Untersuchungsrichter gereizt, »aber dafür gibt es keinen Beweis. Wir haben keine Zeugen dafür.« Er nahm seinen Kneifer ab und sah Bradley stirnrunzelnd an. »Nach allem, was wir wissen, Superintendent, wäre es genauso gut möglich, dass *Sie* Dukes erschossen haben ...«

»Ich hatte keine Waffe dabei«, antwortete Bradley stur.

»Ja, das mag sein, aber auch dafür haben wir wieder nur Ihr Wort. Sie hatten reichlich Gelegenheit, sich einer Waffe zu entledigen. Verstehen Sie mich nicht falsch, Superintendent«, fügte er hastig hinzu, als er Bradleys veränderte Miene bemerkte, »ich stelle nur eine Theorie auf, die auf den ersten Blick genauso glaubwürdig ist wie Ihre eigene Aussage.«

Er polierte seinen Zwicker und setzte ihn wieder auf.

»Nun, Superintendent, angenommen, wir nehmen Ihre Aussage als wahr an – haben Sie irgendeine Idee, wer den Mann erschossen hat?«

»Ja, Sir«, antwortete Bradley ohne Umschweife. »Wenn

Sie mich fragen, dann gibt es keinen Zweifel darüber, dass der Marquis ihn erschossen hat.«

»Der Marquis?«, wiederholte der Untersuchungsrichter. »Ist das nicht der Mann, über den wir so viel in den Zeitungen lesen?« Seinem Tonfall nach hätte er auch über eine Romanfigur sprechen können. Meisterverbrecher lagen offensichtlich außerhalb seiner beruflichen Erfahrung.

»Genau das ist der Mann«, sagte Bradley abrupt als Antwort auf die Frage.

»Hm, nun gut, weiter ... Was meinen Sie, welches Motiv hätte der Marquis, Dukes zu töten?«

»Dukes war ein Mitglied seiner Organisation, Sir«, antwortete Bradley. »Aber das ist wohl kaum eine zufriedenstellende Erklärung ...« Eher widerwillig holte Bradley seine Brieftasche aus seiner Tasche und zog einen Umschlag hervor. »Ich möchte diesen Brief als Beweis für ein Motiv vorlegen, Sir. Aber ich muss darum bitten, dass der Inhalt nicht öffentlich gemacht wird.«

Im Gerichtssaal flüsterte man durcheinander, als der Untersuchungsrichter den Zettel nahm und las:

SIE WAREN CLEVER, BRADLEY, ABER NICHT CLEVER GENUG. ICH HABE LANNIE SCHON SEIT EINIGEN TAGEN BEOBACHTET, FÜR DEN FALL, DASS SO ETWAS PASSIEREN WÜRDE. DIESES MAL KONNTE ICH NUR EINEN SCHUSS ABSETZEN. DAS NÄCHSTE MAL WIRD ES VIELLEICHT ANDERS SEIN.

DER MARQUIS.

Temple verbrachte den größten Teil des Vormittags damit, die Zutaten für einen seltenen neuen Cocktail zu besorgen, dessen Rezept er aus Amerika mitgebracht hatte. Es waren viele und ungewohnte Zutaten. Temple konnte nicht widerstehen, probeweise eine kleine Menge zu mixen. Steve probierte den

Cocktail skeptisch und stellte fest, dass er sich zumindest von allen anderen Getränken dieser Art unterschied, die sie jemals probiert hatte.

Danach verbrachte Temple etwa eine Stunde damit, eine Reihe von Telefonaten zu führen. Außerdem schickte er ein Telegramm an Inspektor Ross.

Im Laufe des Nachmittags schloss er sich in seinem Arbeitszimmer ein und schrieb fast drei Stunden lang ununterbrochen – sehr zur Verwunderung von Steve, die ein wachsendes Gefühl der Aufregung nicht unterdrücken konnte, das sich mit intensiver Neugier mischte. Bei jedem geringsten Versuch, ihren Mann ins Kreuzverhör zu nehmen, hatte dieser nur schnoddrig geantwortet oder das Thema mit befremdlicher Leichtigkeit gewechselt.

Kurz vor dem Tee rief er im ›The Clockwise‹ an und fragte nach Maisie. Als die vertraute Stimme ihn begrüßte, sagte er: »Hättest du Lust, heute Abend zu einer Party bei mir zu kommen?«

Vom anderen Ende der Leitung kam ein verdrießliches Fluchwort.

»Das wäre ich sehr gerne, Paul«, antwortete sie in bedauerndem Ton. »Aber heute Abend ist es wohl unmöglich. Und was ist das für ein Zeitpunkt, ein Mädchen zu fragen? Hat dich jemand sitzen gelassen?«

»Aber nein! Weißt du, Maisie, es ist eine von diesen Last-Minute-Partys. Sir Felix wird auch da sein«, fügte er als Nachsatz hinzu.

»Bring mich nicht in Versuchung!«, rief sie. »Wir haben hier eine besondere Nachtveranstaltung – Freimaurer oder sonst irgend so eine Kinderparty. Ihre Voraussetzung war, dass ich die Gastgeberin spiele, sonst kommen sie nicht.«

Nach ein paar weiteren Sätzen legte er den Hörer auf und ging zum Teetrinken über.

»Ich habe eine Neuigkeit für Sir Felix«, sagte er zu Steve, während er in seinem Tee rührte. Sie setzte sich erwartungsvoll auf.

»Ja, Darling, was denn?«

»Ich habe beschlossen, dass ich tatsächlich ein Buch über Ägypten beginnen werde«, teilte er ihr mit. Zu Steves Verärgerung weigerte er sich immer noch, über den Marquis zu sprechen.

Sir Felix Reybourn und Mrs. Clarence waren die ersten, die kurz nach sieben eintrafen. Der Ägyptologe trug einen gut geschnittenen Straßenanzug und eine Fliege, die ihn noch vornehmer erscheinen ließ. Mrs. Clarence folgte ihm eher widerstrebend, als wäre sie wider besseres Wissen mitgenommen worden. Steve glaubte sogar, einen gemurmelten Protest zu hören, als Mrs. Clarence Pryce ihren großen Regenschirm reichte und im Gefolge ihres Arbeitgebers den Flur entlangging. Als Temple ihr einen Drink anbot, lehnte sie einen Cocktail sofort und ohne Umschweife ab, willigte aber schließlich in ein »schönes Glas Sherry« ein. Sir Felix war in einer etwas abenteuerlustigeren Stimmung und erklärte sich bereit, den neuen Cocktail zu probieren.

»Mm ...«, nippte er nachdenklich daran. »Wie, sagten Sie, heißt er, Temple?«

»Schlangenzahn«, antwortete der Gastgeber und beobachtete ihn ziemlich gespannt.

Sir Felix schüttelte den Kopf. »Ich möchte nicht wissen, wie meine Schlangen darauf reagieren, wenn man ihn ihnen verabreichen würde«, erklärte er. »Aber er ist sehr erfrischend und belebend. Ich bin fast versucht, noch einen zu probieren.«

Gerade als Temple sein Glas nachfüllte, kam Roger Storey herein, offenbar wie immer in Eile. Temple ließ Sir Felix allein, um mit Steve zu sprechen und ging dann hinüber, um Storey einen Drink anzubieten. Zu seiner Überraschung stellte er fest, dass Roger einen Anzug trug, den er schon einmal gesehen hatte, obwohl seine blau-weiße Seidenkrawatte ganz neu war.

»Einen Whisky, wenn ich darf«, antwortete er auf die Frage, was er trinken wollte. Dann senkte er seine Stimme. »Was ist der Grund für diese Party, Temple?«

»Ach, nur eine kleine Feier, einfach so«, antwortete der Schriftsteller ausweichend. »Wir werden später etwas verkünden.«

»Ich verstehe schon ... Eine dieser Jubliäumssachen«, schloss Roger grinsend und nahm einen Schluck von seinem Whisky. »Sie hätten uns eher benachrichtigen sollen, dann hatten wir Geschenke mitbringen können.«

»Ich befürchtete, dass in diesem Fall weniger Leute kommen würden«, erwiderte Temple hastig. »Ach übrigens, sind Sie Sir Felix Reybourn schon begegnet?«

»Nein«, sagte Storey mit einigem Zögern, »ich kann nicht behaupten, ihn zu kennen. Ich habe natürlich viel von ihm gehört ...«

Temple nahm Roger mit hinüber und stellte ihm Sir Felix vor, während er gleichzeitig Mrs. Clarence' Glas nachfüllte. Die gute Dame wirkte nun etwas fröhlicher und erzählte Steve mit einer gewissen schaurigen Genugtuung von all den »Vorgängen«, die sie im ›The Clockwise‹ beobachtet hatte.

Ross trat unauffällig ein, bevor Pryce ihn ankündigen konnte. Sein Auftreten war ruhig und etwas zurückhaltend. Er hatte den ganzen Tag in seinem Büro im Yard auf eine Vorladung seines Chefs gewartet, aber es war keine gekommen. Ross schwankte zwischen Unsicherheit und extremer Niedergeschlagenheit und war schließlich früh nach Hause gegangen, um dort Temples Telegramm vorzufinden. Es war eine recht freundlich formulierte Einladung, die er nicht auszuschlagen gewagt hatte.

Temple schien sehr erfreut und nur ein wenig überrascht zu sein, ihn zu sehen.

»Aber hallo, Ross«, rief er durch den Raum. »Ich freue mich, dass Sie es einrichten konnten, hierher zu kommen. Ihnen scheint kalt zu sein. Möchten Sie einen Drink?«

»Ja, danke, Mr. Temple, ich könnte jetzt einen Whisky gebrauchen«, gab Ross zu.

»Sie haben also mein Telegramm erhalten?«, fragte Temple, als er den Drink brachte.

Ross nickte. »Ich dachte, Sie wollten mich vielleicht allein sprechen – wegen Lydia ...«

»Gleich«, sagte Temple, als ein weiterer Besucher angekündigt wurde. Es war Sir Graham Forbes.

»Guten Abend, Ross«, sagte sein Chef so freundlich, als würde er einen Bekannten im Club begrüßen.

»Guten Abend, Sir«, antwortete Ross respektvoll und fragte sich, ob und wann die Dinge sich zuspitzen würden.

»Ich habe auf Sie gewartet, Sir Graham«, sagte Temple. »Whisky und Soda?«

»Bitte.«

Temple war damit beschäftigt, die Getränke zu holen und seine Gäste einander vorzustellen und auch Steve war mit der Bewirtung voll beschäftigt. Der letzte Ankömmling war Superintendent Bradley, der sowohl über die Anzahl der Leute als auch über die Partystimmung leicht erstaunt schien. Außerdem war er nicht besonders gut gelaunt, denn er hatte einen ziemlich anstrengenden Nachmittag mit der Untersuchung des mysteriösen Todes von Lannie Dukes hinter sich. Der Untersuchungsrichter hatte mehr als einmal deutlich gemacht, dass es Bradleys Aufgabe sei, ihn über die Identität des Mörders aufzuklären und dass er seiner Pflicht nicht nachkam, indem er in dieser Angelegenheit schwieg.

Bradley hatte sehr wohl verstanden, dass seine Einladung in Temples Wohnung eine rein berufliche Angelegenheit war.

»Ich bin kein großer Partylöwe, Mr. Temple«, erklärte er mit einer schroffen Stimme, die einen Hauch von Vorwurf enthielt. Dennoch nahm er ein Glas Bier an. »Außerdem«, fuhr er fort, »sehe ich im Moment keinen Grund dafür, eine Party zu feiern.«

»Wir vereinen hier Pflicht mit Vergnügen, Bradley«, versicherte ihm Temple ernsthaft. »Und ich möchte, dass Sie auf der Hut sind. Ganz im Ernst, heute kann alles passieren.«

»In Ordnung, Mr. Temple«, antwortete Bradley, der jedoch etwas skeptisch dreinblickte. In diesem Moment kam Pryce herein und verkündete: »Der Salon ist jetzt fertig, Madam.«

»Danke, Pryce«, sagte Steve und blickte erwartungsvoll zu ihrem Mann hinüber. Temple erhob seine Stimme.

»Bitte hören Sie alle her! Im Salon gibt es ein sehr angenehmes Feuer und eine Reihe von sehr bequemen Stühlen. Ich möchte, dass Sie alle dort hineingehen. Nehmen Sie Ihre Getränke mit und machen Sie es sich so gemütlich wie möglich. Ich werde ein, zwei Dinge ausführen. Dies kann ein bisschen dauern.«

Die Gäste sahen sich gegenseitig etwas skeptisch an, so als hätte man sie aufgefordert, ein neues, merkwürdiges Spiel zu spielen. Ihr Gespräch verstummte zu einem Gemurmel, als sie sich einzeln und zu zweit auf den Weg zur Tür machten.

Als sie sich auf den gemütlichen, grün gepolsterten Sofas und Sesseln des Salons niedergelassen hatten, lehnte Temple sich an eine Ecke des Kamins und wandte sich seinen Zuhörern zu.

»Ich nehme an, Sie fragen sich alle, warum ich Sie heute Abend hierher eingeladen habe«, begann er. »Vielleicht ist einigen von Ihnen klar, dass ich einen ganz besonderen Grund dafür hatte. Sir Graham zum Beispiel! Gestern Abend fragte mich Sir Graham vor dem ›October‹-Hotel, ob ich wüsste, wer der Marquis sei, und ich versprach ihm, ihm den Marquis vorzustellen – heute Abend!«

Unter den Gästen entstand eine allgemeine Unruhe. Bradley steckte seine Hand lässig in die Manteltasche, in der er seine automatische Pistole trug.

Sir Felix stellte sein Cocktailglas ab.

»Soll das heißen, der Marquis kommt heute Abend hierher?«, fragte er mit erstaunter Stimme. Temple bückte sich, um das Feuer zu schüren, dann drehte er sich um, den Schürhaken immer noch in der Hand.

»Der Marquis ist bereits hier, Sir Felix«, verkündete er leise.

»Was meinen Sie mit »schon hier«?«, fragte Storey schnell.

Bradley lehnte sich in seinem Stuhl vor, sodass er alle gut sehen konnte. »Mr. Temple, Sie meinen doch nicht etwa, dass er hier in diesem Raum ist. ... dass er einer von uns ist!«

»Das«, erwiderte Temple gelassen, während er den Schürhaken sorgfältig zurücklegte, »ist genau das, was ich meine, Bradley.«

Er konnte sich ein Lächeln nicht verkneifen, als er sah, wie sich einige seiner Gäste mit einer Mischung aus Beunruhigung und Bestürzung ansahen.

»Ich weiß, dass das Sir Felix' Leber wieder durcheinander bringen wird«, sagte Mrs. Clarence zu Steve in einem lauten Flüsterton.

Forbes nahm eine Zigarre aus seiner Tasche, hielt sie an sein Ohr und schnitt sie mit großer Sorgfalt an. »Ich denke, Sie schulden uns eine Erklärung, Temple«, murmelte er leise.

»Natürlich schulde ich Ihnen eine Erklärung, Sir Graham, und ich habe die Absicht, Ihnen diese zu geben. Starten wir am Anfang. Lassen Sie mich mit dem Verdächtigen Nummer eins beginnen! Sir Felix Reybourn!«

Sir Felix nickte zustimmend und räusperte sich. »Als eifriger Leser von Kriminalromanen interessiert mich das sehr, Mr. Temple. Bitte fahren Sie fort.«

Temple zählte bedächtig die Punkte auf, die gegen Sir Felix vorlagen.

»Achtundvierzig Stunden bevor Lady Alice Mapleton ermordet wurde, stattete sie Sir Felix einen Besuch ab. Vierundzwanzig Stunden bevor die Polizei die Leiche von Carlton Rodgers entdeckte, hatte er mit Sir Felix in dessen Haus in St. John's Wood zu Abend gegessen. Außerdem war die letzte

Person, die Myron Harwood lebend gesehen hatte, nach seinen eigenen Angaben auch Sir Felix Reybourn. Das sind die rohen, eindeutigen, unbestrittenen Fakten.«

»Ich stimme Ihnen zu, Mr. Temple«, fügte Sir Felix leicht irritiert hinzu. »Aber wir haben dieses Thema doch schon einmal behandelt. Ich habe Ihnen die Erklärungen für all diese Fakten bereits gegeben und sie haben mir bereitwillig in einer Sache zugestimmt: Wenn ich der Marquis wäre, dann hätte ich die Aufmerksamkeit kaum in einer so höchst belastenden Weise auf mich gelenkt.«

»Genau so ist es, Sir Felix«, beruhigte ihn Temple. »Sobald das klargestellt war, begann ich die Möglichkeit in Betracht zu ziehen, dass jemand – und wer sonst als der Marquis? – absichtlich den Verdacht auf Sir Felix lenkte. Diese Theorie hatte – wie ich fürchte – nicht sehr viele Freunde, aber letztlich blieb ich dabei.«

Temple machte eine Pause, um sich eine Zigarette anzuzünden.

»Nun, wie haben wir das mit Sir Felix erfahren?«, fuhr er locker fort. »Was mich betrifft ...«

»Ich habe Ihnen von ihm erzählt«, unterbrach ihn Storey schnell. »Es war Rita Cartwright, Sie erinnern sich ...«

»Ganz recht«, stimmte Temple zu, »Sie haben uns von ihm erzählt, Storey. Das führte uns schließlich zu Roddy Carson und dem Verdächtigen Nummer zwei: Inspektor Ross.«

Ross' hagere Gesichtszüge verrieten kein Zeichen von Emotion. Temple fuhr fort: »Als die Leiche von Roddy Carson in Forard Glen entdeckt wurde, hatte er unter anderem einen Umschlag in seiner Tasche. Auf der Rückseite war »Sir Felix Reybourn, 492 Maupassant Avenue, St. John's Wood« gekritzelt. Sie erinnern sich, dass mir als Erstes auffiel, dass das Wort ›Maupassant‹ richtig geschrieben war. Ich wusste instinktiv, dass Roddy Carson die Worte nicht geschrieben hatte. Zum einen stimmte die Schrift nicht mit dem Brief überein, den er zuvor an Sir Graham geschickt hatte. Zum anderen konnte er kaum seinen eigenen Namen buchstabieren, geschweige denn das Wort ›Maupassant‹ richtig schreiben. Warum standen diese Worte auf der Rückseite eines Umschlags und warum wurde dieser Umschlag bei der Leiche von Roddy Carson platziert?«

»Vermutlich, um den Verdacht weiterhin auf Sir Felix zu lenken«, wagte Bradley aus den Tiefen seines Bierglases zu sagen.

»Ja, aber das war nicht der einzige Grund. Ich habe nämlich herausgefunden, dass die Handschrift auf dem Umschlag die von Inspektor Ross ist.«

Das erregte großes Aufsehen, aber Ross blieb ganz ruhig.

»Was bedeutete das nun?«, fuhr Temple fort. »So wie ich es sah, konnte es nur eines von drei Dingen bedeuten. Entweder war Ross der Marquis, oder er war ein Verbündeter des Marquis, oder ...«

»... oder er war ein Opfer!«, ergänzte Roger Storey eifrig.

»Mit anderen Worten«, sagte Forbes, »Ross wurde erpresst!«

Endlich zeigte Ross etwas Interesse.

»Wie haben Sie das herausgefunden, Temple?«, fragte er, ohne einen neugierigen Ton in seiner Stimme unterdrücken zu können.

»Das war nicht einfach«, informierte ihn Temple, »und ich musste Bradley ins Vertrauen ziehen. Gemeinsam haben wir Sir Felix' Unfall und »Tod« arrangiert. Das ganze Land dachte, er lebe nicht mehr, auch der Marquis. Das warf ein neues Licht auf den Fall. Wenn Sir Felix tot war, bedeutete das, dass der Marquis den Verdacht für zukünftige Verbrechen auf jemand anderen lenken musste.«

»Und die offensichtliche Wahl war Ross!«, erklärte Forbes grimmig.

»So ist es. Und Sie wissen, was passiert ist. Ross wurde fast sofort zu unserem Hauptverdächtigen.«

»Ja, mein Gott, ja!«, rief Ross, der inzwischen wirklich

erregt war. »An dem Tag, an dem wir alle dachten, dass Sir Felix ermordet worden sei, bekam ich einen Brief, in dem ich aufgefordert wurde, Serflane zu schreiben und siebentausend Pfund im Namen des Marquis fordern sollte.«

»Aber guter Gott, Ross, womit hat er Sie erpresst?«, fragte der Chefkommissar.

»Das ist eine ziemlich lange Geschichte«, sagte Temple.

»Kurz gesagt, Ross stand unter dem Eindruck, dass er Bigamie begangen hatte. Zu seinem Glück ist jedoch seine erste Frau, Lydia Staines, einen Monat vor seiner zweiten Heirat in New York gestorben.«

»Das ist wirklich hochinteressant«, sagte Sir Felix, der jeden Schritt der Ausführungen mit großer Aufmerksamkeit verfolgt hatte.

»Wenn Ross nicht der Marquis ist«, warf Storey ein, »wer dann?«

»Können Sie es nicht erraten?«, fragte Temple leichthin und blies eine Rauchwolke aus.

»Nein, das kann ich verdammt noch mal nicht!«

»Hören Sie, Temple«, sagte Bradley etwas gereizt, »wenn Sie nicht wissen, wer der Marquis ist, dann geben Sie es einfach zu und wir können zurück zur Arbeit.«

»Ich weiß es aber«, sagte Temple leise, während er seine Zigarette mit einer entschlossenen Geste ausdrückte. »Bradley, erinnern Sie sich an den Lastwagen, der auf mein Auto zugerast ist?«

»Natürlich.«

»Was glauben Sie, warum hat man den Fahrer des Lastwagens nicht gefunden?«

»Er ist verschwunden«, antwortete der Superintendent verdutzt. Temple schüttelte den Kopf.

»Oh nein! Das ist genau der Punkt, Bradley. Er ist nicht verschwunden.«

»Wie meinen Sie das?«

»Ich meine«, antwortete Temple bedächtig und mit plötzlicher Betonung, »dass der Lastwagen von Mr. Storey gefahren wurde.«

»Was!« Roger sprang auf.

»Setzen Sie sich, Storey. Da kommt noch mehr.« Mit einer Geste brachte Temple ihn zum Schweigen. Dann sagte er: »Warum ist Storey im Gasthaus in Bevensey aufgetaucht, kurz bevor Slater getötet wurde?«

»Sie wissen nur zu gut, warum ich aufgetaucht bin«, schnauzte Roger. »Um Ihnen von Sir Felix zu erzählen und ...«

Temple winkte seine Erklärung ab.

»Sie sind aufgetaucht, weil Sie bereits in der Gegend waren und Angst hatten, gesehen zu werden.«

»Aber was ist mit seinem Autounfall mit Slater?«, fragte Forbes.

»Vorgetäuscht«, sagte Temple kurz und knapp. »Storey ist ein Experte für Autounfälle. Er wusste ganz genau, was Slater vorhatte.«

»Das ist eine Lüge!«, rief Roger.

»Wenn Storey uns davon überzeugen könnte, dass ein Anschlag auf sein Leben verübt wurde, würde das natürlich den Verdacht von ihm ablenken«, fuhr Temple ruhig fort. »Und dann war da noch die vergiftete Zigarette. Wer könnte sie sonst platziert haben?«

Storey war im Nu wieder auf den Beinen, aber dieses Mal machte er eine gezielte Bewegung zur Tür. Als er an einer kleinen Kommode vorbeikam, riss er plötzlich die oberste Schublade auf und zog einen kleinen Revolver heraus, den Temple dort aufbewahrte und den Storey offenbar bei einem früheren Besuch entdeckt hatte.

»Legen Sie die Waffe weg, Storey, sie ist nicht geladen«, befahl Temple, ohne sich zu rühren.

»Ist sie das nicht?«, sagte Storey. Er griff in seine Manteltasche und holte eine Automatik heraus. »Nun, diese hier schon, Mr. Temple!« Er schwenkte bedrohlich damit herum. »Soll ich es Ihnen beweisen?«

Kurzerhand feuerte er auf eine Fotografie auf dem Klavier. Das Glas klirrte, als der Rahmen umkippte.

»Bleibt alle zurück!«, rief Storey, der inzwischen die Tür erreicht hatte. »Bradley! Nehmen Sie die Hände hoch und gehen Sie in die Ecke. Und denken Sie daran, wenn mir jemand aus diesem Raum folgt, dann gibt's Saures!« Die kalte Wut in seiner Stimme war nicht zu überhören.

Mit der linken Hand riss er plötzlich die Tür auf und in weniger als einer Sekunde war er verschwunden. Sofort haschten einige zur Tür. Temple war zuerst da und öffnete sie vorsichtig ein paar Zentimeter. Mit einem Blick über die Schulter sah Forbes gerade noch rechtzeitig, wie Storey durch eine Tür am anderen Ende des Flurs verschwand.

»Wohin führt sie?«, keuchte Forbes.

»Zum Notausgang«, antwortete Temple. »Er führt zu einer Treppe auf das Dach.«

»Das reicht«, schnappte Forbes. »Wir dürfen keine Zeit verlieren. Ross! Bradley! Laufen Sie nach unten und holen Sie so viele Männer wie möglich, um die Ausgänge rund um diesen Häuserblock zu bewachen.«

Forbes und Temple eilten Storey hinterher. Als sie die Tür des Notausgangs öffneten, hörten sie das Zuschlagen einer hölzernen Falltür auf dem Dach. Als sie das obere Ende der Treppe erreichten, hob Temple die Falltür ohne große Schwierigkeiten an und nach einem kurzen Zögern kletterten beide hinaus. Die Dunkelheit war nicht mehr ganz so schlimm, nachdem sich ihre Augen daran gewöhnt hatten.

»Ich kann ihn nicht sehen«, flüsterte Forbes und blickte schnell in alle Richtungen. »Vielleicht versteckt er sich hinter einem dieser Schornsteine.«

»Nein, ich glaube, er will schnell verschwinden«, murmelte Temple. Sie gingen vorsichtig weiter und bewegten sich so leise und unauffällig wie möglich.

»Soll ich meine Taschenlampe benutzen?«, schlug Forbes vor.

»Besser nicht«, riet Temple. »Er befindet sich in einer verzweifelten Situation und wir würden ein zu leichtes Ziel abgeben.«

»He«, sagte Forbes plötzlich. »Da ist er!«

Temple folgte Sir Grahams Arm, der auf Storey zeigte und sah eine dunkle Gestalt in der Nähe der Brüstung, etwa zwanzig Meter entfernt.

»Bleiben Sie, wo Sie sind, Temple!«, rief Roger plötzlich. »Hören Sie mich? Bleiben Sie, wo Sie sind! Ich ziele auf Sie!«

»Mein Gott! Er wird auf das Nebengebäude springen!«, hauchte Temple ungläubig.

»Wie weit ist es?«

»Etwa zwanzig Meter, aber es ist ein Restaurant und sie haben ein Glasdach, das mit einer Verdunkelungsfolie abgedeckt ist!«

»Puh!«, pfiff Forbes.

»Storey!«, rief Temple und ging einen Schritt vor. »Es ist ein Glasdach! Springen Sie nicht!«

»Bleiben Sie, wo Sie sind, Temple!«

Offensichtlich glaubte Storey, Temples Warnung sei ein Bluff, denn er setzte einen Fuß auf die Brüstung, hielt einen Moment inne und verschwand dann.

Man hörte einen schrecklichen Aufprall, gefolgt von einem verzweifelten Schrei. Temple und Forbes erreichten die Brüstung und sahen ein sternförmiges Loch, durch das das Licht leuchtete. Von unten hörte man Schreie und allgemeines Durcheinander.

»Nun, diesen Unfall hat er nicht vorgetäuscht«, sagte Forbes grimmig.

Beim Frühstück am nächsten Morgen musste sich Temple einer weiteren Fragenflut von Steve stellen. Eine Zeit lang vergrub er sich hinter seiner Zeitung und ließ sich nicht ablenken.

»Das ist ja ein furchtbares Foto von Sir Graham im *Morning Express*«, kicherte er. »Es erinnert mich eher an Charlie McCarthy.« Er fuhr mit seiner Lektüre fort. »Also, ich muss schon sagen, dass das ein außerordentlich wirrer Bericht über diesen Fall ist«, kommentierte er. »Nicht, dass ich Sir Graham das Rampenlicht nicht gönnen würde ...«

»Kein Wunder, dass es auf ihn gerichtet ist«, sagte Steve, »wenn du nicht einmal deiner eigenen Frau erzählen willst, wie du den Fall aufgeklärt hast. Wenn ich den Reportern nicht das Wenige, das ich weiß, erzählt hätte, dann würde dein Name wohl überhaupt nicht auftauchen.«

Temple lachte und legte seine Zeitung weg.

»Du hast mich den ganzen Abend mit Fragen gelöchert wie eine Expertin für den dritten Grand. Ich habe kaum ein Auge zugemacht«, beschwerte er sich mit einem Anflug von verletzter Unschuld.

»Ich nehme an, du gibst keine Ruhe, bis ich deine weibliche Neugierde befriedigt habe. Also, was wolltest du unbedingt wissen?«

Steve überlegte einen Moment lang.

»Nun, erstens, warum hast du Storey beauftragt, Ross zu verfolgen?«

»Aus offensichtlichen Gründen. Ich wollte, dass Storey glaubt, ich hätte den Eindruck, Ross sei der Marquis.«

»Ja, aber warum hat sich Storey immer in den Vordergrund gedrängt? Am Anfang meine ich, als er all diese Nachforschungen über den Marquis anstellte. Er war immer hier oder bei Sir Graham.«

Temple schob seinen Teller beiseite und zündete sich eine Zigarette an.

»Ja, da war er fast brillant. Er hat sich selbst ins Abseits gestellt und er hat diese Rolle sehr gut gespielt. Er war fast wie ein Amateurdetektiv – und wer verdächtigt schon einen Amateurdetektiv? Niemand, natürlich, außer mir.«

»Du hast gesagt, du verdächtigst alle«, erinnerte sie ihn.

»Das liegt daran, dass ich Schriftsteller bin. Wir Autoren sind ein misstrauisches Völkchen«, lächelte er. »Nächste Frage?«

Sie runzelte die Stirn.

»Lass mich überlegen ... Ach ja! Die Sache mit Lydia Staines! Wie hast du erfahren, dass sie tot ist?«

»Maisie hat das für mich herausgefunden. Sie ist ziemlich gut in dieser Art von Recherche.«

Steve stützte ihr Kinn auf ihre Hand und sah ihn über den Tisch hinweg an.

»Ich muss sagen, ich kann Roger Storey nicht verstehen«, gestand sie. »Ein junger Mann mit einer guten Ausbildung und offenbar beträchtlichen privaten Mitteln. Was war das Motiv für all diese Verbrechen, die er begangen hat?«

Temple lehnte sich in seinem Stuhl zurück und spielte mit seinem Kaffeelöffel herum.

»Forbes und ich waren genau so neugierig wie du, als wir gestern Abend seine Wohnung durchsuchten.«

»Und, was habt ihr gefunden?«

»Wir haben genug gefunden, um zu dem Schluss zu kommen, dass Storey eine Art kultivierte Form von Jack the Ripper war«, verkündete Temple bedächtig. »Es scheint, dass ihn das Verbrechen schon immer fasziniert hat. Er begann klein, als er in Oxford war. Dort stahl er Geld und Wertsachen von Professoren und Tutoren und schaffte es, die Schuld anderen in die Schuhe zu schieben. Ein Student wurde daraufhin sogar von der Universität verwiesen.«

»Das klingt alles unglaublich«, murmelte Steve.

»Er hat alles in seinen Tagebüchern festgehalten«, versicherte ihr Temple. »Er hat jedes Verbrechen genauestens protokolliert und Dutzende von Zeitungsausschnitten auf die Seiten daneben geklebt. Als er in Oxford war, hatte er bereits eine beträchtliche Anzahl von Büchern über Kriminologie gesammelt und offensichtlich wurde das Thema für ihn immer interessanter. Meiner Meinung nach hätte er für den Rest seines Lebens im Luxus leben können, wenn er sich auf das Fälschen von Geldscheinen beschränkt hätte.«

»Aber was war mit Lady Alice?«, erinnerte ihn Steve.

»Dazu komme ich gleich. Storey beschloss, im großen Stil in den Drogenhandel einzusteigen. So lernte er Lady Alice kennen. Seinen Tagebüchern zufolge hatte sie eine außergewöhnliche Wirkung auf ihn. Bis dahin hatte er sich weder für Frauen noch für irgendeinen anderen Menschen interessiert, abgesehen von den kriminellen Möglichkeiten. Doch schon bei ihrer ersten Begegnung war er auf seltsame Weise von ihr fasziniert gewesen. Nach ihrer Verlobung entdeckte Storey ein neues, sadistisches Vergnügen darin, seine Verlobte auf raffinierte Weise zu foltern: In einem Moment drohte er damit, ihren Drogenkonsum öffentlich zu machen, im nächsten damit, den Nachschub zu stoppen. Gott weiß, welche kleinen Grausamkeiten er dem armen Mädchen in diesen furchtbaren Monaten zugefügt hat. Sie wagte es nicht, jemandem die ganze Wahrheit zu erzählen, obwohl ihre Mutter von dem Kokain erfuhr. Ist es da verwunderlich, dass Alice in ihrer Verzweiflung zu Sir Felix Reybourn ging, als sie das Gerücht über diese süchtig machende Droge hörte, die er aus Ägypten mitgebracht hatte? Es schien ihr eine letzte, verzweifelte Chance zu bieten.«

Temple hielt inne.

»Ich fürchte, Sir Felix hat uns nicht alles erzählt. Er ist, wie ich glaube, ein guter Freund der Familie Mapleton. Ich nehme an, er hat auf ihre Gefühle Rücksicht genommen. Aber Storeys Tagebuch gibt die ungefähre Wahrheit wieder, so wie er sie von Alice erpresst hat. Es scheint, dass sie ein Nein von Sir Felix zu dieser Droge nicht akzeptieren wollte. Um sie zu beruhigen, sagte ihr Sir Felix, dass er sie Harwood gegeben habe. Sie ging zu Harwoods Haus und Storey folgte ihr dorthin. Sie gestand Harwood praktisch alles, so wie es auch Rodgers an dem Abend getan hatte, an dem er mit Sir Felix zu Abend aß. Das bedeutete, dass drei Männer wussten, dass

Lady Alice Mapleton Drogen aus einer kriminellen Quelle bezog. Jeder von ihnen konnte jeden Tag zur Polizei gehen. Also plante Storey eine Reihe von Morden und«, schloss Temple, »soweit ich das beurteilen kann, führte er die Morde in der gleichen Geisteshaltung aus, in der ein Schachspieler die Figuren vom Brett nimmt.«

Steve schenkte eine zweite Tasse Kaffee ein und während Temple darin rührte, murmelte er beiläufig: »Schade um das Foto von deiner Mutter. Ich meine das, das Storey zerschossen hat.«

»Ja, die Kugel hat es völlig zerstört.«

»Ich habe sehr an diesem Bild gehangen«, sagte er mit ernster Miene. »Das einzige zauberhafte Foto, das wir in der Wohnung hatten.«

»Du Biest!«

»Jedenfalls war das ein großartiges Rezept für amerikanischen Kaffee, das dir deine Mutter gegeben hat. Ich stehe dafür auf ewig in ihrer Schuld«, gab er zu und trank genüsslich. Steve kam herüber und stellte sich an seine Seite.

»Paul, da ist noch etwas, was ich dich fragen möchte«, sagte sie ernst.

»Du meinst, über diesen Fall?«

»In gewisser Weise.«

Steve zögerte auf eine ganz ungewohnte Weise. Sie drehte ihm den Rücken zu und schaute ins Feuer. Schließlich sagte sie mit leiser Stimme: »Ist Maisie Delaway eine *sehr* alte Freundin von dir?«

Temple konnte einen gewaltigen Lachanfall nicht unterdrücken. Als dieser abgeklungen war, begann er, seine Briefe durchzusehen.

»Den hier hatte ich ganz vergessen«, sagte er ihr und zog einen aus dem Stapel. »Er betrifft uns beide.«

»Was ist es?«

»Die Einladung zu einer Hochzeit.«

»Zu einer Hochzeit?«

»Ja, am 29. Dezember will Miss Maisie Delaway im Standesamt von Marylebone zum vierten Mal den Bund fürs Leben schließen mit ...« Er machte eine quälende Pause. »Rate mal, mit wem?«

Steve schüttelte hilflos den Kopf. »Ich habe nicht die geringste Ahnung. Mit wem?«

Paul Temple kicherte.

»Der Bräutigam ist kein anderer als Sir Felix Reybourn, der berühmte Ägyptologe!«

Ende

Der Marquis
schlägt in allen Medien zu

Nachwort
von Dr. Georg Pagitz

Die Geschichte rund um den Marquis zeigt wie so viele Arbeiten von Francis Durbridge, wie der Autor es geschickt schaffte, sein Werk multimedial auszuwerten.

Zwei Jahre nach dem Hörspiel, im Jahr 1944, erschien der vorliegende Roman, 1947 eine holländische Fassung der Radioproduktion und 1952 gab es schließlich eine Verfilmung, deren Tonspur Grundlage für das 2023 erschienene Filmhörspiel *Paul Temple und der Fall Marquis* war.

In diesem Nachwort werden all diese Fassungen besprochen, vor allem wird auch das Hörspiel mit dem Roman und der teilweise sehr freien und vereinfachten Verfilmung verglichen.

Paul Temple Intervenes
Kriminalhörspiel, Großbritannien 1942
Dauer: 8 x 20 Minuten
BBC Radio, 30.10.1942–18.12.1942, jeweils freitags um 18:40 Uhr

Paul Temple .... Carl Bernard
Steve Temple, seine Frau .... Bernadette Hodgson
Sir Graham Forbes .... Lester Mudditt
Superintendent Bradley .... Godfrey Baseley
Inspector Ross .... Edgar Norfolk
Pryce .... David Compton
Sir Felix Reybourn .... Ronald Simpson
Sammy Wren .... Hal Bryant

Roger Storey .... Sydney Tafler
Dolly Fraser .... Marjorie Westbury
Derek Slater .... Philip Garston-Jones
Mrs. Clarence .... Mabel France
Maisie .... Bessie Love
Chief Inspector Street .... Alan Howland
Gus .... Hal Bryant
Sergeant O'Brien .... Vincent Curran
Sergeant Briggs .... Sydney Tafler
Sergeant Hanmer .... Edgar Norfolk
Sergeant Leopold .... David Compton
Sergeant Turner .... David Compton
Rex Carlton .... Geoffrey Wincott
Ted Wilson .... Chris Gittins
Hart .... Hal Bryant
Banks .... Philip Garston-Jones
Ein Constable .... Chris Gittins
Ein Kellner .... Hal Bryant
Ein weiterer Kellner .... David Compton
Taxifahrer .... Hal Bryant
Ansager .... Alan Howland

Kriminalhörspiel von .... Francis Durbridge
Regie und Produktion .... Martyn C. Webster
Eine Produktion der .... BBC

Das achtteilige Hörspiel *Paul Temple Intervenes* war das vierte der Temple-Reihe und entstand mitten im zweiten Weltkrieg. Ausgestrahlt wurde es wöchentlich (immer freitags) um 18.40 Uhr. Ungewöhnlich war die kurze Laufzeit der Episoden. Temples Ermittlungen dauerten immer nur 15 bis 20 Minuten. Obwohl es eine Aufzeichnung dieser Produktion gibt, wurde sie live gespielt. Die Sprecherinnen und Sprecher kamen dafür jeden Freitag ins Studio und trugen vor, was sie von Montag bis Donnerstag unter der Regie von Martyn C. Webster geprobt hatten. Das Skript zur letzten Folge erhielten die Darstellerinnen und Darsteller auch erst in der letzten Woche, somit wusste außer Webster und Durbridge niemand, wer der Marquis ist. Prominenten Besuch während der Ausstrahlung der ersten Episode gab es übrigens aus Amerika: Schauspieler Edward G. Robinson stattete der BBC einen Besuch ab und war live bei Folge 1 im Studio als Beobachter zu Gast.

Die Episoden trugen Titel. Im folgenden Überblick wird kurz geschildert, worum es in jeder Episode ging und mit welchem Cliffhanger sie endete.

Episode 1: **The Marquis** (30.10.1942). Die Folge startet in einem Radiostudio. Der Sprecher gibt bekannt, das Sir Graham Forbes, der Chefkommissar, im Studio sei und eine wichtige Mitteilung zu machen habe. Forbes erklärt daraufhin, dass es bereits mehrere Morde gegeben habe, die der geheimnisvolle Marquis verübt hat und geht näher darauf ein. Es folgt die Szene mit den beiden Polizeibeamten Briggs und Hanmer auf dem Fluss, in der sie die Leiche aus dem Wasser ziehen. Anschließend kommt es zu einer Diskussion zwischen Sir Graham, Bradley, Street und Ross in Scotland Yard. Diese wird von Sergeant Leopold, dem Privatsekretär von Sir Graham, unterbrochen. Er bringt eine dringende Nachricht von Paul Temple, in der der Schriftsteller dem Chefkommissar mitteilt, dass Steve und er aus den Staaten zurück sind. Im Postskriptum steht die Frage: »Ist es wahr, was man über Rita erzählt?«. Forbes sucht Temple auf. Dieser erzählt, dass er vom Innenministerium aus den USA wegen der Marquis-Morde zurückgeholt wurde. Es folgen das Treffen mit Sammy Wren in dem Pub und der Unfall mit dem Lastkraftwagen. Im allgemeinen Durcheinander nach dem Unfall kommt ein junger Mann in die Szene, der den Temples behilflich ist und beiläufig erwähnt, dass er Paul unbedingt treffen wollte. Als er seinen Namen – Roger Storey – nennt, endet diese erste Folge mit dem obligatorischen Cliffhanger.

Episode 2: **Concerning Sir Felix Reybourn** (06.11.1942). Temple und Storey begeben sich ins ›The Regency‹, wo Storey seine Geschichte erzählt und damit Verdacht auf Sir Felix Reybourn wirft. Temple erzählt Bradley und Forbes davon. Man will sich mit Roddy Carson außerhalb Hampstead Heath treffen, doch man kommt zu spät, er wurde ermordet. In seiner Tasche findet sich ein Umschlag, auf dessen Rückseite die Adresse von Sir Felix gekritzelt wurde. Temple wundert sich darüber, dass der ungebildete Roddy im Straßennamen von Reybourns Adresse das Wort ›Maupassant‹ richtig geschrieben hat. Dies ist der Cliffhanger der zweiten Folge.

Episode 3: **Kellaway Manor** (13.11.1942). Temple und Steve suchen Sir Felix auf und machen dabei die Bekanntschaft von Mrs. Clarence, dessen Haushälterin. Sie entdecken in der Bibliothek, dass Sir Felix Liebhaber von Kriminalromanen ist und dass neben den Büchern von Dorothee L. Sayers, Agatha Christie, Edgar Allan Poe und Edgar Wallace auch jene von Paul Temple stehen. Temple konfrontiert Sir Felix mit den Vorwürfen und Reybourn versucht diese zu entkräften. Sir Graham wird in seinem Büro von Roger Storey aufgesucht, der von einem weiteren Unfall berichtet, der sich diesmal in Canterbury zugetragen hat. Storey trägt eine Armschleife. Der Unfallverursacher, ein gewisser Derek Slater, konnte festgenommen werden. Im Verhör mit Temple stellt sich heraus, dass dieser Mann vom Marquis erpresst wird. Slater berichtet, dass er seine Instruktionen in Kellaway Manor erhält. Temple und Sir Graham fahren dorthin und entdecken ein leeres Haus. Dann stellen sie fest, dass es nicht Telefonleitungen sind, die verlegt wurden, sondern dass sie auf einem Minenfeld stehen, das jeden Moment in die Luft fliegen kann. Dies ist der Cliffhanger von Folge 3.

Episode 4: **A Warning from the Marquis** (20.11.1942). Bradley eilt Temple und Sir Graham zu Hilfe. Er spricht von einem Stromgenerator im Wald. Dieser wird gesucht, während Temple den elektrischen Zaun, der rund um Kellaway

Manor steht, überlistet. Er schießt das unter Strom stehende Tor mit seiner Pistole auf. Steve wartet einstweilen im lokalen Pub, wo sie Mrs. Clarence und Sir Felix trifft. Plötzlich sagt ihr der Kellner, dass ein Sergeant Morris auf sie warte. Steve steigt zu ihm und einem zweiten Mann in den Wagen. Sie weiß nicht, dass es sich um Gangster handelt, was sich erst im Wagen herausstellt. Die beiden Männer setzen Steve auf offener Straße mit einem Brief des Marquis an Paul Temple aus. Im Pub ist Paul schon ungeduldig, schließlich kehrt Steve zurück. Roger Storey ist auch da. Man beschließt, Sir Felix in Greensea House zu besuchen. Nur Paul und Steve betreten das Haus, in dem niemand zu sein scheint. In der Dunkelheit meint Steve, Paul berühre sie an der Hand, was nicht stimmt. Paul stellt fest, dass es eine Schlange war, die Steve berührt hat. Damit endet die vierte Episode.

Episode 5: Paul Temple Keeps an Appointment (27.11.1942). Sir Felix und Mrs. Clarence betreten das Zimmer und befreien die Temples aus der misslichen Lage. Die Schlange gehört Sir Felix, heißt Tina und ist harmlos. Die aufgeregte Mrs. Clarence berichtet, dass sie im Gebüsch jemanden gesehen hat. Sir Felix und die Temples entdecken dort den ermordeten Derek Slater. Es folgen einige Besprechungen in Scotland Yard, die von einem Besuch Roger Storeys unterbrochen werden. Dieser berichtet von einem Erpresserbrief, den der Marquis an den Ehrwürdigen Charles Serflane geschickt hat und legt diesen vor. In das Gespräch stürzt Superintendent Bradley mit der Nachricht, dass Sir Felix bei einem Autounfall ums Leben kam. Später berichtet Sir Graham Forbes, dass Serflane in der U-Bahnstation Oxford Circus mit einem Geldkoffer aufgetaucht sei, dass aber niemand kam, um das Erpressergeld abzuholen. Temple und Steve machen einen abendlichen Ausflug zum ›The Clockwise‹. Auf der Taxifahrt dorthin fragt Steve, was Paul dort wolle. Temple meint, er habe dort eine Verabredung mit Sir Felix Reybourn. Dies ist der Cliffhanger der fünften Episode.

Episode 6: **A Warning from the Marquis** (04.12.1942). Im Lokal ›The Clockwise‹ trifft Paul Temple Maisie, eine alte Freundin, die – wie er Steve gegenüber ausdrücklich betont – wie eine Schwester für ihn ist. Sie beherbergt Sir Felix. Bradley ist gerade bei ihm. Man erklärt, dass der Zweck der Übung war, Sir Felix vor einer Verhaftung zu bewahren und den Marquis zu neuen Schritten zu zwingen. Im Yard vergleicht Temple die Schrift auf dem Umschlag, den man bei dem ermordeten Roddy Carson entdeckt hat, mit der Schrift auf einem Bericht, den Ross verfasst hat. Sie sind identisch. Temple lädt Roger Storey zu sich ein und bittet ihn, Inspektor Ross zu überwachen. Er berichtet Sir Graham von einem weiteren Erpresserbrief an Charles Serflane. Diesmal sollen 7.000 Pfund im ›October‹-Hotel übergeben werden. Der Marquis will dort persönlich erscheinen. Sir Graham raucht eine Zigarette und wird ohnmächtig. Die Szene wird von Pryce unterbrochen, der eine Dame ankündigt, die Temple sehen will. Es handelt sich dabei um Mrs. Clarence. Damit endet die sechste Folge.

Episode 7: **The October Hotel** (11.12.1942). Temple hilft Sir Graham wieder auf die Beine. Mrs. Clarence ist gekommen, weil sie möchte, dass Temple zu Sir Felix kommt. Temple geht in das ›The Clockwise‹ und trifft Maisie, die er beauftragt, etwas über eine gewisse Lydia Staines herauszufinden. Dann spricht er mit Sir Felix und Mrs. Clarence, die möchte, dass ihr Arbeitgeber nach Hause kommt. In diesem Gespräch offenbart Temple, dass er wisse, wer der Marquis sei. Zurück zu Hause trifft Temple auf Storey, der von seinen Beobachtungen bezüglich Inspektor Ross berichtet. Storey möchte mit zum ›Ocotober‹-Hotel kommen. Steve wird für diesen Abend ins Theater geschickt. Beim Hotel stellt ein Sergeant fest, dass der Portier ein Mann namens Bertram Carter ist, ein notorischer Brandstifter. Storey erscheint verspätet und berichtet, dass auch Inspektor Ross zum Hotel gefahren sei. Er wird festgenommen. Plötzlich bricht im Hotel ein Feuer aus. Bradley berichtet Temple aufgeregt, dass Steve vor zwanzig Minuten ins Hotel gegangen sei und sich jetzt in dem brennenden Haus befinde. Damit endet Episode 7.

Episode 8: Introducing ... The Marquis! (18.12.1942). Steve gelingt es, unbeschadet das Hotel zu verlassen. Sie meint Temple gegenüber, dass der Marquis doch nicht aufgetaucht sei, ihr Mann widerspricht ihr und sagt, dass das nicht stimme, der Marquis sei im Hotel gewesen. Der Detektiv verspricht seiner Frau, dass er ihr den großen Unbekannten am nächsten Tag vorstellen werde und ruft anschließend alle Verdächtigen an, um sie zu einer Cocktailparty einzuladen. Die Partyszene entspricht den Schilderungen im Roman: Alle Verdächtigen erscheinen, Temple erklärt alle Umstände und überführt schließlich Roger Storey, der auf das Dach fliehen kann und anschließend durch ein Glasdach in den Tod stürzt. Die Episode endet damit, dass wir erfahren, dass Maisie und Sir Felix heiraten. Paul und Steve brechen in Gelächter aus.

Ganz zu Ende war die Episode allerdings nicht, denn nach der Abspannmusik gab es noch folgenden Dialog zwischen dem Radiosprecher und Paul Temple (Anmerkung: Die letzte Episode wurde eine Woche vor Weihnachten ausgestrahlt):

RADIOSPRECHER: Nun, das war die letzte Folge der neuen Paul-Temple-Serie *Paul Temple Intervenes* ... und hier ist Paul Temple!

PAUL TEMPLE: Hallo, liebe Hörerinnen und Hörer! Sie können über Weihnachten sicher in Ihren Betten schlafen. Roger Storey, alias ›Der Marquis‹, ist nun sicher aus dem Weg geräumt. Übrigens, vielen Dank für all Ihre Briefe – es war großartig, dass Sie mir geschrieben haben, aber es tut mir leid, wenn einige von Ihnen

	dachten, der Marquis sei Superintendent Bradley, weil ...
RADIOSPRECHER:	(*Unterbricht ihn*) Nun, ich war überzeugt, dass es Ross war!
PAUL TEMPLE:	Ach, waren Sie das? Oje, oje – und ich dachte, Ansager machen nie Fehler. Nun, noch einmal vielen Dank fürs Zuhören und für das Geschenk, machen Sie's gut!
RADIOSPRECHER:	Gute Nacht, Mr. Temple! Und treiben Sie keinen Unfug!
PAUL TEMPLE:	Nun, das ist immer etwas schwierig mit einer Frau wie Steve. Wir sehen uns wieder!

Damit endete dieses Temple-Abenteuer. Das komplette englische Originalskript ist übrigens unter dem Titel *Paul Temple Intervenes – A Radio Serial in Eight Episodes* bei Williams & Whiting als Band 26 der englischen Durbridge-Reihe erschienen.

Wie aus dieser Inhaltsbeschreibung ersichtlich, erzählt der Roman das Hörspiel in sehr vielen Aspekten deckungsgleich nach. Es fehlt allerdings die Handlung des ersten Kapitels, in dem Temple in Amerika ist, einem Radiosender ein Interview gibt und die Nachricht des Marquis erhält. Im Hörspiel wird auf den Amerikaaufenthalt nur in einem Gespräch mit Sir Graham eingegangen.

Ein weiteres Kapitel, das in dem Hörspiel völlig fehlt, ist jenes, in dem Superintendent Bradley ins Kino geht. Auch die Figur des Lannie Dukes kommt im Hörspiel nicht vor. Diese gesamte Sequenz scheint hinzuerfunden worden zu sein, um den Roman zu strecken. Gleichzeitig bietet sie die Gelegenheit, den Kriminalbeamten Bradley etwas näher vorzustellen. Dieser Ermittler, der verheiratet ist und eine siebenjährige Tochter namens April hat, taucht in späteren Durbridge-Werken immer wieder auf, oft nur am Rande. So erscheint Bradley auch in *Paul Temple und der Fall Valentine* als Nebenfigur und wird in manch anderem Temple-Abenteuer erwähnt, auch in den Kurzgeschichten. Dieser Scotland-Yard-Beamte tauchte sogar in Durbridge-Serien, in denen Temple nicht vorkam, so etwa in *Michael Starr Investigates,* einer 26teiligen Fünf-Minuten-Krimiserie aus dem Jahr 1944.

Schließlich sei noch auf einen Running Gag verwiesen, den Durbridge in zahlreichen Temple-Abenteuern wiederholt: Die Szene, in der er in einem chinesischen Morgenmantel vor einem Besucher auftaucht und sich dafür entschuldigt, dass er so etwas trägt, wo er doch noch nie in China war. Dann führt er aus, dass ein bekannter Schriftsteller einen solchen Mantel der Vorstellung seiner Frau Steve zufolge tragen müsse. Diese Passage wiederholt sich wortgleich beispielsweise auch in den Hörspielen *Paul Temple und der Fall Valentine* und *Paul Temple und der Fall Westfield.*

Abschließend zum Hörspiel sei noch bemerkt, dass Durbridge am Abend der Erstausstrahlung von Folge 1 gleich zwei Mal in der BBC zu hören war: um 18.40 Uhr mit *Paul Temple Intervenes* und um 21.40 Uhr mit einer Episode seines Mehrteilers *Mister Hartington Died Tomorrow* (hier allerdings unter seinem Pseudonym Lewis Middleton Harvey).

Paul Vlaanderen contra de Markies

Kriminalhörspiel, Niederlande 1947
Dauer: 8 x 20 Minuten
AVRO, 06.04.1947–25.05.1947, jeweils sonntags

Paul Vlaanderen .... Paul van Ees
Ina Vlaanderen, seine Frau .... Eva Janssen
Sir Graham Forbes .... Nico de Jong
Bradley .... Willem de Vries
Ross .... Piet te Nuyl Sr.
Pryce .... Lau Sterman
Sir Felix Reybourn .... Ludzer Eringa
Sammy Wren .... Anton Burgdorffer
Roger Storey .... Wim Paauw
Dolly Fraser .... Emy Smit
Derek Slater .... Bert Dijkstra

Mrs. Clarence .... Nel Snel
Maisie .... Miep van den Berg
Street .... Constant van Kerckhoven
Gus .... Lau Sterman
Sergeant O'Brien .... Paul Deen
Sergeant Briggs .... Huib Orizand
Sergeant Hanmer .... Paul Deen
Ted Wilson .... Huib Orizand
Hart .... Jo Vischer
Banks .... Huib Orizand
Ein Sergeant/Rex Carlton .... Maarten Kapteyn
Ein Kellner .... Paul Deen
Taxifahrer .... Jo Vischer

Kriminalhörspiel von .... Francis Durbridge
Übersetzung ins Niederländische . J. C. van der Horst
Regie .... Kommer Kleijn
Produktion ...... Algemene Vereniging Radio Omroep

In den Niederlanden wurden in allen Temple-Hörspielen aus den Protagonisten Paul Temple und Steve die Helden Paul Vlaanderen und Ina. Die Serie wurde wöchentlich ausgestrahlt, mit folgenden Episodentiteln: 1. *De markies* (06.04. 1947), 2. *Iets over Sir Felix Reybourn* (13.04.1947), 3. *Huize Kellaway* (20.04.1947), 4. *Een waarschuwing van de markies* (27.04.1947), 5. *Paul Vlaanderen heeft een afspraak* (04.05. 1947), 6. *Boven alle verdenking verheven* (11.05.1947), 7. *October hotel* (18.05.1947), 8. *Dit is de markies* (25.05.1947).

Paul Temple und der Fall Marquis
(Paul Temple Returns)

Spielfilm, Großbritannien 1952
Dauer: 68 Minuten, Premiere (GB): 24.11.1952,
deutsche Premiere (DVD): 11.09.2015 (Erstsynchronisation)

Paul Temple .... John Bentley
Steve Temple .... Patricia Dainton
Sir Graham Forbes .... Peter Gawthorne
Superintendent Bradley .... Valentine Dyall

Inspektor Ross .... Ronald Leigh-Hunt
Sakki .... Dan Jackson
Sir Felix Reybourn .... Christopher Lee
Roger Storey .... Grey Blake
Sammy Wren .... Andrea Malandrinos
Derek Slater .... Robert Urquhart
Roddy Carson .... Ben Williams
Bardame .... Elizabeth Gilbert
Kirmes-Oma .... Vi Kaley
Schießstandbesucher .... Gerald Rex
Sergeant .... Michael Mulcaster
Sekretärin .... Sylvia Pugh
Abdullah, Sir Felix' Diener .... George Patterson
Polizist .... Dennis Holmes
Rita Cartright .... Margaret Samuel

Buch .... Francis Durbridge
nach seinem Hörspiel *Paul Temple Intervenes* (1942)
Kamera .... Geoffrey Faithfull
Ton .... Charles Tasto
Szenenbild .... George Paterson
Schnitt .... Jim Connock
Kameraführung .... Dudley Lovell
Continuity .... Adele Reynolds
Regieassistenz .... Ernest Morris
Frisuren .... Jayne Seymour
Kostüme .... Evelyn Gibbs
Maske .... Bill Lodge
Musik .... Wilfried Burns
Produktionsleitung .... E. S. Laurie
Eine Produktion der .... Nettlefold Films Ltd.
Studios .... Nettlefold Studios, Walton-on-Thames
Weltvertrieb/Copyright .. Butcher's Film Service Ltd.
Produzent .... Ernest G. Roy
Regie .... Maclean Rogers

<u>Deutsche Synchronfassung (2015)</u>
Aufnahmeleitung .... Markus Lange
Übersetzung, Dialogbuch und Dialogregie ....
.... Antonio Fernandes Lopes
Synchronstudio .. Lab Six Sound & Media Heilbronn
im Auftrag von .... Pidax Film- und Hörspielverlag

Diese Verfilmung entstand zehn Jahre nach dem Hörspiel und acht Jahre nach Erscheinen des Romans und war das letzte von vier Paul-Temple-Kinoabenteuern. John Bentley spielte darin zum dritten Mal den schreibenden Detektiv. Der Film, der heute wohl vor allem wegen des Auftritts von Christopher Lee als (völlig gegen die Beschreibung im Roman besetzter) Sir Felix Reybourn interessant ist, hat eine ungewöhnlich kurze Laufdauer von nur 68 Minuten.

Während die erste Hälfte des Films die Handlung des Hörspiels/Romans in etwa (wenn auch oft in vereinfachter Form) wiedergibt, kommt es ab der zweiten Hälfte der Produktion zu radikalen Kürzungen und Auslassungen. Mrs. Clarence, die Haushälterin von Sir Felix, kommt überhaupt nicht vor und wurde durch einen dubiosen Abdullah ersetzt, der im Laufe der Handlung am elektrisierten Zaun einer Ruine (im Hörspiel/Buch war es noch ein Haus) stirbt.

Entscheidende Elemente aus der Vorlage, die fehlen, sind: Sir Felix' Tod wird nicht vorgetäuscht, Steve wird nicht entführt, es entfällt die Szene mit dem brennenden Hotel, die Geldübergabe von Serflane in der U-Bahnstation kommt nicht vor, das Nachtlokal ›The Clockwise‹ samt Maisie fehlt, es gibt keine zweite Geldforderung an Serflane, Temple beauftragt Storey nicht, Inspektor Ross zu verfolgen, die Szene mit Sir Graham und der vergifteten Zigarette existiert ebenso nicht. Das Finale spielt in der Bombaywerft, womit es auch keine Cocktailparty gibt, in der Temple den Mörder enttarnt. Demgegenüber gibt es einige ›verschobene Äquivalenzen‹, das sind Szenen, die in der Vorlage so ähnlich, aber an einer anderen Stelle vorkommen. Hier kann beispielsweise die Rummelplatzszene genannt werden, in der ein wichtiger Zeuge erschossen wird. Anders als im Roman, wo Superintendent Bradley mit seiner Tochter April (die im Film auch fehlt) die Hauptfigur dieser Szene ist, ist es in der Verfilmung Paul Temple persönlich. Im Hörspiel entfallen alle Amerikaszenen und Temple erwähnt nur in einem Satz, dass er die letzten acht Monate in Amerika war. Während diese Sequenz im Roman ausführlich geschildert wird, ist es in der Verfilmung kein Radio-, sondern ein Fernsehsender, bei dem Temple zu Gast ist.

Francis Durbridge selbst dürfte mit dieser Verfilmung, die auch unter dem Titel *Bombay Waterfront* in amerikanischen Kinos lief, wenig zufrieden gewesen sein. Dies wird auch dadurch belegt, dass er Mitte der 1960er-Jahre alle Rechte an den Temple-Verfilmungen zurückkaufte, weil er nicht wollte, dass die Filme je wieder aufgeführt wurden. Ein weiterer Grund hierfür war, dass Ende der 1960er Temple als Fernsehheld auf den Bildschirmen in einer TV-Serie mit Francis Matthews erscheinen sollte. Das Publikum sollte sich an diesen modernen Temple gewöhnen und keine Vergleiche mit dem »verstaubten« Kino-Temple der 40er-Jahre ziehen können.

Der Film erhielt keine deutsche Synchronfassung und wurde erst 2015 im Auftrag des Pidax Film- und Hörspielverlags für eine DVD-Veröffentlichung (mit umfassendem Bonusmaterial!) synchronisiert. 2023 wurde diese Synchronfassung als Grundlage für ein Filmhörspiel genommen, über das gleich noch berichtet wird. Dort sind auch die Synchronsprecherinnen und -sprecher des Kinofilms aufgelistet.

Paul Temple und der Fall Marquis

Filmhörspiel, BR Deutschland 2023
Dauer: 58 Minuten 40 Sekunden
Produktion: HNYWOOD
im Auftrag von Pidax Film- und Hörspielverlag

Erzähler .... Omid-Paul Eftekhari
<u>Sprecher der deutschen Synchronfassung</u>
Paul Temple .... Andreas Entner
Steve Temple .... Christina Rieth
Sir Graham Forbes .... Stefan Müller-Ruppert
Superintendent Bradley .... Raik Singer
Inspektor Ross .... Nils Brück
Sakki .... Giovanni Gagliano

Sir Felix Reybourn .... Nikolas Gerdell
Roger Storey .... Tobias D. Weber
Sammy Wren .... Frank L.-Mondanelli
Derek Slater .... Oliver Firit
Roddy Carson .... Johannes Bahr
Bardame .... Diana Gantner
Kirmes-Oma .... Sabine Unger
Schießstandbesucher .... Udo Grunwald
Sergeant .... Ferdinand Seebacher
Sekretärin .... Katrin Singer

Originaldrehbuch des Films .... Francis Durbridge
nach seinem Hörspiel *Paul Temple Intervenes* (1942)
Hörspielbearbeitung .... Andreas Kröneck
Paul-Temple-Titelmusik ... Antonio Fernandes Lopes
Organisation .... Christina Fernandes Lopes
Schnitt und Regie .... Pascal Höpfl
Eine Produktion von .... HYNWOOD
im Auftrag des .... Pidax Film- und Hörspielverlags

Diese Produktion entstand im Fahrwasser des großen Paul-Temple-Erfolgs der neuen Hörspielproduktion von Pidax/ HNYWOOD. Dazu wurde die Tonspur der deutschen Synchronfassung des Spielfilms *Paul Temple und der Fall Marquis* herangezogen. Omid-Paul Eftekhari, der Sprecher sämtlicher Paul-Temple-Hörbücher, fungiert als Erzähler. Dadurch entsteht ein Filmhörspiel, in dem ein Sprecher durch Beschreibungen die Bilder ersetzt.

Die Durbridge-Edition
– Williams & Whiting –

Bei Williams & Whiting sind bisher elf Bände von Francis Durbridge erschienen. Sämtliche Bücher enthalten eine umfassende Einleitung und ein Nachwort mit vielen Hintergrundinformationen zu Francis Durbridge, den jeweiligen Geschichten und den Produktionsumständen der Verfilmungen bzw. Vertonungen.

Band 1   FRANCIS DURBRIDGE
Stichtag für Harry
Paul Temple und der vorausgesagte Mord
Vorwort, Nachwort und Übersetzung: Dr. Georg Pagitz
Ein junger Mann namens Peter Gibson sucht Superintendent Max Christian in Scotland Yard auf. Er berichtet, dass er in einem Café in Hampstead arbeitet und ungewollt bei der Arbeit zwei Frauen belauscht hat. Diese sagten, dass ein gewisser Harry Sherwood den Sechzehnten des kommenden Monats nicht überleben würde. Christian geht der Sache nach, muss aber feststellen, dass nichts von dem, was Gibson erzählt hatte, stimmt. Es gibt weder das Café, noch einen Mann dieses Namens. Am Sechzehnten des darauffolgenden Monats wird jedoch in einem Wohnwagen eine Leiche gefunden. Der Täter hat sein Opfer erstochen. Als Superintendent Christian den Toten sieht, glaubt er seinen Augen nicht: Es handelt sich dabei um den angeblichen Peter Gibson, der in Wirklichkeit Harry Sherwood hieß ...

Durbridge schrieb diese Geschichte als Fortsetzungsroman im Jahr 1960. Sie blieb jedoch unveröffentlicht und erscheint nun erstmals posthum.

Der Autor versuchte die Story auch als Filmtreatment deutschen Produzenten anzubieten und schrieb sie später zur Episode für eine *Paul-Temple*-TV-Folge um. Dieses Szenarium ist in dem Buch als *Paul Temple und der vorausgesagte Mord* enthalten, den Abschluss bildet eine Abhandlung über Durbridge und die Temple-TV-Serie.

Band 2   FRANCIS DURBRIDGE
Schritt ins Dunkel
Drehbuch für einen deutschen Spielfilm
Vorwort, Nachwort und Übersetzung: Dr. Georg Pagitz
In Soho geht ein gefährlicher Mörder um, der Barmädchen mit einem Messer tötet. Scotland Yard steht vor einem Rätsel. Zur gleichen Zeit befindet sich der wohlhabende Immobilienmakler Mike Hilton in einer existentiellen Krise: Nach dem Tod seiner Tochter und schwierigen Phasen in seiner Ehe verlässt ihn seine Ehefrau Ruth. Nach einer Reifenpanne nahe eines berüch-

tigten Pubs in Soho lernt er die attraktive Selby Brooks kennen und verliebt sich in sie. Als er die junge Dame wenig später auf einem Hausboot besuchen will, findet er ihre Leiche. Mike Hilton gerät unter Mordverdacht. Zur Tatzeit half er einem kleinen Jungen dabei, dessen Papierdrachen aus einem Baum zu befreien. Doch dieses Alibi ist nichts wert, denn der Junge scheint spurlos verschwunden zu sein und gar nicht zu existieren. Gleichzeitig erfährt Mike von Scotland Yard, dass nichts von dem, was Selby ihm erzählt hatte, stimmte. Kann er sich aus dem Teufelskreis, in dem er sich befindet, befreien und den wahren Täter finden?

Die Hintergrundgeschichte zu diesem verschollenen Drehbuch ist ebenso spannend wie die Kriminalgeschichte selbst. Francis Durbridge verfasste das Skript 1961 und verkaufte es 1962 an einen deutschen Filmproduzenten. Letztlich wurde daraus der Spielfilm *Piccadilly null Uhr zwölf*, der bis auf vier Namen nichts mehr mit der Originalstory zu tun hatte.

Im Vor- und Nachwort werden die Hintergründe analysiert und dank erst kürzlich aufgefundener Originalkorrespondenz von Francis Durbridge auch die Umstände und Gründe der Änderungen rekonstruiert.

Band 3   FRANCIS DURBRIDGE
Paul Temple muss her!
Ein Kriminalstück
Vorwort, Nachwort und Übersetzung: Dr. Georg Pagitz

Scotland Yard steht vor einem Rätsel. Eine gefährliche Verbrecherbande verunsichert London durch Kindesentführungen, Lösegelderpressungen und andererseits durch spektakuläre Juwelenraube. Die Ganoven operieren unter dem Namen »Die Schlagzeilenmänner«. Dies ist gleichzeitig der Titel des Romans einer unbekannten Autorin, deren Identität niemand kennt. Nachdem Sir Graham und seine Ermittler nicht weiter kommen, fordern die Zeitungen nach Unterstützung und titeln: »Paul Temple muss her!« Der erfolgreiche Kriminalschriftsteller und Privatermittler schaltet sich daraufhin ein und weiß bald, dass der große Hintermann ein Superverbrecher namens Max Lorraine ist. Aber wer der Verdächtigen versteckt sich hinter diesem Namen? Wer ist der gefährliche Schlagzeilenmann Nummer 1?

Dieses im Jahr 1943 in Birmingham uraufgeführte Theaterstück wurde seither nie mehr gespielt. Der Autor zeigt darin sein ganzes Können und liefert Drehungen, Wendungen und atemberaubende Cliffhanger im Minutentakt. Vier Personen sterben auf der Bühne, ebenso viele Leichen gibt es aus Erzählungen. Die *Birmingham Post* schrieb damals zur Uraufführung: »Leichen fallen aus Aufzügen, Schreie hallen durch die Nacht, aus einem unverdächtig aussehenden Grammophon kommen Schüsse und Blausäure findet ihren Weg in harmlose Whiskyfläschchen. Eigentlich haben wir A oder B als Täter verdächtigt, aber dann war es plötzlich X.«

Bei dem Stück handelt es sich um eine geschickte Mischung aus Paul Temples ersten beiden Hörspielabenteuern.

Band 4   FRANCIS DURBRIDGE
Schöne Grüße von Mister Brix
Kriminalroman
Vorwort und Nachwort: Dr. Georg Pagitz

Geheimnisvolle und höchst mysteriöse Umstände haben den Ex-Inspektor Richard Grant und seine Frau Margret dazu veranlasst, vorübergehend wieder in den Dienst von Scotland Yard zu treten. In einem Fischerdorf namens Shorecombe war zuvor die Leiche einer gewissen Barbara Willis, Tochter eines feinen Londoner Hauses, aus dem Meer gezogen worden. Kurz darauf bekam ihr Verlobter Robert Brown eine Dia-mantenbrosche zugeschickt. Darauf stand: »Schöne Grüße von Mister Brix«. Wenig später finden die Grants in ihrer Garage eine weitere Leiche. Peggy Gillow, die in dem Fall undercover ermittelte, wurde erdrosselt. Auch ihr Vater bekam eine mysteriöse Karte von Mister Brix mit der gleichen sarkastischen Botschaft. Steckt hinter diesem Pseudonym jener gefährliche Ariman, dessen Fall Grant einst bearbeitete? Und wenn ja, wer von den zahllosen Verdächtigen ist dieser unheimliche Verbrecher?

Durbridge schrieb diesen Kriminalroman 1962 für den deutschen Markt. Er basiert auf dem legendären Hörspiel *Paul Temple und die Affäre Gregory* und erzählt dieses sehr werkgetreu nach, allerdings wurden die Charaktere umbenannt. Wer schon immer wissen wollte, worum es in diesem Fall geht und ihn in voller Länge erleben wollte, kann dies nun endlich tun.

Band 5   FRANCIS DURBRIDGE
Die gelbe Windmühle
Kriminalroman
Vorwort und Nachwort: Dr. Georg Pagitz

Susan Kelford, die vierjährige Tochter des reichen Sir Cedric Kelford, dem Präsidenten der Londoner Central Bank, wird entführt. Das Mädchen war gerade in einem Londoner Park, als eine kleine gelbe Spielzeugwindmühle ihre Aufmerksamkeit erregte und sie in die Hand ihres Entführers lockte. Dieser zerrte das Kind in seinen Wagen und suchte daraufhin rasch mit seinem Komplizen das Weite. Man fordert 10.000 Pfund Lösegeld von dem Multimillionär Kelford. Inspektor Houston von Scotland Yard macht drei Tage später eine grausige Entdeckung: Sein Sohn Dennis, der in Sir Cedrics Bank arbeitet, sitzt erschossen vor dem Fernsehgerät. In den Bildschirm ist eine gelbe Windmühle eingeritzt. Nobbler Williams, ein wichtiger Zeuge in dem Entführungsfall, wird am selben Abend von einem Auto überfahren. Der Besitzer des Wagens ist ein italienischer Arzt namens Dr. Spedro. Als Inspektor Houston und seine Tochter Rona, eine junge Schauspielerin, zu ihm fahren wollen, wird gerade eine Leichenbahre aus dessen Haus getragen. Es ist ein äußerst schwieriger und komplexer Kriminalfall, den der persönlich involvierte Kriminalinspektor Houston da zu klären hat ...

Die gelbe Windmühle erschien 1954 als Fortsetzungsroman in England. Im Jahr 1965 verfasste Francis Durbridge eine eigene Fassung für den deutschen Markt, die hier erstmals als Buch vorliegt.

Band 6   FRANCIS DURBRIDGE

Mitten ins Herz
Der Mann, der das Quiz gewann
Paul Temple und die flüchtige Miss Helvin
Vorwort und Nachwort: Dr. Georg Pagitz

Gary Mason, der berühmteste und beliebteste Schauspieler Englands, wird auf dem Gelände eines Londoner Filmstudios erschossen. Wer ist der Täter? Und hatte er tatsächlich Mason als Ziel auserkoren oder war dieser Mord ein Versehen und er galt eigentlich der überaus attraktiven schwedischen Nachwuchsschauspielerin Karin Lund? Diese legt ein seltsames Verhalten an den Tag, vor allem als sie zwei Tage später dem Journalisten Michael Collins begegnet, der Augenzeuge der Tat wurde und sich danach um die junge Frau gekümmert hatte. Diesmal ignoriert Karin den Reporter und ist in Begleitung eines mysteriösen Fremden. Als Journalist Collins in der darauffolgenden Nacht von einem weiteren Mord berichten soll, ist er schockiert, als er in der Leiche Karin Lund wieder erkennt. Sie wurde erstochen ...

Mitten ins Herz wurde 1955 als *The Man Who Beat the Panel* in Großbritannien als Fortsetzungsroman veröffentlicht. Durbridge überarbeitete diese Fassung für den deutschen Markt im Jahr 1962, erweiterte und verbesserte sie um viele Handlungsstränge und machte aus einem Nichtwhodunit einen Whodunit. Später entwickelte er daraus auch ein Skript für die *Paul-Temple*-Fernsehserie namens *The Elusive Miss Helvin*, das aber nie Verwendung fand. In dieser Ausgabe sind neben der deutschen Romanfassung auch erstmals die Übersetzungen der britischen Fortsetzungsgeschichte und des Szenariums enthalten. Titel: *Der Mann, der das Quiz gewann* und *Paul Temple und die vorsichtige Miss Helvin*, beide übersetzt von Dr. Georg Pagitz.

Band 7   FRANCIS DURBRIDGE

Sie wussten zu viel
Das Gesicht der Carol West
Vorwort und Nachwort: Dr. Georg Pagitz

Victor Merton, der Geschäftsführer der Absteige *High Dive* in Belhampton, zieht beim morgendlichen Schwimmsport die Leiche eines jungen Mädchens aus dem Hotelpool. Julia Nagy, eine aus Ungarn stammende Angestellte und Mister Cooper, ein Privatgelehrter, werden Augenzeugen des

Vorgangs. Ein Notizbuch der Toten führt zu einer gewissen Carol West. Außerdem findet sich darin die Telefonnummer von Scotland-Yard-Superintendent Christian Stiller, der die Tote allerdings nicht kannte. Stiller übernimmt die Ermittlungen. Immer wieder wird er in deren Verlauf von einem Anrufer mit sanfter Stimme gewarnt. Wenig später wird auf den Superintendent ein Überfall verübt, kurz darauf ein Anschlag in Scotland Yard. Was weiß das mysteriöse Ehepaar Beckworth? Und welche Rolle spielt der konservative Privatgelehrte Robin Long? Alle Spuren führen erneut in die zwielichtige Absteige *High Dive* ...

Francis Durbridge hatte diesen Roman 1959 als Fortsetzungsroman für die Zeitschrift *News of the World* geschrieben. 1963 überarbeitete er diesen für den deutschen Markt unter dem Titel *Sie wussten zu viel*, führte viele neue Handlungsstränge und Figuren ein und baute die Geschichte erheblich aus. Dieses Ausgabe enthält erstmals beide Fassungen, die deutsche erweiterte Version und die davon erheblich abweichende Originalfassung, die von Dr. Georg Pagitz erstmals unter dem Titel *Das Gesicht der Carol West* ins Deutsche übertragen wurde. In einem Vor- und Nachwort des Übersetzers wird auf die Hintergründe eingegangen sowie auf Durbridges meisterliche Fähigkeiten, alte Stoffe wiederzuverwerten.

Band 8   FRANCIS DURBRIDGE

Paul Temple und der Fall Valentine
Skript für ein achtteiliges Hörspiel

Vorwort, Nachwort, Übersetzung: Dr. Georg Pagitz

London, 1946: Seit einigen Wochen wird das Westend von einer geheimnisvollen Selbstmordserie junger Frauen erschüttert. Scotland Yard ist ratlos und kann nur herausfinden, dass es wohl um Drogen und einen geheimnisvollen Hintermann namens »Valentine« geht. Für Sir Graham Forbes ist eines klar: Das ist ein Fall für Paul Temple! Der bekannte Detektiv und Schriftsteller ist zunächst jedoch gar nicht daran interessiert. Erst als eine junge Frau spurlos aus seinem Wagen verschwindet, lässt er sich doch überreden. Dann geht alles blitzschnell: Auf die Temples wird im eigenen Schlafzimmer ein Mordanschlag verübt, eine geheimnisvolle Botschaft führt Paul und Steve zu einem mysteriösen Kapitän in eine Kneipe am Fluss und schließlich findet sich eine deutliche Warnung von Valentine bei einer Leiche in einer Zahnarztpraxis. Es gibt zahllose Verdächtige und undurchsichtige Gestalten und der gefährliche Unbekannte schlägt immer wieder zu.

Dieses Buch beinhaltet das vom englischen Originalmanuskript übersetzte Temple-Abenteuer, das 2021/22 Grundlage für die neue Pidax-Hörspielproduktion Paul Temple und der Fall Valentine war. In einem Vor- und Nachwort des Übersetzers werden interessante Hintergrundinfos geliefert. Außerdem wird auf die unterschiedlichen Versionen, die im Laufe der Jahre von diesem Stoff entstanden sind, eingegangen.

auch Mord verantwortlich ist. Sir Graham und Kaufman bitten Temple um Hilfe. Bald schon soll der Kanadier Ross Morgan in England ankommen. Er ist ein Handlanger Dr. Belascos. Temple soll ihn im Auge behalten, doch dann gibt es einen unerwarteten Zwischenfall: Bei der Zugfahrt nach London kommt es zu einem Unfall und Morgan stirbt. Der Kanadier kann Temple jedoch noch einen wichtigen Hinweis geben. Bei seinen Sachen findet Temple ein Feuerzeug. Dieses ähnelt jenem, das Steve an ihrem Geburtstag irrtümlich von einem Mr. Nelson eingesteckt hat ...

Francis Durbridge verfasste *Paul Temple and Steve*, so der Originaltitel dieses in der Chronologie gesehenen achten Falls, im Jahr 1947. Dieser band enthält ein informatives Vorwort, einen Artikel über die Paul-Temple-Comic-Serie und Francis Durbridges für die Radio Times geschriebene Einleitung zu dem Fall.

+ +

IN VORBEREITUNG – ERSTMALS AUF DEUTSCH

+ +

Band 12   FRANCIS DURBRIDGE
Die Anhalterin
Kriminalroman

Spielwarenfabrikant David Walker nimmt eine hübsche junge Anhalterin mit. Doch die junge Frau verschwindet und wird später ermordet aufgefunden. Walker befindet sich daraufhin in einem Teufelskreis ...

Band 13   FRANCIS DURBRIDGE
Die Frau im Hintergrund
Kriminalroman

Roy Benton, ein ehemaliger Kriminalbeamter, wird in Cornwall in einen mysteriösen Fall verwickelt, bei dem eine gefährliche kriminelle Organisation eine Rolle spielt, die die Weltherrschaft anstrebt ...

Band 14   FRANCIS DURBRIDGE
Vorsicht vor Johnny Washington!
Kriminalroman

Eine kriminelle Bande lässt an den Tatorten Visitenkarten mit dem Aufdruck »Es grüßt herzlich Johnny Washington« zurück. Washington, ein reicher Amerikaner, ist jedoch unschuldig und versucht bald, den geheimnisvollen Hintermann zu finden, der sich selbst ›Der graue Elch‹ nennt.